Les Loups de Járnviðr

Tisane & Convoitise

Tome 1

Les Loups de Járnviðr

Tisane & Convoitise

Tome 1

Cléo Blackwood

Ce livre est une fiction. Toute référence à des événements historiques, des comportements de personnes ou des lieux réels serait utilisée de façon fictive. Les autres noms, caractères, professions, lieux, événements ou incidents sout les produits de l'imagination de l'auteur. Toute ressemblance avec des personnages réels – vivants ou décédés – serait totalement fortuite.

Crédits

Couverture : @Eunkyung Art

Correction : @Émillie Chevallier

Mise en page : @Émillie Chevallier @Adobestock @Freepik

Dépôt légal : Août 2021

Première édition : Août 2021

« Une des clés du bonheur est d'embrasser l'inconnu·e »

Elin

Chapitre 1

Elin

Le sol défilait devant moi, dévoilant sa flore avec une pudeur frustrante. Mes yeux balayaient chaque centimètre carré de la clairière bordée de bouleaux dont les troncs blancs contrastaient avec la bruyère rougeoyante recouvrant la terre entre deux rochers. J'adorais ces forêts typiques du nord de la Suède, le bruissement du vent frais passant au travers des feuilles. L'automne, bien présent, n'allait pas durer. Raison de plus pour que mon expédition aboutisse au plus tôt. Cela faisait déjà plusieurs heures que mon regard aiguisé scrutait la végétation à chaque pas et, pour l'instant, mon quadrillage minutieux n'avait rien donné. Comme d'habitude, quand mon attention s'émousserait, je tomberais sur l'objet de ma recherche. Normal.

Un coup de feu soudain me fit sursauter, brisant le silence tranquille de la clairière. Je redressai la tête à temps pour distinguer une nuée d'oiseaux s'envoler en poussant des cris courroucés. Se pouvait-il que je sois tombée sur un jour de chasse ? Cette pensée réflexe s'évanouit lorsque les volatiles me survolèrent. Ils fuyaient vers l'est ; or, à quelques kilomètres à peine dans la direction opposée, se trouvait Járnviðr. Ce village était le chef-lieu des Vargrs, peuple autochtone de la région. Et si les Vargrs s'adonnaient bien à la chasse, il était de notoriété publique qu'ils n'utilisaient jamais de fusils. Des chasseurs étrangers, venus pratiquer en touristes, avaient-ils pu se perdre ? Pourtant, les limites du territoire vargr, que j'avais délibérément franchies aujourd'hui, étaient clairement indiquées et connues de tout un chacun ici, agences et chasseurs compris. Ces types s'exposaient à une amende salée. Et moi avec.

Cette histoire ne sentait pas bon. Malgré ma détermination, le sentiment que je n'avais pas le droit d'être là me vrillait le ventre. Alors, si en plus il y avait d'autres indésirables dans le coin, et armés de surcroît, il allait falloir que je mette les voiles, et vite.

Je rajustai ma besace bien trop vide à mon goût et descendis de la pierre qui m'avait servi de promontoire. C'est alors qu'une petite tache vert poudré, presque grise, attira mon attention.

— Ah, te voilà, toi !

Je m'accroupis aussitôt pour déterrer ma précieuse du jour, celle pour laquelle je m'étais levée tôt et étais venue vadrouiller sur les terres vargres en espérant ne pas être repérée. Armée de mes seuls outils, j'extirpai avec soin ma sauge un peu particulière du sol humide et l'enveloppai avec ses racines dans un tissu protecteur avant de la caler dans mon sac. Je fondais de grands espoirs sur cette petite plante, dont la sous-espèce rare était supposée posséder des vertus sur la mémoire. Mon père en avait bien besoin, car je ne comptais pas perdre contre sa maladie tout juste diagnostiquée. Alzheimer n'avait qu'à bien se tenir !

Un nouveau coup de feu retentit au moment où je refermai le rabat de mon sac. Plus proche que le premier. Nom d'un ver à soie, il fallait vraiment que je détale. Mes mains se crispèrent sur la lanière et, sans plus me retourner, je pris la direction de la sente que j'avais suivie à l'aller. Au moment de me fondre dans les arbres, une troisième détonation me déchira les tympans. Un bruit blanc envahit ma tête, tandis que je découvrais l'impact d'une balle dans le bouleau, juste à côté de moi. Le bois avait explosé, et je me figeai, choquée, attendant désespérément que l'ouïe me revienne vite. Manque de chance, mes yeux s'opposèrent fermement à cet idéal, car un homme à l'allure peu engageante déboula dans la clairière. Chasseur givré ? Vargr en colère ? Aucune idée. Je n'en eus qu'un aperçu, mes membres s'activèrent d'eux-mêmes face à son aspect massif et sa course menaçante dans ma direction, en plus de l'expression farouche de son visage.

Malgré mon assourdissement, je savais reconnaître un plan qui puait.

Je me ruai entre les bouleaux.

Cramponnée à ma sacoche, je fonçai à en perdre haleine en zigzaguant sur le sol inégal, à peine marqué par le passage d'animaux. À cette vitesse, la piste se révélait presque impossible à suivre, mais ça ne me ferait pas ralentir. Tandis que mon audition revenait, principalement assaillie par le bruit de mon cœur qui tambourinait et des heurts de mon rythme effréné, j'entendis derrière moi les branches se briser au passage de l'homme. La gorge nouée par la peur, je poussai jusque dans mes retranchements pour accélérer encore la cadence.

Je regrettais d'être venue batifoler dans le coin, c'était indéniable, et pourtant je savais exactement pourquoi j'étais là. La trouvaille qui en résultait me donnerait certainement raison d'avoir tenté ma chance.

Si je m'en sortais vivante.

Un bruit sourd me fit risquer un coup d'œil derrière moi. Mon poursuivant venait manifestement de se prendre une racine bien placée.

Sans me laisser le temps de savourer son faux pas à sa juste valeur, il récupéra son équilibre avec souplesse et réduisit la distance que le rhizome m'avait permis de gagner. Je reportai mon attention devant moi, le souffle court.

Je n'étais pas une grande sportive, et je me trouvais de plus dans un bois parsemé d'arbres, de branches, de buttes, et autres obstacles du même acabit. Mais, curieusement, j'avais presque l'impression que la forêt s'arrangeait pour me laisser le champ libre, tandis qu'elle assaisonnait copieusement le chemin du forcené derrière moi de lianes et de racines en tous genres.

La végétation défilait à toute vitesse, mes poumons ruaient dans les brancards comme pour exiger l'élargissement immédiat de ma cage thoracique. Je sentais que mes foulées se raccourcissaient malgré tous mes efforts, et mon pied sûr n'allait pas tarder à faillir sous l'assaut de tremblements incoercibles. Pourtant, mon regard restait braqué sur la sente, essayant de faire abstraction des plantes que je croisais. Qui d'autre que moi serait assez mordu pour garder active la partie de son cerveau responsable du geekisme en végétaux dans une course-poursuite en terrain accidenté ?

En plus, je n'avais rien sous la main pour opposer une résistance digne de ce nom si je venais à être rattrapée ; or ce n'était plus qu'une question de temps. Je cherchai mentalement une solution miracle dans ma besace, mais j'avais eu la fantastique idée de la vider avant d'aller prospecter, pour libérer de la place, soi-disant. Je notai un « plus jamais » en majuscules pour le futur, si j'en possédais toujours un.

Quelque chose changea dans l'air.

Un sentiment étrange, dérangeant, me traversa tandis que les foulées derrière moi se faisaient plus souples encore, plus silencieuses. Il me semblait entendre un souffle, un halètement qui provenait d'une gueule, plus que d'une bouche humaine. Un frisson me parcourut malgré ma course effrénée, mais je ne pris pas le risque de me retourner. Comme pour confirmer mon impression, un hurlement de loup s'éleva au loin.

L'appel résonna dans les bois aussi clairement que les détonations l'avaient fait plus tôt.

Il eut pour effet de me glacer un peu plus le sang, si c'était chose possible, et agit comme un coup de fouet, m'exhortant à continuer à crapahuter à toute berzingue. La forêt me semblait interminable, et j'avais beau approcher d'une pente descendante, j'avais conscience qu'il me faudrait à ce rythme une bonne demi-heure pour retrouver ma voiture.

Et encore heureux qu'elle ne fût pas ascendante, cette pente, car l'aller m'avait suffi : je serais probablement déjà morte, au vu de mes capacités physiques, donc plutôt me jeter directement dans les bras du taré à l'arrière. Je dévalai aussi vite que je le pouvais sans trop faire attention aux entorses en embuscade, quand un bruit, ou plutôt une absence de bruit, me fit brusquement m'immobiliser sur une plaque rocheuse affleurante.

J'étais seule. L'homme avait disparu.

Je scrutai les environs tout en tentant d'apaiser mon souffle, mais il n'y avait personne autour de moi, en dehors des arbres, de plus en plus épars sur la descente, et des buissons foisonnants qui les remplaçaient.

Même le cerf que j'avais croisé à l'aller à cet endroit précis n'était nulle part en vue. Il m'avait collé une trouille bleue, lui aussi ; ces sales bestioles avaient tendance à me charger sans que je fasse quoi que ce soit pour mériter un tel traitement. Pourtant, à cet instant, je me serais volontiers précipitée vers lui plutôt que vers le type qui me courait après un peu plus tôt.

OK, là, j'étais perplexe. Pas assez pour revenir sur mes pas pour aller voir s'il s'était tordu le cou sur une racine plus haut sur le sentier, ne déconnons pas. Tendant l'oreille autant que possible, je continuai à descendre de façon plus modérée, marchant à bonne allure sans pour autant risquer de me briser quelque chose.

Je ne pus m'empêcher de ratisser les lieux du regard tout le temps que dura mon chemin du retour. Était-ce parce que j'étais finalement sortie du territoire vargr que cet énergumène ne me courait plus après ? Je réalisai néanmoins un point crucial.

À aucun moment ce type n'avait eu un fusil sur lui.

Mais alors, qui m'avait quasiment tiré dessus ? Et pourquoi cet homme aux allures meurtrières à souhait m'avait-il poursuivie ?

Perdue, je claquai la portière de ma voiture et démarrai le moteur.

Chapitre 2

Elin

— Voilà, Margit, ta valériane pour le mois !

Je remis le sachet de papier dans la minuscule main ridée, obtenant en retour un sourire ravi. Le visage aussi marqué qu'une vieille pomme, mais éclairé par une belle vivacité, l'adorable mamie rangea son précieux passeport pour des nuits paisibles dans son cabas. Je la vis lorgner sur les rayonnages en bois remplis d'herbes.

— Ah, tant que je suis là, ma petite Elin, tu n'aurais pas quelque chose contre la toux ? J'ai un vilain rhume qui m'embête.

— Bien sûr que si, attends un instant, je te fais un mélange !

Je sortis de derrière le comptoir et me dirigeai vers mon stock de thym, piochant à peine une feuille, avant d'aller faire de même avec la primevère. Fleur plutôt que racine, moins puissant. En plus de réduire les deux végétaux en poudre, j'allais également effectuer ce qui composait quasiment la moitié de mon travail : des dilutions. J'étais devenue une experte au fil des années : savoir que la survie de ma clientèle en dépendait m'aidait à ne pas me tromper. Parce que c'était la dose qui faisait le poison, et si d'ordinaire on pouvait consommer des plantes médicinales en quantité assez importante, avec moi, ce n'était même pas la peine d'espérer voir flotter ne serait-ce qu'une feuille dans une tisane, mes clients tomberaient comme des mouches. Mes végétaux, ceux issus de mon propre jardin, avaient en effet la particularité de posséder des propriétés décuplées de façon exponentielle par rapport à des plantes normales. Autant dire que si la posologie demandait un gramme de poudre de fleur, je m'en allais couper ça en centigramme. Minimum. Enfin, si je tenais à la personne qui allait consommer mon remède. Or j'aimais beaucoup Mme Tyrdotter. C'était une cliente de la première heure, et un sacré pilier de mon fan-club improvisé. D'ailleurs, elle s'avança vers moi pour continuer la conversation.

— Oh la la, tu sais, dès que je peux, je parle de toi !

Je ris tout en finissant ma dilution. Sur ce point, je ne pouvais que lui faire confiance. Ça faisait déjà plusieurs années que j'avais ouvert mon établissement et qu'elle le fréquentait. À mon avis, grâce à elle, on avait entendu mon nom jusqu'à Stockholm. Je terminai de mélanger ma poudre avec une autre, issue de plantes du commerce pour faire davantage de volume. C'était ça, ou lui faire de minuscules gélules, et encore il m'aurait probablement fallu compléter par un excipient quelconque. Mais je connaissais ma cliente et je savais que Mme Tyrdotter préférait les infusions, donc ainsi soit-il.

— Et voilà ! Un mini-sachet de plus pour toi.

— Merci ! Un jour, il faudra vraiment me révéler ton secret pour faire pousser d'aussi belles herbes. Moi, mon jardin, avec nos latitudes, il s'en tient au minimum, me confessa-t-elle d'un air mutin.

À peine gênée par cette question récurrente, je passai mes doigts derrière ma nuque, avant de lui sortir ce qui était à la fois un splendide mensonge et la stricte vérité.

— Souvent, il suffit de les aimer et elles nous le rendent bien, divulguai-je avec un sourire.

Elle éclata d'un rire entendu qui se termina en toux, pensant que je la menais en bateau. Quand je m'en inquiétai, elle fit un grand geste de sa main libre pour m'indiquer que tout allait bien. Je la regardai partir, accompagnée par le tintement de la clochette de la porte, l'air de pouvoir s'envoler à la moindre brise. Cette vision m'amena à songer à mon père, que je devais aller voir. Initialement, je comptais attendre quelques jours, le temps de laisser ma dernière trouvaille s'acclimater à son nouvel environnement. J'avais bon espoir que cette sauge rare pourrait acquérir les propriétés suffisantes pour combattre les symptômes d'Alzheimer, surtout repéré si tôt. Mais, avec ce qui s'était produit ce matin, j'avais également besoin de parler à l'ancien policier qu'il était. Certes, je n'aurais pas dû entrer sur le territoire des Vargrs, encore moins sans permission. Cependant, il était hors de question de se faire poursuivre par un type aux allures de prédateur, le tout après un coup de feu qui n'était pas passé loin de ma personne. D'autant que je n'arrivais toujours pas à comprendre qui avait tiré, sans parler de pourquoi. Au moins, mon père pourrait me conseiller, mais une chose était certaine : je ne comptais pas en rester là.

Je passai une main dans mes longs cheveux blonds, presque blancs, qui finissaient de sécher après la douche express sous laquelle je m'étais jetée en rentrant de mon excursion mouvementée, histoire de noyer la sueur avant d'ouvrir l'herboristerie. J'avais tressé et noué les deux mèches partant derrière mes tempes à l'arrière de ma tête, pour me dégager le visage et par habitude. Quand j'étais petite, ma mère me disait souvent que ça me donnait l'air d'une fée, et une douce nostalgie me faisait perpétuer ce geste. D'ailleurs, ils commençaient tout juste à reprendre leurs légères ondulations naturelles, à quinze heures passées.

Je poussai un soupir en allant nettoyer la table qui me servait de paillasse pour mes préparations. Les planches de bois tendre rappelaient toutes les nuances claires et chaudes qui composaient mon herboristerie, des étagères aux différents contenants pleins à ras bord de plantes séchées. J'adorais les mélanges d'odeurs qui m'assaillaient à chaque fois que j'ouvrais la porte, comme si chacune cherchait à supplanter les autres dans une cacophonie étonnamment harmonieuse. En me concentrant, je parvenais à identifier les principales, qui changeaient en fonction des arrivages. Mais ça n'avait rien à voir avec les senteurs qui embaumaient ma propre maison, remplie à craquer de bouquets en train de sécher à destination de la boutique, ou des fragrances fraîches des plantes du jardin ou de la serre. Et celle, entêtante et savoureuse, issue de mon vanillier adoré…

La clochette tinta à nouveau, me tirant de ma rêverie sensorielle.

À la vue du client qui venait d'entrer, je m'y replongeai aussitôt, oreilles dressées et tous mes autres sens en éveil. Surtout ceux se rapportant à la gourmandise. Il était grand, avait un port légèrement altier, des joues assez creusées, aux pommettes hautes, une mâchoire taillée à la serpe, des lèvres minces, un nez long et fin, presque busqué à sa pointe comme le bec d'un rapace. Et, sous ses sourcils aussi sombres que ses cheveux coupés court, des yeux d'un bleu pur, à hypnotiser les foules. Ou moi, en l'occurrence. OK, surtout moi. Il me faisait l'impression d'un homme d'affaires incognito, dont on devinait les origines aristocratiques aux touches de normalité qu'il affichait. Il arborait typiquement ces vêtements basiques en apparence, mais qui coûtent un prix exorbitant. Miam.

Je le saluai, me coulant vers lui depuis ma paillasse située à l'autre bout de la boutique. Son air appréciateur en me voyant arriver vers lui me sembla de bon augure. On allait s'entendre.

— Bonjour, tu es l'herboriste ?

— Effectivement, Elin Lindström, me présentai-je. En quoi puis-je t'aider ?

« Cher quatre heures de mon cœur » furent des mots supplémentaires que je pensais fort, mais ne prononçai qu'avec mes yeux gris perle. Le mode flirt était activé. Tous aux abris. L'homme alléchant ne retint pas le sourire entendu que je lui inspirais.

— Dans un premier temps, j'aurais aimé savoir si tu avais de la *Rhodiola rosea*.

— J'élimine d'emblée l'aménorrhée, glissai-je en faisant mine de le détailler du regard. Il me reste les deux plus grosses indications, la fatigue et le stress. Malheureusement, je n'en ai pas à l'heure actuelle, mais je peux en obtenir. Après, je connais bien d'autres moyens de te redonner un coup de boost à l'occasion, ajoutai-je, les yeux pétillants.

Son propre regard étincela, il se rapprocha de moi jusqu'à n'être plus qu'à un pas. Je haussai légèrement un sourcil, comme dédaigneuse de la tension découlant de cette proximité physique. Un petit air de « viens me chercher »...

— En ce cas, j'aimerais beaucoup que tu t'en procures, la plante n'est pas pour mon usage personnel, mais il me plairait tout de même de bénéficier également de ce « coup de boost ».

— Je le note.

Je passai juste devant lui pour rejoindre mon calepin sur le comptoir, prenant soin d'à peine le frôler au passage. J'attrapai un stylo et commençai à écrire en réfléchissant à haute voix.

— Il faudra deux jours pour que je sois livrée, ce n'est pas une herbe que je peux trouver si facilement par ici, et je suppose que tu la veux rapidement.

Je relevai les yeux pour l'interroger silencieusement.

— Je la désire au plus tôt, en effet.

Son ton, lourd de sous-entendus concernant l'objet de sa convoitise, me fit sourire. Il semblait que j'allais être amenée à le revoir souvent dans les jours à venir. En fait, n'eût été le besoin d'aller rendre visite à mon père ce soir-là, je l'aurais probablement traîné chez moi dès la fermeture. L'idée de reporter me démangeait. Je me morigénai et me forçai à me concentrer sur ce que j'écrivais pour reprendre mes esprits. On parlait de plantes ici, et pas de n'importe lesquelles : les miennes.

Mes yeux l'effleurèrent un instant par-dessous mes cils, juste le temps de confirmer mon intuition. Cet homme était un local, sa tête me disait quelque chose, et son accent était typique de la région. Aussi, contrairement à un touriste, je n'avais pas besoin de lui vendre des herbes achetées dans le commerce « classique ». Question de protection, je ne souhaitais pas que mes pouvoirs s'ébruitent trop et attirent plus l'attention que nécessaire. N'importe qui passerait sur des éloges faits par une adorable mamie un rien gâteuse, mais si mes herbes parvenaient entre les mains de personnes « clés », en contact direct ou indirect avec l'industrie pharmaceutique, par exemple, j'allais avoir des problèmes. D'où ce tri entre mes clients, sauf en cas d'urgence vitale.

— Et tu souhaites un effet lambda ou les propriétés « maison » ? Je ne sais pas si tu en as entendu parler, mais… me lançai-je pour lui servir l'habituel laïus sur l'efficacité décuplée de mes plantes.

Il me coupa très vite.

— J'en ai entendu parler, je veux bien entendu le meilleur de ce qui est en ta capacité.

Un rire m'échappa. « Toi, tu vas regretter ces mots », lui annonça mon regard plein d'étincelles avant que je ne le reporte sur mon calepin.

— Très bien. En ce cas, ça devrait être prêt en fin de semaine, début de semaine prochaine au plus tard.

On était lundi, comptant deux jours pour avoir les plants livrés, deux autres pour que la plante arrive à maturité. Ça me semblait être une estimation honnête, connaissant la vitesse de pousse de mes herbes.

— Sur la quantité, combien t'en faut-il, sachant que la dose est…

— Autant que tu pourras en fournir, me coupa-t-il à nouveau.

— À multiplier par mille, finis-je néanmoins avec un air de défi.

Je voulais bien jouer, et bien plus puisqu'affinité, mais je ne déconnais jamais avec les doses.

— Vraiment autant que possible, je t'assure que je respecterai tes recommandations.

Il comptait faire quoi avec, exactement ? Un édredon en poudre excitante ? Il avait engagé une armée d'employés et ambitionnait de les sevrer du café sur plusieurs années ? Ma question silencieuse lui tira un haussement d'épaules couplé à un sourire en coin mystérieux. Oh, le fourbe ! Clairement, il ne demandait qu'à être mangé, celui-ci.

— Tu es du genre à n'avouer que sous la torture ? essayai-je en riant.

Son regard se fit plus intense.

— Et à ne jamais reculer face à un défi.

Nous nous fixâmes. Entre nous, la tension passionnée était à son comble. Comment faisait-on, je lui proposais de prendre place sur le comptoir tout de suite, ou on attendait un peu ? Je finis par désengager en levant les yeux au ciel, me retenant de saliver d'avance. De toute façon, il n'aurait pas les plantes sans que je sache au préalable à quoi il les destinait, ce qui était un mélange de parfaite déontologie et d'absolu hédonisme assumé.

— Puis-je avoir un nom et un numéro de téléphone ?

Oui, au point où on en est, tu te doutes que c'est à des fins purement professionnelles, mon grand.

— Gustaf Lantz. Voici ma carte, ce sera plus simple.

Je posai mon crayon. À moitié pour prendre le bout de carton qu'il me tendait, à moitié de stupéfaction. Je ne l'avais pas mal jugé, mais largement sous-estimé. Lantz était un nom de famille dont même moi, pourtant peu familière de toutes les personnes composant la mini-société locale, j'avais entendu parler. C'étaient des barons du bois, dont la richesse et les terres étaient plus qu'importantes. Et au vu de son âge, que je situais autour de la trentaine, quoi qu'à peine plus que mes propres vingt-huit ans, je devinais que c'était l'héritier, en charge de la majorité du business. Cela n'entama nullement mon appétit à son égard, mais c'était bon à savoir, ces gens n'avaient pas vraiment la réputation d'être des tendres en affaires.

Dans mon infinie mansuétude, et à cause d'une sombre considération impliquant l'abstinence pendant les heures de travail et la possible arrivée inopinée d'un nouveau client, je le laissai repartir en un seul morceau. En fait, la psychorigide des végétaux en moi rechignait à déranger le semblant d'ordre foisonnant dans mon herboristerie. Les plantes, c'était du sérieux.

Tout en reposant mon calepin à sa place, je songeais à cette drôle de commande. Je ne pouvais m'empêcher de me demander à quoi pourrait bien servir une telle quantité de rhodiole, surtout aussi concentrée.

Ça me rendait curieuse, alors que, généralement, avec moi, la phrase « j'en ai un peu plus, je vous le mets quand même ? » prenait très vite des accents de menace de mort.

Perplexe, j'allai me faire une petite verveine en attendant mes prochains clients. Cette journée était décidément prometteuse, mais ne ressemblait pas à grand-chose pour autant.

Chapitre 3

Elin

J'aimais marcher de nuit. Mes pas faisaient écho aux sons des végétaux somnolants ainsi qu'aux quelques bruissements de feuilles soulevées par le vent frais qui s'infiltrait entre les branches de l'épaisse forêt de résineux bordant ma route.

Une fois de plus, la lumière se faisait rare. Nous ne tarderions pas à entrer à nouveau dans la nuit éternelle de l'hiver. Si nous avions également la chance d'avoir des étés où le soleil ne se couche jamais, ici, dans le nord de la Suède, nous subissions également des hivers où, quelle que soit l'heure, tout n'était que froid glacial et pénombre. Et cette nuit polaire approchait à grands pas : j'avais beau ne pas avoir fermé boutique particulièrement tard, l'obscurité était déjà bien installée.

Il n'y avait qu'une dizaine de minutes séparant mon royaume personnel de mon royaume professionnel, mais je savourais chacune d'entre elles. Il me tardait de voir comment se portait ma *Salvia sacer*. J'avais à peine eu le temps de la mettre en terre avant ma douche de mi-journée, mais je plaçais de grands espoirs en elle.

Bon, je m'apprêtais à m'infliger un mini-essai clinique sur moi-même, avant de seulement penser en proposer à mon père. Mais comme ni lui ni moi n'étions épileptiques, et que j'allais faire attention à doser très gentiment, je ne devrais pas obtenir d'autres effets que l'amélioration de la mémoire que je convoitais si ardemment quand je m'étais mise à la recherche de cette petite herbe. Je ne me voilais pas la face, ça ne permettrait probablement pas de guérir la maladie, mais je comptais bien défoncer ainsi son pire symptôme. Laissant ma main courir sur les branches des sapins qui bordaient le chemin, je me dis qu'après trois ans d'exercice en tant qu'herboriste, j'avais de la chance de rester hors des radars des labos pharmaceutiques. Non pas pour usage illégal de la médecine, parce que je faisais toujours attention aux termes que j'utilisais et aux contre-indications associées à mes plantes, mais pour production de médicaments et de principes actifs. Pour l'instant, chaque effet notable de mes plantes était passé pour une hasardeuse coïncidence aux yeux de ces scientifiques de la première heure, et ça me convenait à la perfection. Enfin, presque, puisqu'il y avait bien eu un petit manqué, au tout début de ma courte carrière. Celui qui m'avait convaincue de mettre en place ma politique « touriste vs local » et m'avait valu une certaine attention, heureusement canalisée depuis. Pour autant, je ne comptais pas renouveler l'expérience. Mon petit commerce se portait bien, mes végétaux aussi, et mon père conserverait sans doute sa mémoire. C'était tout ce que je demandais. Ça, et aider les femmes qui venaient me trouver avec des problèmes que la recherche et l'industrie pharmaceutique dédaignaient. Je remarquai que j'avais cessé de sentir les aiguilles défiler sous mes doigts à cette pensée, car mes poings s'étaient soudain serrés.

J'expirai.

Ma maison se dessinait devant moi, l'obscurité ne rendait pas hommage à son charme. Trônant au centre d'un jardin sans clôture, comme beaucoup des habitations que l'on pouvait trouver éparpillées dans la région, elle était faite de bois avec sa façade peinte en rouge de Falun, emblématique de la Suède, et aux encadrements soulignés de blanc. J'atteignais mon porche quand une voix dans mon dos me fit sursauter. Non seulement je détestais sursauter, mais je ne reconnaissais pas ce timbre et j'étais devant chez moi, dans mon domaine privé et inviolable. L'individu partait avec un sérieux handicap.

— Tu es l'herboriste ?

Ça faisait longtemps qu'on ne m'avait pas posé la question. Je me retournai pour assassiner du regard mon interlocuteur non désiré.

Et mon cœur rata un battement.

J'étais face à une montagne, mais alors la montagne la plus sexy qu'il m'ait été donné de voir, et encore, on se trouvait dans la pénombre. Il était de haute taille, avait l'air peu amène, et sa voix était grave. Mais il était également un entrelacs de muscles sacrément bien proportionnés. Ses yeux clairs envoûtants sur lesquels la lumière du porche se reflétait brillaient, et le simple angle de mâchoire distinguable m'envoyait des papillons dans le ventre. Je n'aurais su dire si j'étais anxieuse ou fascinée, probablement un peu des deux à la fois. Comme je restai coite et immobile, M. Montagne m'apostropha avec une impatience manifeste.

— Peux-tu répondre à ma question ?

J'hésitai. Lui balancer de la résine de sumac vénéneux au visage, rentrer et me calfeutrer à l'intérieur, ou partir en mode séduction et envoyer les conséquences se faire voir ? Mon instinct me hurlait de sauter sur la seconde option avec une virulence qui me surprenait moi-même, mais une infime voix pragmatique s'éleva, arguant que la journée avait été bien assez mouvementée comme ça pour ne pas vouloir y rajouter du danger. Ça me minait de le reconnaître, mais elle n'avait pas tort.

— Je serai herboriste demain à partir de neuf heures, disponible dans ma boutique au village, vous ne pouvez pas la rater, la façade est peinte en vert.

Je lui tournai le dos pour insérer ma clé dans la porte en m'attendant à ce qu'il lâche gentiment l'affaire, et je m'apprêtai même à lui retourner le « à demain » qu'il ne manquerait pas de me lancer. Oui, mais non. Avant que je n'aie pu faire un pas à l'intérieur, une main qui me parut incroyablement grande au regard de la mienne s'abattit sur ma pauvre porte et la referma dans un bruit sec. Plaît-il ? Là, on se rapprochait clairement de l'utilisation de la résine. Mon cœur s'emballa tandis que mon esprit entrait en mode défense. On repassera sur la guerrière de légende, mais s'il me cherchait, il allait me trouver. Ma main gauche se tendit en direction de ma besace.

— J'ai juste besoin d'une information.

— À ce point cruciale qu'il faille m'apostropher devant chez moi, à la nuit tombée, et sans faire cas de mon refus manifeste de te servir d'herboriste à cette heure ?

Je parlais en fixant ma porte, refusant de me retourner. J'étais terriblement consciente de sa présence dans mon dos, mais ça aurait été faire trop d'honneur à une attitude que je trouvais plus qu'impolie et rudement menaçante.

— À ce point cruciale.

La réponse me surprit. Ainsi que le manque flagrant d'argumentation à la suite de ces quelques mots lâchés, presque grognés. L'hésitation me tiraillait. Je serrai finalement les mâchoires.

— OK, alors on va faire un deal, tu dégages ta main de ma porte, tu recules, tu me laisses rentrer, et je réponds à tes questions depuis l'intérieur, comme dans une conversation presque normale entre deux voisins pleins de bonnes intentions. Ça te va ?

Un instant d'une longueur infinie s'écoula, et je me pris à imaginer le pire – pour lui, principalement, car la résine était dans ma paume, un fin tissu séparant l'agent irritant de ma peau –, mais la main se retira finalement. Bien, brave petit. Je ne l'entendis pas davantage reculer que je ne l'avais entendu s'approcher quelques minutes plus tôt, mais je ne perdis pas de temps à m'en inquiéter, j'ouvris la porte, entrai, sortis la balle vénéneuse l'air de rien, et me retournai vers lui. Il avait beau bien mal plaider sa cause, j'étais une femme de parole, et surtout, ça pouvait effectivement être une information importante pour la survie de quelqu'un. Généralement, les gens allaient trouver un médecin de garde, mais il m'était déjà arrivé d'être dépêchée de nuit pour soulager des crises ou aider sur des accouchements. Considérant la zone reculée dans laquelle je vivais, ça n'avait rien de surprenant.

— J'écoute, fis-je, campée de l'autre côté du porche.

Un grognement bas fut sa première réaction.

— Est-ce que tu as déjà vendu une plante nommée rhodiole dorée ?

Les surprises n'en finissaient décidément pas, ce soir.

— Non. Pas encore.

Ses yeux clairs me fixèrent intensément, j'eus soudain l'impression de me retrouver face à une tempête, infime brindille au centre d'un déferlement de puissance. Oh la la, cet amour du drama : j'essayais d'imiter son ton laconique deux secondes et je me prenais ça dans la face en retour. Je soupirai avant de compléter :

— On m'en a justement demandé aujourd'hui, donc j'ai lancé une commande. Je devrais en avoir la semaine prochaine si ça t'intéresse. Si c'était ça, ton information cruciale, je vais te souhaiter une bonne soirée et un bon retour chez toi. Au pire, on se revoit de jour et dans ma boutique.

Ma suggestion n'eut pas l'air de lui plaire. Étonnant. J'entendais presque les rouages cliqueter sous son crâne tandis qu'il gardait son attention braquée sur moi, figé et hésitant, comme sous le coup d'une urgence. Bien bien, très peu pour moi, merci. Considérant que le sujet était clos, je lui adressai un signe de la main et refermai la porte. Je m'y adossai en soupirant à nouveau, et pas de lassitude cette fois-ci.

En d'autres occasions, je lui aurais bien proposé une petite verveine, à ce M. Montagne. Et plus si affinités. Parce que je pouvais déjà ressentir qu'elles viendraient entre nous, et vite. Si mon flirt de l'après-midi avec Gustaf Lantz tenait plus d'un réflexe habituel, un petit jeu sympathique mais vite oublié, l'attirance magnétique qui me tenaillait en ce moment face à cet homme était incroyablement puissante. Inégalée. C'était une sensation curieuse, mais si tenace que je l'acceptai en haussant les épaules.

Pour l'instant, j'avais bien d'autres choses à l'esprit, à commencer par mon beau, mon splendide, mon adoré vanillier. Et toutes mes autres plantes chéries bien évidemment, dispersées entre mon intérieur, mon jardin à l'arrière de la maison, et la serre attenante.

Je déposai ma besace sur la chaise prévue à cet effet, qui montait la garde juste à côté de ma porte d'entrée, prête à me fournir en veste et autres accessoires. J'avais décidé que, dans une ancienne vie, elle avait été un porte-manteau, et je souhaitais l'aider à retrouver ses sensations perdues. Ça, ou bien la décoration n'était pas réellement un objectif de vie pour moi, au choix. Mon intérieur, avec son foisonnement de plantes et de feuilles entre deux touches de bois clair au mur et au plancher, ainsi que le lin des voilages, me paraissait pourtant ravissant. Alors forcément, je n'allais pas m'embêter pour de la décoration supplémentaire, encore moins quand une chaise pouvait faire l'affaire.

Une force inattendue me propulsa en un fabuleux bond en avant. Je me retrouvai, les bras tendus devant moi pour compenser la perte d'équilibre, à deux mètres de la porte, ouverte en grand sur mon Don Juan n°2 du jour. Don Juan qui allait se voir raccompagné jusqu'à ses propres pénates par des policiers fissa.

Ma boule de résine avait roulé sur le plancher, lâchée dans mon envol inopiné. Je me précipitai vers elle, m'accroupissant pour la ramasser avant de la lancer d'un geste fluide vers l'intrus trop entreprenant. C'était un peu ma bombe poivre à moi, et j'étais persuadée que les circonstances seraient jugées atténuantes, donc autant me lâcher. Il la rattrapa de sa main droite, comme si je venais de lui jeter une balle. Excellentissime idée, sa main probablement dominante allait le faire souffrir. Je garderais secret le fait que je visais son visage et, enterrant cette énième vexation en moi, revins vers lui pour atteindre ma besace et le téléphone portable qu'elle contenait.

Mon plan était typique des embuscades : profitant de sa distraction, j'avance vers le sac, je récupère l'objet, je me retire vite fait. Mais bien évidemment, ma ruse échoua.

J'eus à peine le temps d'empoigner la lanière que je me sentis prise dans un étau. Chaud et ferme, oui, mais beaucoup trop serré pour me permettre des options intéressantes, comme respirer, par exemple. Sans parler de m'en défaire. M. Montagne avait certes été surpris par mon attaque, le sumac avait certes rempli son office, et il émettait certes des grognements plus que satisfaisants, mais je me retrouvais néanmoins prise au piège dans son bras libre, enserrée à la taille tout contre lui. Il me fit basculer en avant d'une impulsion, et je me retrouvai soulevée, les fesses au même niveau que la tête, bien calée sous son bras. J'agitai les jambes dans l'espoir de le déséquilibrer, mais c'était comme si un fin drapeau voulait faire chuter son mât. Aucun espoir de ce côté-là.

— Lâche-moi tout de suite ! criai-je en me débattant, tandis que mes doigts se raccrochaient à ma besace qui descendit pitoyablement les trois marches de mon perron en traînant derrière nous.

Probablement pas plus pitoyable que moi, ceci étant. J'étais partagée entre colère et anxiété.

— On se calme, je t'emmène en sécurité.

— Ah, mais aucun souci, j'ai complètement l'impression de te suivre après avoir fait un choix libre et éclairé, connard ! Parce que je n'étais pas en sécurité chez moi, peut-être ? Non, mais c'est sûr, là, je me sens d'un coup carrément mieux !

Mes cris ne semblèrent pas attirer l'attention de mes voisins les plus proches. OK, les premiers étaient à plusieurs centaines de mètres de là, mais aucune lumière provenant d'un voilage qu'on écarte n'apparut, sans doute n'étaient-ils pas encore rentrés chez eux. C'était bien ma veine. Sans tenir compte de ma véhémence, ou de mon consentement, ou de quoi que ce soit se rapportant à moi de façon générale, il avança à grands pas vers une voiture sombre que je n'avais pas remarquée jusque-là. Une sorte de feulement douloureux lui échappa quand il ouvrit la portière avant de sa main blessée. Bien fait pour toi, sale enflure ! La partie de moi qui avait déjà goûté au venin de la résine prit bonne note de ne surtout pas toucher à cette poignée, un simple contact avec l'huile qu'il avait sur les doigts, même par support interposé, suffirait à déclencher une belle irritation.

J'atterris sur le siège avec lourdeur et profitai d'avoir les yeux dans le sens de la marche pour le fusiller du regard. Dans les faits, étant donné la pénombre et sa stature, je pense que j'atteignis davantage le milieu de son visage, mais en ce cas, ça lui faisait des narines rudement bien fusillées.

— OK, ça va bien deux minutes, tu as bien joué au gorille, maintenant tu me laisses. J'ai des plantes à charge, je ne peux pas me permettre de me faire kidnapper comme ça pour le fun.

J'étais mortellement sérieuse, mais pour toute réponse, je n'eus droit qu'à un claquement de portière au visage. Sans pour autant laisser la panique me submerger, je me retrouvais à court d'options, ne comptant que sur ma gouaille pour récupérer un semblant de réceptivité humaine de la part de mon ravisseur. Il fallait absolument que je rencontre cet énergumène de jour, les cloques géantes de la berce du Caucase lui iraient parfaitement au teint. Dommage que ses toxines nécessitent des UV pour être activées. Je tendis la main vers la poignée pour faire cesser cette farce et m'enfuir du véhicule, quand un bras s'abattit sur mon épaule avec la légèreté d'un marteau sur une enclume. Mon cerveau accusa un retard. M. Montagne se trouvait déjà assis à côté de moi sur le siège conducteur. Je me figeai tandis que la peur me gagnait sérieusement.

À combien sur l'échelle de la guigne étais-je dans la merde, exactement ?

Chapitre 4

Kjell

La douleur dans ma main me lançait. J'en examinai la paume tout en gardant l'autre sur mon encombrante passagère. Des plaques rouges s'étalaient jusqu'à mes doigts, j'avais l'impression que des cloques étaient en train de s'y former. Ça, plus la démangeaison. Parfait.

— Combien de temps ça fait effet ?

L'herboriste ne m'accorda même pas un regard. Ma main valide fit pression sur son épaule.

— Ah ! T'en as encore pour un bon moment. Compte en semaines.

Je serrai les mâchoires.

Pourquoi moi ? J'admettrai facilement qu'en la découvrant quelques minutes plus tôt, j'étais loin de me poser cette question. Son allure éthérée, comme tout droit sortie du brouillard, son regard pétillant et ses joues rosies par le froid lui conféraient un charme qui m'appelait. Moi, ainsi que chaque fibre de mon corps. Mais sa fière beauté ne faisait désormais plus le poids. La lâchant une fraction de seconde, j'enclenchai la fermeture automatique et démarrai.

Je n'étais toujours pas certain de ma décision, mais je n'en voyais pas de meilleure. J'étais chargé d'enquêter sur la provenance de la rhodiole, et depuis que son nom nous était parvenu de la bouche de Margit, qui vantait à qui voulait l'entendre les mérites de son herboriste, elle était devenue notre première cible. Déceler une odeur bien connue sur le seuil de son magasin fermé m'avait conforté dans mon choix, il me fallait la pister. Encore plus si elle était aussi extraordinaire que Margit le laissait entendre. Et malheureusement, l'état de ma main semblait le confirmer. J'aurais déjà dû être guéri à l'heure qu'il était ; or, ça semblait plutôt empirer. Aussi jolie soit-elle, cette petite chose était une bombe à retardement sur pattes. Alors pourquoi m'attirait-elle autant ? J'avais la sensation qu'un feu sacré dévorait mes entrailles, me rendant hyperconscient de chacun de ses gestes, de ses respirations. J'avisai le sac qui reposait sur le sol à ses pieds.

— Peux-tu composer le numéro que je vais te dicter ?

Je n'eus pas besoin de regarder à ma droite pour sentir le regard stupéfait dont elle me gratifia.

— Et puis quoi encore ? Si je compose un numéro, tu peux être certain que ce sera celui des forces de l'ordre.

À cet instant, je compris que si elle n'avait pas encore pris son portable jusque-là, c'est qu'elle craignait des représailles de ma part. Maintenant que j'y prêtais attention, je me rendis compte que chacun de ses muscles était crispé et que sa peur emplissait l'air. Et pourtant, mon odorat était loin d'être aussi bon que sous mon autre forme, celle que j'avais dû utiliser pour la pister jusque chez elle. Je poussai un soupir. À ma décharge, je n'avais pas pour habitude de faire disparaître des humains. Enfin, ça m'était déjà arrivé, mais avec un résultat plus… définitif.

— Je t'assure que j'agis dans ton intérêt, et celui de plusieurs autres personnes.

— J'y crois. Enlever les gens pour leur propre bien, ça me paraît être un bon plan. Je ne vois pas trop où tu veux en venir par contre, parce que niveau rançon, tu ne vas pas tirer grand-chose de mon côté. Ou bien si : tu vas prendre cher.

Un grognement m'échappa tandis qu'une légère envie de meurtre me traversait. Je me forçai pourtant à me calmer, cherchant un moyen d'obtenir sa coopération. L'illumination me vint.

— Tes plantes.

— Quoi, mes plantes ? Tu comptes faire demi-tour pour les saccager ?

L'inquiétude perçait dans sa voix. Elle devait déjà me voir en train de fouler au pied ses précieuses fleurs jusqu'à les réduire en bouillie. Peut-être même que, dans son esprit, je poussais des cris gutturaux.

— On peut trouver un moyen pour qu'elles ne souffrent pas de ton absence. Celui de ton choix, tant que tu suis mes instructions.

J'observai sa réaction du coin de l'œil et ne croisai qu'un regard suspicieux. J'aurais presque ri de la tête qu'elle faisait si la situation n'avait pas été si grave. Je reportai mon attention sur ma conduite tandis que nous traversions des bois.

— Alors ?

— Tu me le jures ? Il y a vraiment des vies en jeu ?

— Oui.

Le soupir qui lui échappa allait probablement déclencher une armée de typhons de l'autre côté du globe. Du coin de l'œil, je la vis néanmoins se pencher et farfouiller dans son sac pour en sortir son téléphone… jusqu'à se figer. Je lui jetai un coup d'œil. Je n'étais pas sûr d'aimer la lueur que je voyais dans son regard.

— Et qu'est-ce que j'y gagne ?

Ça puait le bluff. Elle avait eu l'air d'agréer à la seule mention de sauver d'autres personnes, mais cherchait maintenant à gratter davantage. Je me renfrognai.

— On peut te rémunérer.

— L'argent ne m'intéresse pas.

Considérant la situation, ça nous faisait déjà un point commun. Je décidai d'exploiter mon illumination initiale.

— Tu auras l'autorisation de prélever des herbes sur notre territoire.

— Et y a beaucoup de plantes sur votre territoire ?

— Beaucoup. Dont certaines que tu n'as jamais vues auparavant.

— J'en doute, mais vendu !

L'odeur de sa joie envahit l'habitacle. Je sus qu'elle essayait de se retenir de trop la montrer, mais l'efficacité de sa démarche était toute relative. On aurait dit qu'elle était assise sur un siège éjectable, raide dans sa tentative d'autocontrôle et prête à bondir à tout instant. Elle composa docilement le numéro que je lui dictai, avant de le poser non loin de moi sur le tableau de bord. Elle était vraiment singulière, cette femme.

Les sonneries eurent le temps de retentir plusieurs fois avant que la personne que je souhaitais contacter ne décroche. Ça ne m'étonna pas particulièrement.

— Oui ?

La voix chevrotante qui s'éleva du haut-parleur sembla surprendre ma passagère.

— Margit, c'est Kjell.

— Kjell ? Tu as changé de numéro ?

— Je t'expliquerai. J'ai besoin que tu héberges une personne, c'est en lien avec la rhodiole.

— Oh, j'ai entendu parler de ça. Quand arrivez-vous ? Je prépare des biscuits ! Ça tombe bien, j'allais justement chercher du bois pour en remettre dans le poêle. Fils, il faudra que tu me racontes tout ça plus en détail, tu sais, je n'en ai eu que quelques échos. Elle m'a l'air bien sale, cette histoire.

Les traits empreints de stupéfaction, l'herboriste me dévisagea en articulant silencieusement :

— Fils ?

Je lui répondis d'un hochement de tête, plus occupé à conduire tout en écoutant ma mère se perdre dans un flot de paroles plus ou moins sensées. Elle cachait bien son jeu, à jouer ainsi les mamies modèles alors qu'elle avait été en son temps une des meilleures chasseuses de notre clan. Au moment approprié, soit quelque part au milieu de ses badineries, je casai le mot herboriste. L'ancienne matriarche du clan saurait à quoi s'attendre et pourquoi je la lui amenais. Soudain, la conversation prit une tournure inattendue :

— Hum, mon petit Kjell, je me demande si mon domicile est à ce point adapté, finalement.

La source de toutes les frustrations du monde à côté de moi pouffa sans bruit sur son siège. Je me demandai comment j'avais pu capter son rictus alors que la route était la seule chose devant moi. Il fallait croire que je m'étais laissé déconcentrer. Notant néanmoins pleinement le changement inquiétant dans les mots de Margit, je reportai mon attention sur une énième urgence en devenir.

— Qu'y a-t-il ?

— De charmants messieurs encombrés d'armes semi-automatiques viennent de passer devant chez moi en voiture. Ils ont dû trouver mes rideaux particulièrement dignes d'intérêt parce qu'ils ont ralenti pour mieux les contempler. Ah là là, si seulement j'avais quarante ans de moins.

— Et merde.

— Kjell, enfin ! Ton langage !

Je vis très distinctement les spasmes qui secouèrent le torse de ma passagère tandis qu'elle tentait de retenir son rire. Je ne pouvais même pas m'accorder le luxe de fermer les yeux, je me contentai donc d'accélérer.

— Repérage ?

— Ça m'en a tout l'air.

— Ne sors pas.

— Je ne suis pas née de la dernière pluie. Mais vous devriez vous presser. À vue de truffe, vous devez avoir une fenêtre de trente minutes, pas beaucoup plus.

— On arrive.

— Bien. Tout de même, vous auriez pu prévoir un meilleur moment que celui de mon feuilleton, ce n'est pas très moral de votre part, d'autant que figurez-vous, les héros allaient justement…

Les lumières du village de Margit luisaient au loin, se rapprochant alors que nous sortions de la forêt.

— En approche.

— Tu es si mignon, on dirait presque que tu passes me chercher en avion de chasse. Ça va me faire bizarre de revoir tout le monde. Tu sais si Ingrid est toujours aussi…

Nous nous arrêtâmes devant l'allée qui menait à sa maison.

— Arrivé, je raccroche.

Enfin, du silence. Ou presque, considérant la seconde respiration qui troublait le calme de l'habitacle. Deux yeux gris perle me toisèrent de toute leur superbe. Cette femme me donnait l'envie folle de la croquer. Je n'étais pas encore certain du sens du mot, cependant.

— C'est quoi le plan ? J'ai cru comprendre qu'il avait changé ? C'est moi ou tu fais beaucoup dans l'improvisation, ces temps-ci ? Ça ne fait pas très pro tout ça, tu sais ?

Cette fois-ci, je fermai les yeux et laissai échapper un grognement. Il me fallait bien ça. Être bien élevé signifiait ne tuer personne. C'était une humaine, ces choses-là sont fragiles. Et celle-ci était particulière, à tous points de vue. En mon for intérieur, j'espérais ne pas la condamner à cause de ce changement de plan. L'idée m'horripilait sans que je sois sûr de la raison, mais les intérêts de Járnviðr passaient avant tout le reste, elle y compris. Non, vraiment, je n'aimais pas cette idée.

— Tu restes là, je reviens.

De façon presque étonnante, aucun mot ne monta à l'assaut de mon injonction. C'était revigorant, savoir écouter et obéir en temps de crise était une qualité que j'appréciais à sa juste valeur. Je la laissai là pour courir en direction de la porte d'entrée, qui s'ouvrit sur l'ancienne matriarche, encombrée de deux valises. Nous n'eûmes rien besoin de nous dire, elle éteignit la lumière derrière elle et ferma à clé, avant de se retourner vers moi, prête à partir… et passablement déconcertée. Un sourire amusé se peignit sur son visage tandis que ses yeux se mettaient à briller, focalisés sur un point quelque part derrière moi. Oh merde.

— Oui, moi non plus je ne m'attendais pas à ça pour un premier rencard.

Je me retournai lentement vers la jolie frimousse qui avait fait irruption dans mon dos et qui s'adressait à Margit comme si je n'étais pas là.

Par les crocs de Fenrir, que quelqu'un m'achève.

Chapitre 5

Elin

À ma grande déception, mamie ne renchérit pas en tir croisé.

Au lieu de ça, elle fronça le nez et remarqua la main désormais bien cloquée de son… fils ? Enfin du dénommé Kjell. En temps normal, le processus prenait davantage de temps, mais c'était un sumac de mon jardin. Et ça faisait toute la différence. Je n'avais initialement pas prévu de prendre un air contrit, mais voir son regard bienveillant se teinter de déception me vrilla le cœur.

— À ma décharge, je n'étais pas d'accord pour le tour en voiture.

Le regard de la mort changea de cible un instant – j'aurais juré voir le colosse frémir – avant de se poser à nouveau sur moi.

— Tout de même, ce n'est pas bien pratique en l'état. Allons, allons, te connaissant, tu dois bien avoir de quoi traiter ça quelque part ?

Petite silhouette gracile pourtant peu dérangée par les deux énormes valises qu'elle portait elle-même, elle s'installa tranquillement sur la banquette arrière. Margit était un nom répandu en Suède, mais je n'aurais jamais cru que la petite mamie, ma cliente, mon fan-club à elle seule, serait également la mère de mon drôle de kidnappeur, plus ou moins partenaire à l'heure actuelle. Sans faire cas de ma surprise, elle cala ses affaires à côté d'elle, tout à fait parée au décollage. J'étais estomaquée par le ratio tremblements - force nécessaire pour porter son barda. Mon immobilité stupéfaite ne devait pas faire long feu pour autant, une main m'attrapa et je m'envolai quasi littéralement derrière un Kjell déterminé à rejoindre le véhicule au plus vite. Je me débarrassai de la sensation d'être un ballon de baudruche en agitant les jambes pour me mettre à courir à sa suite. Je ne savais toujours pas ce qu'il se passait ni si tout ce qui se produisait avait réellement un sens, et encore moins pourquoi je me retrouvai embarquée dans cette histoire. À nouveau bazardée comme un sac sur le siège avant, je me retrouvai dans l'exacte même position que précédemment, claquage de portière au nez et téléportation impossible de M. Montagne… Kjell, au volant. Il démarra sur les chapeaux de roue.

— Alors, ma chère ?

Ça, ça devait être moi. Mamie… Margit s'adressait à moi. Ah oui, de quoi soigner le conducteur ! Il ne s'était même pas plaint, aussi, alors que les cloques compliquaient déjà ses mouvements. J'étais contente d'avoir rechargé mon sac après la déconvenue de ce matin, qui paraissait maintenant si loin.

— Fais voir ta main, fis-je en imitant le ton laconique du conducteur.

Celui-ci me la tendit en silence, tout en restant concentré sur la route. C'était un sacré chantier, et ça devait faire rudement mal. J'enfilai un gant pour appliquer mon onguent spécial sumac, le bien nommé – par moi-même – « Sauveur de vies et de cloques ». Je le vis serrer les mâchoires et étouffer un grognement tandis que j'étalais la pâte blanchâtre sur les zones touchées. Était-ce possible d'avoir une paluche aussi sexy ? Et ce alors qu'elle était moitié rouge, moitié recouverte d'onguent ? Manifestement, la réponse était oui. La mienne paraissait ridiculement petite en comparaison, avec des doigts miniatures et fragiles. Sa peau se révéla rugueuse et curieusement parcourue d'une belle cicatrice oblongue.

— Tu as l'habitude d'arrêter les balles à main nue ?

Entre ça et le projectile de sumac que je lui avais envoyé…

Seul un bougonnement me répondit. Sous mes yeux, les manifestations de la toxine s'évaporaient à une vitesse presque trop folle pour être réelle. J'avais l'impression de regarder un film en accéléré. Comment était-ce possible ? OK, c'était un onguent de mon cru, concocté à partir de mes plantes, mais il venait de faire connaissance avec mon propre sumac. La main que j'avais devant moi aurait dû avoir plusieurs heures d'absorption au compteur, pas quelques secondes. Elle disparut d'ailleurs aussitôt de mon champ de vision pour revenir vers son propriétaire, qui lui jeta un coup d'œil avant d'afficher un air satisfait. J'étais stupéfaite.

— Tu… commençai-je.

— Comment fais-tu pour obtenir des effets aussi puissants ?

Son interruption me sortit de ma torpeur.

— Il suffit que ce soit moi qui plante un végétal. Soit à l'état de graine, auquel cas il acquiert ses propriétés directement, soit, par exemple si je suis allée le récupérer à l'état adulte dans la nature, une fois que j'ai fait pousser sa descendance.

— Tu obtiens quels types d'effets ?

— Hum, ce n'est pas compliqué, ça donne quelque chose comme mille fois les effets naturels de la même plante qui serait plantée par quelqu'un d'autre.

Mon explication eut le mérite de le faire réfléchir. Et ouais. Je me satisferais d'un autel et de quelques offrandes, merci bien.

— Toi exceptée, par quel autre moyen serait-il possible de se procurer de la rhodiole dorée dans la région ?

Il était dur à suivre, ce « petit Kjell ».

— Avec ou sans propriétés décuplées ?

Pour « avec », la réponse serait facile, il n'y avait que moi qui pouvais y prétendre.

— Sans.

Évidemment.

— Voyons… La rhodiole n'est pas particulièrement rare sous nos latitudes, mais je n'ai jamais croisé cette sous-espèce en particulier. Je n'ai pas de confrère ou de consœur à moins de trois heures de route, donc j'aurais tendance à me diriger vers Internet si je voulais en trouver. Cependant, je peux essayer de contacter mes fournisseurs habituels pour me renseigner.

— Voilà qui ne va pas nous faciliter la tâche, n'est-ce pas, Sköll ? conclut mamie Margit en s'invitant dans la conversation avec désinvolture.

Hein, il ne s'appelait pas Kjell il y avait encore deux minutes de cela ? Margit répondit à mon interrogation silencieuse par un simple sourire bienveillant. Je commençais à douter de ses airs de mamie adorable : à mon avis, elle n'avait pas employé ce mot devant moi pour rien. Ça collait aussi avec le nouveau renfrognement de M. Montagne-Kjell-Sköll-Sexy.

— Sköll ?

— Ne fais pas attention, on a nos propres termes.

Je me renfrognai et me calai dans mon siège. Du coin de l'œil, je notai tout de même un changement chez mon interlocuteur, comme s'il se raidissait à mesure que nous roulions. Je pris la peine de jeter un coup d'œil à l'extérieur avant de le relancer avec une réplique pleine d'esprit comme j'en avais le secret, et le choc manqua de me laisser bouche bée.

Il était difficile de se repérer de nuit, mais j'étais à peu près certaine que nous venions de franchir les limites du territoire vargr. Il fallait pourtant une à deux heures de route pour ne serait-ce que les atteindre, je n'avais pas eu conscience que nous avions roulé si longtemps. Le départ de la sente qui s'enfonçait dans la forêt de bouleaux que j'avais explorée dans la matinée devait se situer dans les environs, nous n'étions pas encore au niveau de leur village, que je situais au cœur de leur domaine, mais nous nous rapprochions. Je fus prise d'un rire nerveux.

— Tu es perdu ? Tu as le droit de l'avouer, tu sais.

Il leva un sourcil.

— Je connais la route.

— Donc tu sais qu'on se dirige vers Járnv…

Le regard qu'il consentit à me lancer en profitant de la ligne droite m'arrêta tout de suite. Ah. Bon. Mais alors…

— Juste pour info, il y avait des coups de feu dans le coin ce matin. Ah, et un gars m'a gentiment raccompagnée à mon véhicule en me courant après comme un taré. Un ami à toi ? De la famille ? Un tonton, peut-être ?

Une autre vérité me percuta avec la force d'une torpille lancée à pleine vitesse. Mais alors. Mais alors. Nom d'un ver à soie, le territoire dont il parlait et sur lequel j'avais l'autorisation de récupérer les plantes que je voulais... C'était le territoire vargr ! Un emballement exalté me submergea. L'anticipation. En dehors de ce matin, je n'avais fait que quelques rares incursions dans les parages, mais à chaque fois, j'en étais repartie avec des trouvailles que je ne croisais nulle part ailleurs malgré mes nombreuses pérégrinations dans les forêts du Nord. Dire que j'avais pensé que la négociation portait sur un bête terrain privé quelque part dans la montagne, alors qu'on parlait de dizaines d'acres truffés de plantes rares que je suspectais fort d'être endémiques, spécifiques à cette zone. J'avais envie de crier, de bondir, de danser, le tout avec un maximum de mouvements pour laisser exploser hors de moi toute cette allégresse. Voilà qui dépassait toutes mes espérances. Mon excitation palpable tira un rire éraillé à la mamie derrière nous alors que notre chauffeur faisait mine de ne pas s'en rendre compte.

— Oui, nous avons eu quelques visiteurs indésirables dans la matinée.

— Sûrement les mêmes gentlemen que j'ai vus passer devant chez moi tout à l'heure ?

Kjell n'avait pas l'air d'avoir prévu de donner autant de détails à Margit en ma présence, mais confirma d'un borborygme vaguement affirmatif. C'est que ça s'accroche à ses secrets, ces petites bêtes.

— Et moi dans tout ça ? Et les fusils ? Et le taré qui m'a poursuivie ?

— Les indésirables avaient des fusils, le reste devait être une erreur. Bien que les restrictions concernant l'accès à notre territoire soient toujours en vigueur.

Je me vis gratifiée d'un regard impérieux. Tiens, parce qu'en plus de ne pas s'excuser au nom du taré en question qui faisait sans nul doute partie de son peuple, j'avais droit à un sermon ? Je penchai la tête en plissant les yeux. Ma vengeance serait terrible, à la mesure des dommages subis. Mais d'ici là, j'allais profiter pleinement de notre marché. Il me tardait déjà d'aller ratisser la forêt qui entourait leur village. Un coup d'œil à l'extérieur me fit d'ailleurs noter que cette dernière se clairsemait, laissant la place à ce qui de jour devait être une vaste plaine. Je n'étais jamais venue jusqu'ici.

Les phares éclairaient une herbe rase, aux tons ocre typiques de cette période de l'année dans les montagnes. Je n'avais aucun mal à m'imaginer le paysage, sauvage et battu par les éléments. Ici, le vent devait être impitoyable, et je comprenais parfaitement les végétaux de ne pas vouloir pousser davantage que le strict minimum. La moindre fioriture constituait un sacré désavantage par rapport aux concurrentes, risquant inévitablement de les faire basculer vers l'extinction compte tenu du caractère impitoyable des conditions climatiques. Le sol pelé laissa abruptement place à un mur de bois. D'immenses palissades à l'allure ancienne s'élançaient à l'assaut du ciel, le matériau sombre et la pénombre leur conférant un caractère à la fois sauvage et sinistre qui me donnait l'impression de m'approcher d'une prison d'un autre âge. Une lourde double porte s'ouvrit à l'approche du véhicule, laissant voir les larges sillons qui défiguraient le béton de la route menant à l'intérieur, probablement tracés au fil du temps. L'épaisseur des murs me laissa pantoise. Ils s'attendaient à une attaque déferlante de chars russes ou bien ? Plus étonnant encore, je me rendis compte que de hauts miradors flanquaient l'enceinte fortifiée. Celui que j'apercevais le plus distinctement semblait même accueillir une sentinelle, au vu de l'ombre qui s'y déplaçait. Tout ça n'avait vraiment rien d'effrayant, mais je ne pus m'empêcher de déglutir tout de même, pour la forme.

À l'intérieur, plusieurs maisons dans le même style que la mienne s'accrochaient au pied de la palissade, m'évoquant une drôle de forteresse médiévale européenne, ponctuée de touches scandinaves. Un petit monde isolé du reste. Il s'en dégageait un sentiment de promiscuité auquel je n'étais pas habituée, considérant les grands espaces qui s'offraient à nous dans la région.

Kjell se gara sur un parking commun et sauta aussitôt du véhicule. La fluidité de ses mouvements me fit regretter de ne pas avoir compris plus tôt qu'il était un Vargr. Ça, et ce petit quelque chose que j'avais déjà vu chez certains d'entre eux lorsqu'ils passaient au village, une force contrôlée, maîtrisée, une allure militaire au milieu de civils.

— Je dois parler au Conseil. Ça va aller ?

Il se tourna vers nous, et je perçus une soudaine sollicitude dans sa voix, comme si sa façade de gros dur se fissurait.

J'ouvris la bouche pour lui répondre, touchée par sa question, mais me figeai au dernier moment.

Ce n'était pas moi qu'il regardait.

Margit acquiesça avec un sourire, et son rejeton des enfers s'évanouit dans la nuit. Elle sembla trouver ça tout naturel, mais moi, j'hésitais entre l'incertitude et l'angoisse de me trouver en un lieu inconnu. Dans le but de l'exorciser, et parce que je ne me sentais pas davantage en sécurité dans la voiture, je carrai les épaules et sortis à mon tour. Je n'arrivais pas à croire que j'étais entrée dans Járnviðr, le village des Vargrs. Mes yeux se posaient partout où ils le pouvaient, au gré des lanternes éclairant ici et là les allées, des angles de façades, des porches… et des ombres vives. Des personnes approchaient.

Je tentai de suivre la progression de l'une d'entre elles, mais je fus soudain propulsée sur plusieurs mètres et projetée contre un mur. L'impact me tira un cri de surprise. Affolée, je cherchai à comprendre la source de cette violence, et il ne me fallut pas longtemps pour l'identifier. Une énorme main sur mon plexus solaire me pressait contre la paroi derrière moi, mes pieds touchant à peine le sol. Une silhouette massive envahissait mon espace, son autre bras, libre, était posé juste à côté de mon visage dans une posture d'intimidation. La menace était palpable.

— Tiens, tiens, je t'ai manqué ? Quelle bonne idée de venir te jeter dans mes bras !

Il se rapprocha, humant mon cou comme un connaisseur le ferait d'un vin rare. J'étais pétrifiée de peur. Ce type m'était vaguement familier. Soudain, je compris, et mon anxiété grimpa d'une petite centaine de niveaux.

— Oh, oui, je vois que je t'ai fait un bel effet, ce matin. Mais ne t'inquiète pas, nous allons avoir largement le temps de tirer tout ça au clair. Soit par ta mort, soit par ton emprisonnement à vie, maintenant que tu as pénétré dans notre lieu sacré. À mon avis, tu peux miser sur ta mort, ceci étant.

M'évanouir ? Lui cracher au visage ? M'évanouir ? Hurler ? Trembler en silence ? M'évanouir ? Je n'étais sûre de rien concernant la marche à suivre. Son regard semblait s'enfoncer en moi, brûlant tout sur son passage. Ses pupilles luisaient étrangement, porteuses d'une promesse de danger. Une toux derrière lui le fit ciller, me permettant de reprendre un léger filet d'air.

— Eh bien, eh bien, je pensais que ce premier rendez-vous concernait Kjell ? Ma chère, surtout ne le prends pas mal, mais votre position ne me paraît pas tout à fait appropriée dans un lieu public.

Chapitre 6

Elin

Au moins, derrière ces palissades, nous étions protégées du vent.

Il fallait voir le bon côté des choses, même si cela s'avérait plus complexe que prévu. Je me tenais contre la voiture qui m'avait amenée dans ce piège, me massant la gorge d'une main, l'autre rivée sur ma besace, avec, face à moi, une Margit qui monologuait joyeusement sur je ne sais quel sujet. Depuis son intervention ayant fait déguerpir l'autre taré sans que je sache exactement pourquoi – à part peut-être le fait qu'elle ait cassé l'ambiance –, elle n'avait de cesse de papoter avec assiduité. Il était question d'une recette de boulettes de viande, ce qui intéressait au plus haut point la végétarienne que j'étais. Surtout une végétarienne en état de choc. Je n'avais qu'une envie, me jeter illico dans le véhicule de malheur, démarrer, et foutre le camp d'ici à toute vitesse. Quitte à écraser deux ou trois des veilleurs que nous avions vus à l'aller. Au pire, je pourrais toujours retenter de m'infiltrer sur leurs terres de jour pour récupérer des plantes, quitte à redoubler de prudence pour ne pas me faire repérer. Tout me paraissait mieux que la situation dans laquelle je me trouvais. Sauf que les clés n'étaient plus sur le contact, j'avais vérifié, donc je m'étais rabattue sur l'option numéro deux pour ne pas me mettre à courir en hurlant.

Berce du Caucase ? Non, plutôt quelque chose à faire bouffer à mon agresseur. Il ne s'en tirerait pas avec une bête brûlure et la peau qui tombe. Aconit féroce ? Nan, trop radical, il fallait qu'il souffre avant de trépasser. Oh, *Aethusa cynapium*, j'en avais dans mon jardin, et j'aimais assez l'idée de le voir succomber en s'étouffant des suites d'une paralysie respiratoire. Mais ça ne collait pas au personnage. Il fallait plus violent, plus sale. La mandragore, avec ses hallucinations, me plaisait bien. Ça, plus une atteinte cardiaque et nerveuse, ça ne me paraissait pas si mal. Et une mydriase, pour cacher son drôle de regard… Une voix me tira de mes plaisantes réflexions.

— Bon, le Conseil valide, vous allez toutes les deux passer la nuit ici. Margit, tu bénéficies évidemment de l'hospitalité du clan autant que tu le souhaites…

— Juste le temps que votre petite affaire soit réglée, merci bien.

— L'herboriste, tu…

— Elin, le coupai-je.

— Elin, prononça-t-il en semblant goûter le mot sur ses lèvres, il est important pour nous que tu restes aussi. Avec un peu de chance, tu pourras rentrer chez toi une fois que la crise sera passée, mais à la seule condition de nous promettre de ne rien révéler sur ce que tu auras vu lors de ton séjour.

Ma main se leva pour l'arrêter. Il était fort mignon à négocier d'emblée, mais la base de notre accord était déjà branlante.

— Il est hors de ques…

Je m'interrompis quand Kjell s'approcha soudain de moi, un drôle d'air sur le visage. Il ne s'arrêta qu'à une vingtaine de centimètres, considérant mon cou, descendant jusqu'à mon torse avec un sérieux implacable.

— Hey ! À quel moment…

Un doigt se posa sur mes lèvres sans que son propriétaire se déconcentre. Son expression se durcit mortellement, ses traits révélant une colère sourde qui s'amplifiait au fil de son analyse. Je commençai à reculer prudemment, cherchant du regard ma super héroïne du troisième âge.

J'hésitai à mentionner que normalement ce n'était pas l'effet que produisait la vue de ma poitrine, mais j'étais bien trop terrifiée pour émettre un son intelligible. Après une attente qui me parut interminable, mais qui ne dura probablement que quelques secondes à peine – les plus longues de ma vie, ceci dit –, il se recula pour se tourner vers Mamie. Figée, je profitai de la vue à nouveau dégagée pour adresser mon plus beau regard de reproche à celle-ci. Ma survie, physique et surtout mentale, dépendait de Margit, et elle n'avait même pas levé le petit doigt. Pas la moindre petite phrase de désamorçage explosif dont elle semblait avoir le secret. Traîtresse.

— Badr.

Le mot, pourtant prononcé sur le ton de la conversation par Kjell, était clairement un appel. Il ne fallait pas être sourd, chez les Vargrs, si tout le monde s'invectivait avec cette force. Sans un bruit, le psychopathe que je comptais bien gaver de plantes apparut à quelques mètres de nous, me faisant sursauter au passage. Je détestais sursauter. Je détestais ce type. Je détestais cette situation. Tant pis, il me fallait considérer l'aconit féroce.

Je choisis de les quitter du regard un instant pour vérifier le contenu de mon sac, mais un grognement soudain me fit aussitôt relever les yeux, cherchant frénétiquement l'origine de la menace. Kjell avait bougé, il se tenait face au dénommé Badr, assez proche pour l'écraser de sa présence. Ça, ou alors il allait se jeter sur lui et l'embrasser passionnément. Considérant le grognement qui me glaçait le sang, émis par mon partenaire de marché, je penchais pour la première option. Non que la seconde ne m'eût pas intéressée. Je les observais à la lueur d'un réverbère. Les deux hommes auraient fait un couple incroyable, le contraste de peau, claire pour Kjell et foncée pour l'autre, était du plus bel effet. Le premier était brun, avec une longue chevelure surmontée d'une queue de cheval dégageant les mèches de ses tempes, ce qui écrasait d'élégance la coupe en brosse rudimentaire de Badr. Mais le match risquait de ne pas être capillaire. Si mon guide était un colosse déjà impressionnant et bien proportionné, Badr était plus grand encore, et son bras devait faire la taille de la cuisse de Kjell. Ce dernier partait avec un gros désavantage.

— Tu ne la touches plus. Jamais. Elle est sous ma protection.

La stupeur me bloqua la respiration. Ils avaient beau être dans une proximité quasi intime, Kjell avait parlé assez distinctement pour que je puisse l'entendre, ainsi que probablement n'importe qui se trouvant dans les alentours. Whaou. En tant que nouvelle venue, et non-Vargre, j'avais du mal à le croire. Et je n'étais pas la seule, au vu de la tête que tirait Badr. D'un point de vue pragmatique, c'était déjà une très bonne nouvelle, mais sa formulation avait en plus quelque chose de follement romantique. Un point pour mon nouveau chevalier servant.

— Elle était ce matin aux abords de…

— Je sais. Et elle n'avait aucun rapport avec l'attaque.

Badr accusa le coup. Je captai le coup d'œil incrédule qu'il jeta vers moi et lui retournai un sourire empli de promesses. Eh oui, tu t'es planté, connard. Sacrément même. Et tu vas me le payer. Cher.

— Noté, Sköll.

— Bien, Hati.

Et juste ainsi, le conflit fut réglé. Je crus voir les deux opposants s'incliner d'une infime façon, et Badr-Hati se barra. C'était aussi simple que ça, à leurs yeux. Pas la moindre excuse pour moi, pas même un signe, comme si rien n'avait eu lieu. J'étais officiellement outrée.

— Il ne tentera plus rien contre toi.

Une partie de moi était persuadée que Kjell s'efforçait de se montrer rassurant envers moi et trouvait ça presque mignon. Une autre crevait d'envie de foutre le feu à leur village.

— Ouf ! Alors, ça rattrape totalement son comportement, celui de ce matin comme celui de tout à l'heure.

Le sarcasme coula sur lui sans susciter la moindre réaction de sa part ; l'imperméabilité de Kjell paraissait totale tandis qu'un air satisfait se peignait sur ses traits. Je devais être en train de rêver.

— Hé, je déconne ! Ce n'est pas fini, il ne s'en tirera pas comme ça, il me doit des excuses, a minima.

Mon interlocuteur haussa les épaules.

— Tu auras le temps de voir ça avec lui dans les jours qui viennent.

J'y comptais bien.

— Ah oui, puisqu'on en parle, il est hors de question que je reste ici. Comme tu le sais, j'ai des plantes à charge, et une herboristerie.

— Nous pouvons aller demain voir tes plantes et ta boutique, pour que tu puisses prendre tes dispositions l'esprit tranquille.

Je commençais à être fatiguée de cette journée. Ma tête, mes émotions, tout saturait. Je n'avais qu'une envie, me coucher quelque part et dormir. Même la présence de mon Sköll sexy ne me motiverait pas plus. Et à ce sujet…

— Va pour demain. Nous verrons le reste hors de cet endroit. Oh, et tu peux d'ores et déjà préparer tes réponses, je ne compte pas rester dans le flou. Je veillerai à faire mention de leur vitesse, ce terme « Sköll », les pupilles étranges de Badr, leur intérêt démesuré pour la rhodiole, et probablement d'autres que je te trouverai à tête reposée.

Sous-entendu, attends-toi à négocier sévère, mon petit bonhomme. Et à cracher de l'info.

— Très bien. Je ferai de mon mieux pour répondre à tes interrogations.

Il se tourna ensuite vers Margit.

— Notre ancienne maison est prête pour vous accueillir, si tu t'en sens capable et que tu veux bien y accepter notre… invitée.

— En route, ma chère ! Il me tarde presque de revoir cette vieille bicoque. C'est mon mari qui l'avait construite en son temps, pas bricoleur pour deux sous ! Je ne l'ai épousé que bien plus tard, et tu n'imagines même pas tous les défauts qu'on a trouvés au fil des années, il a fallu constamment tout réparer !

Le mode babillage était activé côté Mamie. Je ne tirerais plus rien de Kjell ce soir, et dans l'état dans lequel j'étais, ce n'était probablement pas plus mal. Margit m'invita à les suivre, elle et ses deux énormes bagages, en traversant d'un bon pas le monde miniature que semblait être cet étrange village. Je n'en étais pas certaine, car le mur anti-apocalypse n'était pas éclairé, mais il me sembla que nous le longions à bonne distance. Il devait bel et bien faire entièrement le tour de Járnviðr. La maison de Margit ne se dressait qu'à quelques mètres de la palissade. Elle avait dû être coquette en son temps, mais la peinture écaillée et la légère odeur de renfermé qui nous assaillit une fois à l'intérieur ne trompaient pas.

Je crus déceler de la nostalgie sur le visage de la vieille dame tandis qu'elle considérait les lieux.

— Puis-je savoir pourquoi vous êtes partie ? Si j'ai bien compris, vous êtes une Vargre, est-ce lié à un mode de vie particulier ?

Elle déposa ses valises et me retourna un adorable sourire qui plissa l'entièreté de la peau de son visage, contrastant avec une tristesse douce que je ne m'attendais pas à y découvrir.

— Oh, c'est tout bête, je voulais échapper à tous ces souvenirs après… son départ.

Je la dévisageai, le cœur serré pour elle. Avant que j'aie eu le temps de lui exprimer toute ma compassion, elle m'adressa un clin d'œil et reprit :

— Et puis, j'aime vivre à l'extérieur, vos feuilletons télévisés valent le détour, c'est fou ce qu'on capte mal ici !

La stupeur me passa au-dessus du crâne. J'étais officiellement immunisée pour les heures à venir. Aussi, je me contentai de lui répondre d'un hochement de tête, comme si tout était parfaitement normal. Je montai jusqu'à la chambre qu'elle m'attribua, envoyai un message à mon père pour m'excuser de ne pas être venue le voir, et m'affalai sur un vieux lit à ressorts dans un concerto de grincements.

Chapitre 7

Elin

Les regards posés sur moi avaient quelque chose de glaçant. Le chemin depuis la maison de Margit jusqu'au parking situé près de la porte que nous avions utilisée la veille n'était pourtant pas bien long. Il me permit néanmoins de faire quelques observations. D'abord, les habitants de Járnviðr se montraient distants, en particulier les femmes, pour une raison qui m'échappait. Les personnes que je croisais paraissaient être venues uniquement pour me jeter des regards noirs, bien que je captasse quelques cillements intéressés par mon apparence dans le lot. Je me retins de leur retourner leurs œillades pour ne pas finir lapidée par leur hospitalité. L'ambiance était étrange, je regrettais presque que Margit ne m'ait pas accompagnée. Je décidai de carrer bravement les épaules et de me laisser aller à observer l'endroit avec curiosité.

De jour, je comprenais à quel point j'avais eu tort de considérer ce lieu comme un village basique, avec certes des habitations plus rapprochées et un mur d'enceinte, mais sans rien d'autre de notable. Avec l'obscurité, j'avais raté un léger détail, telle une baleine bien cachée sous un gravillon. Le village vargr se protégeait de l'extérieur en s'entourant d'une palissade, mais il s'isolait également de ce qui aurait dû être son centre par une seconde fortification en bois d'une épaisseur inégalée. Je ne savais pas combien d'arbres avaient servi à constituer cet autre mur, mais celui qui séparait Járnviðr du reste du monde était fin comme du papier à lettres en comparaison à celui de l'enceinte intérieure. Il était clair que les gens s'attendaient plutôt à ce que l'attaque de chars, ou de n'importe quelle autre division de blindés, provienne du centre de leur cité.

Et ça ne faisait aucun sens.

— Prête ?

La vision devant moi, virile, rude et incroyablement sexy, me choqua et envoya directement mon pauvre cœur en réanimation. Kjell m'attendait avec la patience relative d'une personne polie, mais qui a d'autres choses à faire. Pourtant, il allait attendre encore un peu. Lui non plus, je ne l'avais pas encore vu à la lumière du soleil. Or l'astre en question avait beau être étincelant dans son immensité d'un bleu pur, il avait du mal à tenir la comparaison avec mon chauffeur attitré.

Je décidai immédiatement de placer Gustaf Lantz sur liste d'attente tandis que je dévorais du regard cet homme à l'allure viking, sans doute due à sa musculature et à la longueur de ses cheveux blonds. Deux yeux d'un bleu infiniment clair me détaillèrent, perplexes. Ah oui. Activer les jambes pour avancer vers la voiture. Vers lui. J'avais presque le sentiment que quelque chose me poussait dans sa direction, c'était ténu, intangible, mais intense. Et ce n'était pas *que* ma libido, étonnamment.

— Parée à retrouver la mer, capitaine ! Et mes plantes, par la même occasion, fis-je en m'asseyant sur le siège passager.

OK, ma blague s'avérait pauvre, mais déjà ma voix n'avait pas flanché et en plus, mon cerveau était resté vaguement disponible. On partait sur un petit miracle, il fallait bien le reconnaître. Kjell n'en tint pas compte et hocha simplement la tête en réponse. Il allait pourtant devoir se montrer un rien plus loquace dans les prochaines heures. Je tenais à mes réponses.

Il démarra et se dirigea vers la double porte de la veille. Je n'arrivais pas à décider si elle était plus impressionnante de nuit ou de jour, mais en tout cas, personnellement, je ne l'aurais prise d'assaut pour rien au monde. Or c'est pourtant ce que semblait faire quelqu'un.

Kjell accéléra pour atteindre rapidement le seuil, repérant l'agitation des sentinelles. Je n'entendais pas ce qui se disait, mais ça ne parut pas gêner mon compagnon. Sur son ordre, les deux battants s'écartèrent, s'ouvrant sur un luxueux véhicule noir, à mi-chemin entre la berline et le 4x4. Sans tenir compte de sa présence, Kjell avança comme si la route était dégagée, tandis que la double porte se refermait derrière nous. La voiture en face eut l'obligeance de reculer jusqu'à ce que la route s'élargisse et permette le croisement – c'était ça, ou se faire percuter de front, l'un dans l'autre, reculer était donc un choix tout à fait louable. Les traits de mon chauffeur se tendirent quand nous arrivâmes au niveau de la fenêtre de l'autre conducteur. Celle-ci s'abaissa, révélant une tête que je n'aurais pas cru voir ici : Gustaf Lantz.

Mon étonnement ne dura pas. Il y avait bien un lien entre sa présence, les Vargrs, et ma petite personne, et il s'agissait à coup sûr de la rhodiole dorée. Il faudrait que je pense à le remercier chaudement de m'avoir entraînée dans cette histoire, d'ailleurs. Ou pas.

— Ravi de te voir, Vargr.

Ouch, il y avait, quelque part entre eux, un acte de diplomatie qui avait sérieusement foiré. Du moins si on en croyait son ton faux et son sourire dangereux. Sourire qui se fana en m'apercevant derrière Kjell. En toute décontraction – feinte –, je lui adressai un petit signe de la main, comme si de rien n'était. Pas ma guerre : on est polie et on passe à autre chose. Le baron du bois plissa les yeux avant de se reprendre.

— Et toi également, très chère herboriste.

Avant que je ne puisse répondre quoi que ce soit, Kjell trancha dans le lard avec ce que je soupçonnais être sa délicatesse habituelle.

— Je n'en dirais pas autant. Tu es sur notre territoire, pars.

— J'espérais savoir si vous aviez réfléchi à nouveau à ma proposition. Je crois que vous avez passé une agréable matinée hier, je tenais à vous assurer que votre bien et celui de votre territoire étaient mon absolue priorité.

— C'est non. Pars et ne reviens plus.

— Quel dommage. Enfin, nous verrons, mon offre tient toujours, n'hésitez pas à y songer. Quant à toi, ma chère, j'attends ton appel.

Il haussa un sourcil tout en me lançant un regard pleinement séducteur. Je devais avouer qu'il gagnait un point pour l'audace, alors qu'il y avait un Kjell massif entre nous, et plutôt furieux avec ça, à voir sa mâchoire contractée et les plis de son front qui s'organisaient en une sacrée ride du lion. Le charme que ça lui conférait me fit presque soupirer. Hum, désolée Gustaf, tu restes en seconde position. Nous partîmes sans attendre, direction mes petites herbes chéries.

Sur le trajet, j'eus l'impression que Kjell lançait quelques regards dans le rétroviseur, probablement pour s'assurer de l'absence d'une certaine voiture noire. Je demeurais silencieuse à dessein. Je souhaitais voir si mon partenaire se lancerait de lui-même dans des explications qui s'avéraient plus que nécessaires compte tenu du contexte. Mais plus le temps passait, plus ma frustration augmentait. Pas un mot ne sortait de sa bouche.

Nous fîmes un arrêt rapide à l'herboristerie, où je vérifiai que tout pourrait tenir sans casse si je m'absentais quelques jours supplémentaires. Côté revenus, comme je l'avais dit à Kjell quand il avait tenté de négocier ma coopération dans toute cette affaire, je n'avais pas à m'inquiéter. En vérité, je n'avais même pas besoin de tenir une boutique réelle, je ne le faisais que par goût : mes exportations régulières en Asie, résultat du seul touriste à qui j'avais vendu mes herbes maison, me garantissaient une confortable rentrée financière. J'accrochai une pancarte derrière la porte pour prévenir mes clients, et nous étions en route pour ma maison. La vue d'un angle de ma serre me remplit de joie.

Enfin.

Je sautai de la voiture à la manière d'un Kjell véloce, me rendant à peine compte de mon degré d'anxiété à l'idée de laisser mes végétaux sans soin. Avant même de tirer les vers du nez de mon silencieux partenaire, je passai chaque plante en revue, chouchoutant, distribuant eau ou systèmes d'arrosage par diffusion à celles qui risquaient de manquer. Une fois celles de l'intérieur à peu près calées, y compris mon vanillier, je passai au jardin extérieur. La sensation de plénitude que me procurait le fait de mettre les mains dans la terre, autour d'une plante, était indescriptible. Pour autant, je percevais la présence de Kjell non loin de moi, je pouvais sentir son regard sur moi presque physiquement. Ce n'était pas dans mes habitudes – j'étais plutôt du genre à allumer la mèche au lance-flamme –, mais il me fallait désamorcer la tension sexuelle qui menaçait de poindre très sérieusement.

— Plutôt que de me suivre comme une ombre un peu malaisante, passe donc à table.

Je n'avais même pas redressé la tête, affectant d'être pleinement occupée à ma mission de sauvetage.

— Ah, et au passage, si tu veux bien, j'aimerais que tu m'apportes les cagettes qui se trouvent à ta gauche. Mais crache le morceau quand même. À commencer par ce que te veut Gustaf Lantz. Je suppose que c'est lié à la rhodiole dorée ?

Dans un claquement de bois, une cagette tomba à côté de l'endroit où je me tenais accroupie. Ah ah. Comme si ça allait suffire. Un grognement derrière moi me signifia toute la réticence de Kjell à répondre à ma question. Mais une promesse était une promesse. Je lui lançai un regard en coin.

— Ce que veut cet individu, c'est notre territoire. Il a des vues sur le centre de notre village.

— Ça tombe bien, je comptais te poser la question plus tard, mais, qu'est-ce qu'il y a derrière votre énorme mur ? Si ce n'est pas indiscret, bien sûr.

— C'est indiscret. Mais pour calmer tes interrogations, il s'agit de sources chaudes.

Ma bouche s'arrondit en un « o » silencieux et je me retournai vers lui pour vérifier qu'il n'était pas en train de me mener en bateau. Il n'y avait aucune source chaude en Suède, le pays n'était pas situé sur une zone volcanique, et c'est d'ailleurs ce qui expliquait en partie que nous ayons des saunas à la place. Je n'aurais jamais cru tomber sur des sources chaudes ici, dans le comté de Norrbotten, à l'extrême nord du pays. C'était malin, maintenant je crevais d'envie de me jeter dedans. En compagnie de Kjell peut-être, à bien y réfléchir. Mais pourquoi mettre une gigantesque barrière autour ? Il y avait à nouveau une baleine mal cachée. Repenser au village et à ses habitants me fit bifurquer sur autre chose.

— Temps mort. Toi et tout Járnviðr exsudez le militaire, l'autorité. Ça a un rapport avec les sources ? Et c'est pour ça que vous les enfermez ? C'est un liquide radioactif ou quelque chose du genre ? Et moi, je risque de développer un truc pour avoir dormi à côté ? Et pourquoi restez-vous al…

— Une à la fois, me coupa-t-il en soupirant.

Oh la la, le pauvre chéri était submergé. On faisait son impassible, mais on ne pouvait pas gérer quelques questions ? Mes interrogations étaient sans fin, sa lenteur me frustrait au plus haut point.

— Réponds donc à chacune à la fois alors. Je t'en pose d'autres ensuite.

— Bien. Tes questions sur les sources sont légitimes, mais normalement, tu n'as rien à craindre. J'aurais du mal à t'en dire davantage, on touche à des secrets de mon peuple.

— Comment ça, « normalement » ?

— Je reformule : tu ne crains rien à rester au village le temps nécessaire à la résolution de cette affaire, tant que tu suis mes consignes.

Mon regard se fit suspicieux, mais je le reportai sur mon arnica des montagnes qui commençait déjà à fleurir sans se soucier de la saison. C'était moi, où Kjell avait soigneusement pesé chaque mot ? Plus louche que ça, tu meurs.

— Mais quel est le rapport avec la rhodiole ?

— La rhodiole… c'est un moyen de pression sur nous. Physique.

Mon splendide partenaire passa une main derrière sa nuque, gonflant inconsciemment certains muscles et exposant davantage son torse puissant sous le tissu de sa chemise charbon. De sa part, c'était sûrement un signe de gêne, mais j'y voyais tout autre chose. Et j'avais beau réfléchir à sa réponse, à part imaginer un massage à l'huile de rhodiole comme moyen de pression physique, rien ne me venait. En plus, j'avais des doutes sur les propriétés aphrodisiaques qu'on pouvait en retirer. Mais mon cerveau s'égarait.

— Tu voulais savoir pour le terme « Sköll », également.

Je ne savais pas s'il gagnait un point en prenant ainsi l'initiative, ou s'il le perdait en changeant aussi brusquement de sujet pour éviter que je le relance sur la rhodiole. Il ne perdait rien pour attendre, mais j'acquiesçai : il fallait récompenser ce genre de comportement.

— C'est un titre, associé à une fonction, celle d'être responsable de la sécurité extérieure. Le Hati est son pendant pour l'intérieur.

Quel drôle de fonctionnement ! D'autant que je me représentais déjà Badr en train de gérer des disputes familiales pendant que Kjell se tapait des galas diplomatiques. Mon regard le parcourut de haut en bas, évaluant la force brute qui se dégageait de la moindre parcelle de son corps et considérant ce que je savais de son caractère. Impossible. Je passai à une autre plante, un air délibérément détaché sur le visage, tandis que nos regards se croisaient.

— Et tu es souvent invité à des réceptions politiques ?

Sa mâchoire se contracta. Oui, hein. Moi non plus, je n'y crois pas, à ton mensonge.

— Je gère les problèmes qui se présentent. Comme le parasite de tout à l'heure.

— Et tu embarques les gens que tu croises au passage, je sais, je sais. Ceci étant, c'est une question un peu naïve, mais si vous avez réellement des sources chaudes, pourquoi refuser de vendre le terrain à Gustaf Lantz ? Il pourrait probablement en faire un endroit qui rayonnerait dans tout le pays.

Le grognement auquel j'eus droit en réponse ne m'apprit rien de plus. Pensive, je remplis trois cagettes de plantes, avant de les amener à la voiture. Entre le feuillage de mon jeune érable, mes fougères, lavandes, les dangereuses ombelles de ma petite ciguë, et tant d'autres, j'allais en faire un jardin suspendu roulant. L'expression de Kjell, dont le visage se décomposait à mesure que je remplissais le véhicule, était impayable. Et encore, j'allais laisser mon vanillier chez moi, il ne pouvait pas se plaindre. Une sonnerie retentit au milieu de mon chargement qui prenait d'ailleurs des allures de Tetris.

— Oui ?

— …

— Là maintenant ? Mais il n'y avait pas de signes, ce matin !

— …

— J'arrive.

Kjell avait changé du tout au tout. Si j'étais au préalable sur un compagnon peu loquace et renfermé, j'avais à présent droit à la version déterminée, dure, prête à l'action.

— Il y a un problème ?

— Une urgence, oui. Je dois retourner au village.

Ses yeux bleus me pénétrèrent, semblant peser le pour et le contre.

— Viens avec moi. Je ne peux pas te laisser ici, encore moins après que l'autre t'a vue avec nous.

Je le suivis, dévorée de curiosité. J'avais initialement prévu de rendre visite à mon père à la suite de ce passage éclair chez moi, mais ça allait encore devoir attendre. L'excitation me gagna tandis que je bondissais à sa suite dans la voiture qui démarra en trombe à peine la portière claquée. Je sentais que quelque chose était sur le point de se produire, et ça promettait d'être énorme.

Chapitre 8

Elin

Le ciel s'assombrissait à toute allure, le vent propulsait les dernières feuilles des arbres dans l'air, les entraînant dans une danse folle. À mesure que nous approchions du village, j'avais la sensation de débarquer en pleine tempête. Je n'avais jamais entendu parler de phénomènes météo aussi étranges, ni aussi localisés. Mon jardin se trouvait fort probablement encore sous un beau ciel bleu, comme c'était le cas quand nous avions quitté ma maison.

— Vous faites dans l'élevage de tornades ? C'est pour ça, la palissade ?

Kjell était trop concentré sur sa conduite pour me répondre. J'aurais bien aimé qu'il le soit moins, ça allait bien trop vite à mon goût, je craignais que la voiture se renverse au moindre virage, mes plantes et nous avec. Les portes étaient ouvertes quand nous arrivâmes en vue de Járnviðr, et nous entrâmes à toute allure. Une manœuvre risquée au frein à main, un crissement sinistre de pneus plus tard, et Kjell jaillissait du véhicule.

— Reste là ou va chez Margit !

Son cri se perdit tandis qu'il s'éloignait en direction de l'est du village. Abandonnant mes végétaux quelques instants, je pris le parti de le suivre. Il n'y avait personne à l'extérieur, et je ne croisai pas davantage de regards aux fenêtres. La lumière disparaissait, succombant sous les assauts de la tempête. Le vent sifflait à mes oreilles, fouettant tout mon corps de ses lanières glacées comme pour m'emporter au loin. Je plissai les yeux pour tenter de me repérer dans cette nouvelle partie du village. Je captai un attroupement non loin de moi, massé à côté de la fortification intérieure. Un énorme craquement, presque une déflagration, retentit soudain. Ça provenait des sources, c'était sûr. Changeant de plan, je fis marche arrière pour revenir au niveau du parking. Il me semblait avoir vu… oui, là ! Un mirador accolé au mur intérieur. Et il semblait vide ! J'agrippai les barreaux de l'échelle et commençai à grimper. Les bourrasques me déstabilisaient, et plus je montais, plus je devais lutter. Je serrai mes doigts sur le bois à m'en faire mal, résolue à comprendre. Je dus me plaquer contre la paroi quand j'arrivai finalement en haut. Mon poste d'observation, haut et fragile, m'exposait dangereusement aux éléments. Mais il en valait la peine, car jamais je n'aurais cru assister à une telle scène.

De sources chaudes, j'aurais plutôt fait passer le sol à un statut de marécage fumant. Voire à celui d'arène. Puisque c'était bien de ça qu'il s'agissait. L'herbe rase aux tons rouges que l'on retrouvait ailleurs dans les plaines laissait par endroit place à des sortes de mares peu profondes, aux eaux troubles.

Des fumerolles s'en échappaient, et la chaleur humide comme l'odeur d'œuf pourri qui en émanaient parvenaient jusqu'à mon promontoire. La zone circulaire qui les entourait devait bien faire la taille d'une grande place de ville, soit environ deux cents mètres de diamètre, et était entièrement cernée par l'épaisse palissade, à l'exception de deux encoches qui devaient être des entrées, une face à moi, au nord, et une à ma droite, à l'est.

À l'intérieur, debout face au marécage, se trouvaient quatre énormes loups. Je clignai des yeux en les apercevant tant leur présence était incongrue. Leur pelage allait du blanc immaculé et à la fourrure dense, au brun au poil presque ras, en passant par celui du loup gris scandinave que nous avions dans la région. Mais s'ils n'étaient manifestement pas de la même sous-espèce, ils étaient en revanche identiques sur un point. Leur taille. Hors norme. J'avais beau les voir de loin, juchée sur mon mirador, je pouvais quand même jurer qu'ils étaient bien plus grands que leurs congénères locaux. Si ces derniers faisaient généralement la taille de grands chiens, ceux que j'avais devant moi, scrutant les sources, devaient bien avoir la carrure d'un cheval, et pas un poney, plutôt ces chevaux de trait qui détiennent des records en la matière. C'était dur à estimer sans autre échelle, mais ils devaient bien faire un mètre quatre-vingts à deux mètres au garrot. Je me sentis pâlir en arrivant à la conclusion que les sources n'étaient sans doute pas la seule chose que les Vargrs cachaient. Et peut-être la moins conséquente, finalement.

L'un des loups grogna. Le son puissant qui aurait pu charrier des rochers me fit frissonner et sembla alerter ses congénères. Leur disposition changea, celui qui avait grogné demeura sur place, tandis que les autres se plaçaient de façon à encercler le marécage. Je retins mon souffle quand l'un d'entre eux se posta à une vingtaine de mètres de moi. Leur comportement était tellement anormal… Que pouvaient-ils bien attendre qui les poussât à ne jamais totalement perdre l'eau du regard ? La réponse émergea du brouillard dans un silence glacial. Je n'arrivais même plus à déglutir.

Devant moi, au milieu d'une arène et cerné par quatre loups aux proportions impossibles, se tenait un être aux dimensions encore plus insensées. Une forme humanoïde qui devait toiser dix mètres de hauteur, à la peau blanche comme recouverte de givre et aux muscles titanesques. Je devais être en train d'halluciner, ou je m'étais endormie et j'étais en plein cauchemar, il ne pouvait en être autrement. La tête de la créature était une caricature de visage humain, déformée par des traits bestiaux et surmontée d'une large crinière de glace abritant deux paires de cornes d'une incroyable épaisseur. Le monstre fit un pas en avant et poussa un rugissement phénoménal dont les ondes atteignirent mon mirador et firent se dresser tous les poils de mes bras. Nom d'un ver à soie, qu'est-ce que je faisais là exactement ? Cette chose, ces loups, tout avait l'air terriblement réel, mais rien ne pouvait vraiment l'être.

Comme s'il avait attendu cet instant pour lancer les hostilités, le quatuor se jeta sur le géant. Ils ne lui arrivaient qu'au mollet, mais les bêtes paraissaient déterminées à le réduire en charpie. Leurs grognements et cris emplirent l'arène, tout comme les impacts sourds produits par leur ennemi tentant de les écraser. Il était clair qu'un seul coup suffirait pour aplatir un des canidés façon crêpe. Néanmoins, aucune des tentatives du monstre ne sembla porter malgré les assauts désordonnés des quatre loups. Plissant les yeux pour mieux les observer, tout en restant soigneusement cachée derrière le parapet, je commençai à distinguer un motif récurrent. Les loups utilisaient des techniques qui pouvaient s'apparenter à celles des guérillas, attaquant violemment avant de bondir en arrière pour se retirer. Ils se servaient les uns des autres pour distraire leur ennemi à tour de rôle, celui-ci finissant toujours par se focaliser sur un loup en particulier. Il suffisait alors au canidé pris pour cible de se concentrer sur l'esquive tandis que les autres poursuivaient leurs assauts.

Je n'avais vu des loups chasser qu'en vidéo, mais ça ressemblait aux techniques ancestrales de cette espèce, avec néanmoins une sorte d'intelligence individuelle et collective plus développée.

Soudain, un des deux loups gris dut éviter un coup plus vicieux que les autres, et, emporté par son mouvement, ne put esquiver le poing du géant, qui l'envoya heurter le mur dans un bruit mat. L'inquiétude me foudroya tandis que le monstre avançait vers le loup qui peinait à se relever. Une certitude me traversa. Il était hors de question que les loups échouent à défoncer ce monstre. Il ne ferait probablement qu'une bouchée des fortifications, tout au plus s'en servirait-il de – gros – cure-dent. Mais les canidés étaient déjà de taille ridicule par rapport au géant, et avec un des leurs en moins, je craignais le pire. Je ne sus jamais ce qui me prit à cet instant, mais je me redressai sur mon mirador. Approchant du parapet, je m'appuyai des deux mains sur le rebord, me penchai en avant et hurlai au géant :

— Hey, pauvre résidu de congélateur, retourne dans ton marécage !

L'immense bestiole tourna la tête dans un mouvement lent, braquant son regard sur moi.

Oui ! Ça avait marché ! Merde ! Ça avait marché !

Moins surpris que lui, les loups en profitèrent pour relancer leurs attaques tandis que celui qui avait effectué un vol plané reprenait ses esprits. Leur violence fit tituber le géant. Suivant leur trajectoire initiale, les énormes yeux de glace plongèrent dans les miens un infime instant. Ce que je crus y déceler me stupéfia.

De la peur.

Tout au long du combat, il avait fait preuve de la même ténacité que les loups, comme s'ils s'étaient donnés rendez-vous en avance pour en découdre dans un combat mythique entre opposants de légende, mais sur cette fraction de seconde où nos regards s'étaient croisés, il m'avait semblé voir une étrange terreur jaillir en lui. Surprise, je clignai des yeux, et ce laps de temps suffit pour que le géant se détourne, aux prises avec ses assaillants. Entre sa courte inattention et les attaques des canidés, il perdit l'équilibre. Le faire tomber était probablement leur objectif depuis le début, et ils profitèrent de l'opportunité en fondant sur le cou épais de la créature, dans des gerbes de sang. Sa chute signa son arrêt de mort. Deux nouveaux loups étaient entrés dans l'arène quand je ne regardais pas, probablement pour suppléer celui qui avait failli y passer, mais ils n'eurent qu'à partager la curée avec les autres. Leur victoire était totale.

À ma grande surprise, une femme pénétra également dans l'enceinte et se précipita vers le loup qui avait fait connaissance avec la palissade. Elle avait l'air de vérifier qu'il se remettait bien, sans trop oser s'approcher pour autant. Son travail fut facilité quand la forme lupine se brouilla, et qu'un humain apparut à sa place. Elle put alors le soutenir tandis qu'ils regagnaient la porte, sans sembler éprouver la moindre gêne devant la nudité du bonhomme.

Ma mâchoire se décrocha.

Mon cerveau ordonnait une pause.

À quoi venais-je d'assister exactement ? Le coup fatal fut porté à mes neurones de garde quand deux des autres loups disparurent à leur tour, laissant place à Badr et Kjell, bientôt suivis par le reste de la meute. Sans mentionner un instant, non non, vraiment, le délice pour les yeux qu'était la plastique de mon chauffeur vargr, pouvait-on néanmoins respecter mon cerveau et les lois de la nature ? J'étais à peu près sûre que le fait de se transformer en loup n'y figurait pas, pas plus que l'apparition de géants de glace.

Un regard bleu glacier, indéchiffrable, se ficha dans le mien. Ce brusque rappel à la réalité me fit l'effet d'un électrochoc, et je tournai les talons pour descendre de mon mirador. J'avais une folle envie de me trouver sagement à côté de la voiture quand Kjell reviendrait vers moi, comme si de rien n'était, mais il n'y avait définitivement aucune chance pour qu'il croie à l'air innocent que je lui servirais. Ça, et le fait que lorsque mes pieds touchèrent finalement le sol, le Vargr se trouvait déjà dans mon dos, m'attendant bras croisés et rhabillé.

J'avais beau ne pas me trouver trouillarde en général, je ne nierais pas que j'éprouvais de la crainte à le savoir aussi près de moi alors que la vision de lui en loup en train de se battre avec un géant était encore fraîche dans mon esprit, en attestait l'odeur de sang et de sueur mêlés qu'il dégageait. Néanmoins, je la surmontai, et le petit soupir de dépit qui m'échappa en le voyant était pour moitié lié à la présence de vêtements intempestifs, et pour seconde moitié à l'échec de mon plan. Je lui offris un sourire ingénu.

— Au moins, je vois maintenant pourquoi vous ne voulez pas céder les sources à Gustaf Lantz. En revanche, j'aurais deux-trois questions, oh, presque rien.

Chapitre 9

Kjell

Elle était déçue, mais je ne pouvais pas me permettre de m'attarder plus longtemps. Je l'avais envoyée déplacer ses plantes de la voiture à chez Margit le temps que je revienne. Je passai me doucher rapidement chez moi, puis pris la direction de la maison de Jan.

En y repensant, je devais bien avouer que je ne m'étais pas attendu à ce qu'Elin intervienne. Pourtant, son initiative, pour une obscure raison, me plaisait assez.

Mais la réunion du Conseil allait s'avérer tendue. J'entrai sans frapper, poussant la lourde porte de bois d'un geste pétri par l'habitude. La chaleur de la pièce contrastait avec la température extérieure. La tempête avait beau s'être apaisée après l'arrivée du géant de glace, la fin de l'automne approchait. Les odeurs tourbillonnaient dans l'entrée, en provenance de la salle à manger. Tout le monde était déjà là. Évidemment.

La voix forte de Jan m'interpella.

— Eh bien, il t'en faut du temps pour te débarbouiller !

J'esquissai une ombre de sourire en m'approchant de la large table.

— Tu sais, Jan, plus il y a de femmes sur un chemin, plus le détour prend du temps, glissa Joe.

Je ris franchement et gratifiai cet escogriffe d'une bourrade dans l'épaule avant de prendre place à ses côtés. Joe, du Clan Arctique, ne manquait jamais une occasion pour charrier son monde. Qu'il le fasse avec le brave et digne Jan, notre chef actuel, précédent Sköll à l'époque où mon père occupait sa place, et loup rompu aux combats de son état, était en revanche une première.

Sans se formaliser de mon arrivée tardive, Jan fit un signe à Badr de sa large main dans un geste moult fois répété. Nous nous tûmes. Le patriarche octroyait la parole au Hati, la réunion du Conseil pouvait commencer.

Badr se leva et s'éclaircit la gorge, son expression était grave.

— Je dois commencer par évoquer un problème d'envergure. Nous n'avons pas pu prédire l'arrivée du géant. Les signaux habituels ne sont arrivés que tardivement, quelques dizaines de minutes à peine avant son passage dans notre monde. Il nous faut surveiller cette défaillance et en identifier la cause.

Nous hochâmes tous la tête. Des veilleurs étaient déjà en place, mais s'ils ne recevaient pas d'indices ou s'ils les interprétaient mal, nous allions au-delà de graves ennuis. Nos réussites dépendaient en partie de notre préparation. L'émissaire du Clan d'Arabie reprit.

— Le combat en lui-même s'est bien déroulé, mais j'attire votre attention sur le fait que la distraction peut nous être fatale, tant au distrait lui-même qu'à ses compagnons de lutte. L'équipe de secours est intervenue conformément au protocole, mais un peu trop tardivement pour éviter une grave blessure, voire une perte, si Elin n'avait pas détourné l'attention du géant. Il nous faut retravailler ce point d'urgence, insista-t-il en jetant un regard impérieux en direction de Nikolaï. Au-delà de ça, la stratégie s'est bien mise en place, permettant une mise à mort normale.

Le loup du Clan de Sibérie bondit de sa chaise.

— L'étrangère n'a pas aidé, au contraire, c'est elle qui a causé ma distraction, comme elle aurait pu le faire pour chacun d'entre nous !

Je serrai la mâchoire. Évidemment, Nikolaï et sa mauvaise foi… Reconnaître sa propre défaillance devait lui paraître insurmontable, donc il rejetait la faute sur Elin. Mes poings se serrèrent à leur tour. En temps normal, j'avais déjà du mal avec l'injustice, mais là, son excuse pitoyable me hérissait. J'avais certes flairé l'odeur de l'herboriste quand nous étions dans l'arène, mais à aucun moment, elle ne nous avait distraits. Je foudroyai Nikolaï du regard sans pouvoir m'en empêcher, à deux doigts de me mettre à grogner. Il fallait que je me maîtrise. Malheureusement, la violence de ma propre colère face à l'attitude de Nikolaï me faisait redouter une certaine conclusion sur ma relation avec Elin.

Sans noter ma réaction, Jan se tourna vers Badr, interrogateur.

— Ce n'est pas ma version, maintint celui-ci en réponse.

Le Hati du Clan d'Arabie était un ami sur lequel je pouvais compter, même malgré ce qui était arrivé plus tôt avec Elin. Ici, les conflits pouvaient être réglés d'un hochement de tête ou au contraire couver toute une vie, mais entre nous c'était toujours la simplicité qui primait. Qui plus est, Badr était d'une droiture exemplaire. Sa réponse ne m'étonna pas.

Jan me regarda, et je confirmai d'un hochement de tête. Il se tourna alors vers Joe, le dernier loup présent dans l'arène. Celui-ci haussa les épaules et leva les mains en signe d'impuissance.

— Elle est mignonne, c'est sûr, mais moi je ne l'ai vue qu'après le combat.

Je savais qu'il plaisantait, mais il méritait une seconde bourrade amicale pour le faire dans une telle situation. Et au sujet d'Elin.

Il me lança un regard de défi qu'une partie de moi hésita à prendre au premier degré. Il fallait vraiment que je me calme avec cette femme. Je lui retournai un fin sourire, chargé de promesses pour ce qu'il se produirait une fois la réunion terminée s'il m'embêtait trop. Ses yeux pétillèrent et il dissimula un rire. Un soupir de Jan nous tira de notre échange silencieux. Le patriarche ferma les yeux un instant et acquiesça à son tour.

— Bien. Mais cette étrangère demeure un problème, en effet. Que fait-on d'elle ? Non seulement elle pourrait constituer une distraction lors des combats, mais en plus elle s'affranchit des ordres, sans parler du fait qu'elle représente un risque en ce qui concerne la rhodiole. Et maintenant, par-dessus le marché, cette femme connaît nos secrets les plus destructeurs…

Je me tendis à ces mots, bien trop conscient de ce qu'elle risquait depuis qu'elle nous avait vus. Depuis qu'elle avait mis les pieds à Járnviðr.

— Tel que je vois les choses, le plus simple, c'est de la faire disparaître. Est-ce qu'elle a de la famille ? demanda Jan en se tournant vers moi, l'air le plus naturel du monde.

Je haussai les épaules en signe d'ignorance. En mon for intérieur, j'avais pris ma décision : je n'avais pas à répondre à cette question, parce que nous ne tuerions pas Elin.

— Si un des gamins se rate en rongeant les os et que les flics retrouvent une dent, ça pourrait mettre tout le monde dans la merde.

Joe et l'art de l'image. Ceci étant, en restant pratique, il n'avait pas tort.

— Je confirme, si on découvre un cadavre sur ou à côté de notre territoire, notre peuple aura du mal à s'en sortir, les autorités du pays nous tomberont dessus, assurai-je.

— Autant un impact de fusil, ça se régénère, autant celui d'un obus ou d'un hélico de combat, c'est toujours galère, conclut le guerrier du Clan Arctique, l'air fataliste, mais maniant l'euphémisme avec joie.

Nikolaï grogna et planta son regard dans le mien. Je résistai au défi et le considérai gravement.

— Tu as beau la trouver jolie, mais à n'importe quelle époque, dans l'histoire de nos clans, on a su faire disparaître des cadavres, dit-il.

J'écartai sa remarque d'un haussement de sourcils. Ce n'était pas avec ça qu'il allait l'emporter. Il était temps d'enterrer définitivement cette idée.

— Pour repartir sur du concret, si on tente la moindre action contre elle, on offre la fin des Vargrs sur un plateau à des gens comme Lantz. Cet homme, en plus de savoir pour la rhodiole, est également au courant de l'existence d'Elin et l'a vue en notre compagnie. Vivante, appuyai-je.

Un silence accueillit mon argumentaire. Un peu partout, les visages approuvaient, à l'exception de celui de Nikolaï. Jan capitula d'un grognement. En tant qu'ex-Sköll, il pouvait difficilement en être autrement. Je décidai de clore le débat.

— Elin peut garder le secret, et elle peut nous être utile avec ses plantes aux capacités décuplées. Je vous ai déjà rapporté l'effet qu'a eu sa mixture sur ma main le soir où je l'ai amenée.

La voix querelleuse de Nikolaï s'éleva.

— Alors, il faut trouver un moyen pour qu'elle garde le secret à jamais. Et mis à part la mort…

Avec force, j'abattis le plat de ma main sur la table et me redressai pour le toiser. La colère dansait dans le feu de mon regard, et je la laissai librement le transpercer jusqu'à ce qu'il se recroqueville sur son siège. Le guerrier d'élite, fierté de son Clan comme du nôtre, n'avait plus le droit de renchérir et je m'assurais qu'il en était conscient. Autour de nous, un silence de plomb s'était déposé sur la conversation, et je savais d'instinct que personne d'autre ne prendrait la parole tant que je n'aurais pas décidé de le faire. Ils sentaient que quelque chose se tramait.

— Nous ne tuerons pas Elin, quel que soit l'argument avancé.

Des hoquets de stupeur retentirent autour de moi. Badr, au contraire, acquiesça pensivement. Il me connaissait trop bien, jamais je n'aurais réagi de façon aussi assertive la veille si Elin n'avait été qu'une personne lambda à mes yeux. Je crois que je l'avais moi-même compris à ce moment-là.

— Mais enfin, c'est impossible, elle n'est pas… commença Nikolaï.

— Je n'en sais pas davantage, mais je pense que ça permet de trancher. De plus, il suffit de la tenir à l'œil en permanence, le temps de s'en assurer. Ça coïncide avec ce qui avait été décidé à la base en attendant que le problème Lantz soit réglé, affirmai-je.

Jan se redressa.

— Bien. Je pense que nous pouvons nous abstenir de voter, exceptionnellement. Quelqu'un y voit une objection ?

Personne ne pipa mot.

— Très bien, il en sera donc ainsi. Néanmoins, il nous faudra avoir réglé toutes ces affaires avant l'hiver.

Son rappel sonna comme un glas, mais je ne m'en inquiétai pas. Pas encore. Je venais d'éviter une fin tragique et pas tout à fait méritée à une humaine dont le destin me concernait plus que je n'arrivais encore à l'appréhender. Son visage à la beauté éthérée s'imposa dans mon esprit, ainsi que son caractère bien particulier. J'avais presque l'impression de sentir sa présence près de moi à l'heure actuelle. Stop. Je sentais bien quelque chose de familier, mais c'était infime. Une légère odeur de vanille s'évanouit dans la seconde. Oh non. Son caractère. Je lâchai un profond soupir en me levant avant de quitter la pièce.

Elle avait recommencé.

Chapitre 10

Elin

Il me trouva à proximité de la voiture. Oui, moi, je ne me déplaçais qu'à vitesse réduite. J'avais eu le temps de faire quelques allers-retours chez Margit pour déposer une partie de mes plantes – et réfléchir à ce que j'avais vu – avant qu'il ne revienne de sa douche pour entamer les réjouissances avec ses petits camarades, et mes chéries étaient maintenant en sécurité. Mais la distance était trop grande entre la maison où ils avaient tenu leur conseil de guerre, et contre laquelle je m'étais collée pour les écouter, et celle de la mère de Kjell, je n'aurais pas eu le temps de l'atteindre. Heureusement, le parking était à mi-chemin entre les deux lieux, car j'étais déjà un rien essoufflée en y arrivant. Je fis mine de farfouiller pour enlever quelques feuilles tombées çà et là sur la banquette arrière. Se donner l'air occupé est la base de l'innocence. Ou de l'alibi. Enfin quelque chose du genre.

— Suis-moi, grogna-t-il entre ses dents serrées.

Oups. J'attrapai ma précieuse sauge, en partie pour me donner contenance, et lui emboîtai sagement le pas. Nous empruntâmes exactement le chemin que j'avais suivi pour aller espionner leur discussion, n'obliquant qu'au dernier moment pour nous diriger vers une autre habitation qui devait se trouver à une centaine de mètres de celle-ci. Pour couvrir mes traces, compris-je en suivant Kjell.

J'avais déjà pensé à l'éventualité que ces bestioles me repèrent à l'odorat, aussi avais-je tenté de masquer ma présence en ouvrant ma fiole contenant une gousse de vanille, la toute première que j'avais réussi à produire. Mais il fallait croire que c'était tout de même trop évident, aussi me faisait-il reprendre la même piste pour faire comme si nous étions simplement passés tous les deux devant le lieu de leur Conseil et non que j'y étais allée seule pour les espionner. Il me couvrait, songeai-je en observant les larges épaules qui occupaient une grande partie de mon champ visuel à cet instant. Mon cœur frappait dans ma poitrine, je n'aurais su dire s'il s'agissait d'angoisse ou d'une autre sorte de tension. J'avais beau savoir qu'a priori ils n'allaient pas me tuer tout de suite, ne pas avoir hésité à aider les Vargrs face au monstre et l'appréhension de pénétrer dans l'antre du grand méchant loup – et ce n'était rien de le dire – me nouaient les entrailles.

Il ouvrit la porte et me fit entrer dans une pièce aux allures de cuisine et de salle à manger à la fois. Les murs étaient peints de couleurs claires, mais le bois restait présent pour réchauffer l'ambiance minimaliste conférée par le choix des meubles et la décoration. J'en conclus, sans trop risquer de me tromper, que nous étions chez lui. D'humeur faussement bravache, j'allai prendre place sur la banquette accolée au mur sans attendre d'y être invitée par mon hôte. Je posai ma sauge à côté de moi, sur le rebord de la fenêtre. La nuit était tombée à peu près au moment où ils s'étaient interrogés sur le devenir de mon cadavre, mais ma sauge pouvait ainsi rester dans mon champ de vision.

— On est loin du « viens avec moi, on a des plantes que tu n'as jamais vues ailleurs », n'est-ce pas ?

Un silence pesant me répondit.

— Tu n'avais pas le droit d'écouter cette conversation.

Grâce à ma façade à l'épreuve des balles, ou presque, ça ne devait pas particulièrement se voir, mais j'étais en colère, et un rien effrayée. Et en même temps, curieuse du comportement étonnamment digne de confiance de mon hôte. Ce mélange faisait que ses remontrances étaient, somme toute, le dernier de mes soucis.

— Alors, comme ça, vous êtes des loups ? Et y a beaucoup de géants dans la région ?

Dans son regard bleu à la pâleur hyaline, je vis l'instant exact où il se résigna à lâcher tout ce qu'il avait. Ce n'était pas trop tôt.

— Avant toute chose, tu dois me jurer de garder le secret sur absolument tout ce que tu as vu et entendu nous concernant.

— Je sais, je sais. Sinon ça va mal finir pour moi, puis on finira par retrouver une de mes dents, et vous serez dans le pétrin, pas de souci j'ai bien suivi, récapitulai-je. Vous avez une fabuleuse conception du respect de la vie, au passage. Très… pragmatique.

Il me dévisagea. Je poussai un soupir.

— Oui, je le jure.

Kjell vint s'asseoir sur la banquette en face de moi, la largeur de la petite table comme seule distance entre nous deux.

— Pour commencer, nous ne sommes pas exactement des loups. Il est dit que nos ancêtres furent chargés de déplacer le corps de Fenrir, une fois celui-ci immobilisé par son lien et la gueule pourfendue d'une lame.

Sans le vouloir, il avait presque adopté un ton de conteur, et ces mots n'étaient sans doute pas les siens, bien que sa fierté y transparaisse. Je devinais qu'une longue tradition orale se déroulait à présent devant moi.

— Mais le sang du loup géant a eu le temps de toucher la terre et nos ancêtres, les souillant et les liant d'un même destin. La terre, ainsi corrodée, devint perméable aux autres mondes, tandis que mes ancêtres devinrent des incarnations du loup primordial, les Vargrs. Ils furent chargés de protéger ce lieu sacré des menaces intérieures comme extérieures. C'était leur mission, et celle dont j'ai hérité à travers eux. Elle est sacrée pour chacun d'entre nous.

Mon expression devait refléter mon ébahissement. Il fallait dire que ça claquait, comme histoire familiale. Et puis, certes, j'étais moi-même aux prises avec un peu d'inexpliqué, de surnaturel. Mais enfin, entre décupler les propriétés diurétiques du cerfeuil et se transformer en loup pour combattre un géant, il y avait un monde ! C'était probablement le cas de le dire, d'ailleurs.

— Mais donc, ce sont bien les géants de la mythologie ? Et ils franchissent les mondes pour venir jusqu'ici ? Et chaque fois que ça arrive, vous devez vous les faire pour éviter qu'ils ne déferlent sur les villes et villages autour ?

Kjell acquiesça. J'hésitais entre réfléchir aux implications et lâcher la bride à ma frénésie interrogatrice. Je comprenais maintenant pourquoi Mamie avait nommé « humains » les gens de l'extérieur. Eux ne se considéraient pas comme tels, et je ne pouvais pas vraiment leur donner tort.

— Et vous pouvez vous transformer quand vous voulez ? Et la pleine lune ?

— Oui à ta première question, et quoi la pleine lune ?

— Ben, les loups-garous sont assujettis à la pleine lune, c'est connu.

— Il n'y a pas de loups-garous, seulement nous, les Vargrs, et nous ne dépendons pas de la lune.

Hum. Il avait beau dire, le métamorphe et son peuple collaient beaucoup au mythe.

— Et alors, ça fait de toi… quoi, le bêta de la meute ? Tu es le bras droit du gars à la barbe de tout à l'heure ?

J'éclatai de rire au regard atterré qu'il me lança.

— Quoi ? pouffai-je entre deux gloussements irrépressibles. J'ai mal deviné ?

Kjell passa une main sur son front. Il sembla hésiter à se couvrir l'entièreté du visage avec. Avais-je offusqué un alpha ?

— Il n'y a pas de meute. Nous ne sommes pas des loups. Et quand bien même nous le serions, « meute » est un synonyme de famille chez les loups. Ce qui signifie que les alpha auraient été le couple reproducteur, et le reste, des rejetons des différentes années, restées là pour aider à s'occuper des plus jeunes, ou partis fonder leur propre famille. Tes connaissances sont à revoir dans ce domaine.

Ça piquait. À ma décharge, c'était une idée répandue, je ne pouvais pas le deviner.

— Mes excuses, non-loup, fis-je en exécutant une petite courbette. Je la refais : tu es le bras droit du chef, sans parler d'alpha ou de bêta ?

— Pas exactement. Notre patriarche gère les débats, mais c'est le Conseil qui décide. Chacun est là parce qu'il a gagné sa place. Deux rôles ont de base un siège, le Sköll, moi en ce moment, qui s'occupe de la sécurité extérieure du clan, et le Hati, qui supervise l'intérieur. Tu connais déjà Badr.

Ah ça, pour le connaître, je le connaissais. Lui aussi m'avait défendue, ça méritait un aménagement de peine, mais il ne perdait pas le droit de s'excuser pour autant.

— Et celui qui m'en voulait personnellement, pour une raison qui m'échappe, c'était qui ? Il faut que je me méfie de lui ? Au pire, j'ai repris de la résine de sumac, mais je ne risque pas la mort immédiate si je le lui lance à la figure ? Remarque, ça vaudrait presque le coup.

— C'est le loup du Clan de Sibérie, Nikolaï. Je te déconseille de t'en prendre à lui, et il n'a pas le droit de s'en prendre à toi non plus.

— C'est pas la porte à côté, la Sibérie…

— Notre clan, ici, autour de cette terre, est celui des Primordiaux. Au fil des années, des descendants sont allés s'installer ailleurs sur le globe, mais, conscients de notre devoir premier, protéger ce lieu, ils envoient à tour de rôle leurs meilleurs guerriers pour y contribuer. En ce moment, nous combattons avec Joe, du Clan Arctique, Badr, du Clan d'Arabie, et Nikolaï.

OK, donc l'Inuit qui se transformait en loup blanc, logique, Badr et sa toison rousse et courte, logique aussi, et le blond à la peau claire et à l'amabilité démentielle devait être un des loups gris. Je reliais mentalement les points.

— Et donc le dernier autour de la table était Jan, le sexagénaire massif et plein de cicatrices, à la voix grave et aux allures de Viking tranquille ?

— Exactement.

Hum. Celui-ci non plus n'avait pas eu l'air enchanté par l'idée de me garder en vie. Dans le doute, j'allais certainement garder mon sumac à proximité au cas où certains voudraient en tester les effets. Mon cerveau enclencha des rouages bien huilés à cette pensée. Et à propos de plantes…

— C'est quoi votre problème, avec la rhodiole dorée ?

S'il se sentit désarçonné par le changement de sujet, il n'en laissa rien paraître.

— Nous avons hérité d'une sensibilité transmise par Fenrir. Le lien qui a permis de le neutraliser était composé de différents constituants, dont l'identité exacte s'est perdue au fil des siècles. Néanmoins, l'un d'entre eux, que l'on retrouve aujourd'hui sous le nom de « racine de la montagne », n'est autre que la rhodiole dorée.

Ma bouche s'arrondit. Dans ma tête, un jardinier miniature posa l'embout de sa binette au sol et s'appuya sur le manche en sortant un « Ben v'là aut' chose ! » fort à propos. Mon imagination tournait à plein régime. Kjell sembla noter mon intérêt et m'arrêta d'un geste, attrapant ma main au passage pour mieux appuyer son message.

— Il ne faut pas que Lantz y accède. Les conséquences pourraient être dévastatrices pour notre clan. En temps normal, pour nous, une lésion s'efface en quelques heures, mais une blessure produite avec une arme imbibée de rhodiole mettra des mois à guérir. Je ne veux même pas imaginer ce que ça donnerait si tu étais la productrice de cette plante. Tu as vu ce que nous faisons ici. Nous ne pouvons pas nous permettre de perdre des nôtres, encore moins à cause de la cupidité d'un humain.

Le contact de sa main chaude autour de la mienne me déstabilisa. Je hochai la tête sans trop pouvoir réfléchir. Vu comme ça, il n'était pas bien difficile de lui donner raison et de supporter les Vargrs autant que possible. Mon don constituait un réel risque, je comprenais à présent pourquoi Kjell m'avait embarquée dans cette histoire. J'aurais sans aucun doute fourni les plantes commandées à son destinataire, condamnant sans le savoir tout un peuple.

— Que prévois-tu de faire au sujet de Lantz ?

La chaleur entourant ma peau s'évanouit. Des voix s'élevèrent en moi pour protester avec véhémence : il avait osé me lâcher ! Tout à ses pensées, Kjell croisa les bras.

— Retourner ses méthodes contre lui. Corruption et menaces.

Là, il était de retour, mon petit Vargr déterminé, ce petit être de lumière empli de douceur.

— Tu as considéré la voie légale ? Je suppose que les terres appartiennent au gouvernement, techniquement ? Vous pourriez tenter de les acquérir en les préemptant en tant que peuple autochtone et lui rendre baffe pour baffe, certes, mais avec un certificat de propriété en bonne et due forme.

— Non. Nous avons déjà essayé plusieurs fois depuis l'arrivée des Suédois dans la région, puis la proclamation du roi de l'époque que ces terres « inhabitées » étaient possession de la couronne, ainsi que les terres samies. Ça n'a jamais fonctionné.

Son air sombre rendait la pièce presque suffocante.

— Mais à situation désespérée… glissai-je avec douceur.

— Je pense aussi. Ça ne coûte rien d'essayer, la dernière tentative date du siècle dernier. L'une des nôtres a fait des études de droit à Stockholm, elle pourra probablement nous dire si l'idée lui paraît jouable.

Ce serait sûrement mieux que de jouer à la guerre avec Lantz. Je n'aimais pas penser que des vies puissent être perdues par pure convoitise, d'autant que ça obligerait les Vargrs à se battre sur deux fronts, d'un côté les géants, et de l'autre ce cher Gustaf. Et au milieu, une plante qui pouvait tuer. Mes poils se dressèrent sur mes bras tant j'abhorrais cette idée. Blaguer, menacer, OK. Mais mes plantes ne devaient pas tuer. Jamais. Plus jamais.

— Pourquoi refuses-tu si fermement de me faire « disparaître » ? Non que tu aies tort, mais je ne suis pas sûre de comprendre, il est clair que je représente un risque.

Son regard s'enflamma brusquement, me tirant de mes considérations pratico-morbides. J'inspirai d'un coup, surprise par l'intensité insoutenable qui se densifiait entre nous.

— J'ai encore un doute.

Je redressai un sourcil, un rien éberluée par cette réponse. Autour de nous, l'air épais palpitait, ma concentration devenait difficile à maintenir. D'un geste impérieux, je me penchai pardessus la table pour récupérer sa main. Moi aussi, je voulais appuyer mes demandes, tant que j'étais encore en mesure de les formuler. Ou alors le contact légèrement rude de sa peau me plaisait particulièrement. Hmm, je savais très bien laquelle des deux réponses était la bonne.

— Si tu le dis. En tout cas, on est bien d'accord que je peux sortir quand je le souhaite ? Je veux aller voir mon père demain, et il faut que je puisse effectuer quelques allers-retours à la poste. Peu importe que l'herboristerie reste fermée, mais j'ai des commandes à honorer, et je ne peux pas me permettre de décliner.

Les yeux bleu glacier considérèrent nos mains, puis moi, puis de nouveau nos mains, avant de se ficher dans les miens, intenses, troublés. Je sentis les fossettes se creuser sur mes joues tandis que j'esquissais un léger sourire. Le poids de son regard sur mes lèvres se fit presque physique. Le temps ralentit, s'étalant avec une lenteur sensuelle. Regrettant de briser l'instant, je haussai un sourcil, mi-invitant, mi-interrogateur. Kjell sortit de sa transe et dut s'éclaircir la voix.

— Où tu veux tant que ça n'est pas trop long. Je t'accompagnerai.

Mon sourire s'agrandit.

— J'y compte bien.

La lumière s'éteignit brusquement. Je lâchai sa main et me relevai dans un sursaut. Un coup d'œil à l'extérieur sembla confirmer mon impression.

— Coupure d'électricité ?

— Oui. Notre réseau n'est pas très stable.

Considérant leur degré d'éloignement par rapport aux villages alentour, je voulais bien le croire. Mais mon esprit s'envolait loin de ces réflexions. J'avais vécu et éprouvé trop de choses en trop peu de temps. Ma tête et mon corps mouraient d'envie d'une pause face à toutes ces incertitudes. J'avais besoin de quelque chose de connu. Quelque chose qui romprait en un feu d'artifice la tension entre nous. Quelque chose d'infiniment plaisant. J'expirai soudain quand je sentis devant moi la présence de Kjell. Sa chaleur. Mon désir m'embrasa et je perdis prise, ma volonté laissant la bride à cette douce folie qui m'avait saisie depuis que je l'avais aperçu sur le pas de ma porte. Je distinguais à peine ses traits dans la pénombre, ses yeux accrochèrent la lueur de la lune visible depuis la fenêtre, brillante comme nulle part ailleurs. D'un mouvement indolent, je comblai la distance qui nous séparait. Je levai le menton, tandis qu'il s'inclinait vers moi. Nos lèvres se rencontrèrent à mi-chemin, s'effleurèrent, curieuses et chaudes, se séparèrent, puis fondirent les unes sur les autres. Mes mains glissèrent derrière sa nuque, l'enlaçant pour mieux me fondre dans l'étreinte qui nous liait. Mes doigts, mes lèvres, ma peau, étaient dévorés d'avidité pour cet homme et sa rudesse, brûlaient à son contact comme l'herbe sèche sous le brasier du soleil d'été. Un instant, nos baisers se tarirent. Kjell recula son visage juste assez pour pouvoir observer le mien, ses mains l'entourant en coupe.

— Tu es sûre ?

Malgré mon cœur déjà enfiévré, un lent sourire étira mes lèvres.

— Tu ne te transformes pas en loup pendant l'acte, et tu n'as pas pour projet de me dévorer au passage, je me trompe ?

— Non, enfin sauf si tu me le demandes.

Mon bas-ventre frissonna, et j'inspirai brusquement.

— Alors je suis sûre.

L'intensité d'un regard pouvait-il tuer des gens par autocombustion ? J'étais peut-être en passe de le découvrir. J'avais la sensation d'être au centre de son univers, de ses pensées. Partout, il n'y avait plus que moi, focalisant tout son être. Comme il était la focale du mien. Nous bondîmes l'un sur l'autre avec voracité, j'étais affamée de lui, il l'était de moi. Nos lèvres se retrouvèrent, aux prises dans un échange féroce tandis que ses mains glissaient sous mon pull, caressant ma peau, l'embrasant sur leur trajet glissant jusqu'à découvrir mes seins. Son contact m'électrisa, envoyant des décharges bien plus bas et manquant de me faire perdre mon souffle. Or je ne tolérerai pas de perdre une bataille de notre guerre ardente. D'un mouvement fluide, mes mains remontèrent sous le tissu qui recouvrait son torse, explorant le relief de ses muscles, avant d'envoyer voler le haut quelque part dans la pièce. Le regard de défi, presque offensé, qu'il me lança, fit sombrer le peu d'esprit qu'il me restait. Avais-je été à ce point déterminée à un moment dans ma vie ? Saint ver à soie, jamais.

Nos pantalons respectifs suivirent le mouvement, ainsi que mon pauvre pull, disparu sans même que je m'en rende compte. Je me retrouvai soulevée comme si je ne pesais rien, sans que je ne cesse mes attaques. Mes lèvres émoustillaient les siennes, les abandonnaient pour mieux revenir les dévorer l'instant suivant. Elles se glissèrent contre la peau de son cou, soutirant frissons et récoltant encore davantage d'attentions au passage. Comme si c'était possible. La moindre parcelle de ma peau me brûlait, le besoin se faisait urgence. Le temps d'une inspiration suffocante, il s'écarta, et le bruit feutré d'un emballage qu'on déchire me confirma qu'il venait de mettre un préservatif. Une fraction de seconde plus tard, des bras épais amortissaient la rencontre de mon dos avec un mur. Je devais être sur un plan de travail, ou n'importe quelle surface plane. J'en profitai pour me coller encore davantage à lui, remontant jusqu'à trouver son membre et me glisser tout autour de lui. La sensation de Kjell en moi était incroyable, j'avais l'impression que nous pouvions perdre pied l'un et l'autre, juste à rester ainsi, sans même bouger. J'agrippai ses épaules, et, lentement, lascivement, je l'emportai dans le rythme qui me définissait, l'attirant à chaque mouvement du bassin, un peu plus loin dans la spirale incandescente de ma danse. Celle-ci s'accéléra, se fit sauvage, emportant tout ce qui me constituait loin dans les étoiles, jusqu'à un ultime mouvement, un ultime râle de sa voix contre mon oreille.

Glorieux.

Chapitre 11

Elin

La nuit avait été longue.

Ça aurait pu être le sous-titre du miroir qui se foutait ouvertement de ma gueule en cet instant. Et de ma nouvelle coiffure, et de mes lèvres gonflées, et de mes épaules dont la peau blanche était marbrée, ainsi que probablement bien d'autres endroits de mon corps sur lesquels je ne comptais pas m'attarder tant que je ne les aurais pas directement en vue. Autant de témoignages d'une soirée parfaite en tout point. Un dos puissant émergea des draps tandis que je tentai de mettre de l'ordre dans ma chevelure à coups de brosse, dégotée dans la salle d'eau attenante à la chambre. Le courant était revenu, c'était la lumière provenant de la cuisine qui m'avait réveillée. Mon bel endormi, aka meilleur coup de ma vie, s'assit sur le rebord du lit, les mains sur le matelas et l'air pensif, presque grave.

— Bien dormi ?

Mes sous-entendus gourmands n'avaient pas besoin de davantage de mots pour s'exprimer. Je savais que niveau sommeil, ça avait été court. Kjell porta une main à la mâchoire, me considérant avec une drôle d'expression sur le visage.

— Elin, désolé, tu sais, je n'aurais pas dû…

Ma sidération se teinta d'amusement.

— Mais si, tu as dû. Tu avais à peine le choix, d'ailleurs.

Mon humour, appuyé par un sourire entendu, coula sur lui comme un ruisseau sur son lit de pierres. Moi, d'un autre côté, j'étais interloquée de ma propre assurance, je n'avais même pas pensé « bêtise » quand je m'étais jetée à corps perdu dans les bras de ce type, certes sexy à se damner, mais qui avait la capacité de se transformer en loup monstrueux à volonté. Sans pour autant regretter une seule seconde de ma nuit, je trouvais ma libido un rien trop extrême, ces temps-ci.

— Non, tu n'étais pas consciente de ce qui se jouait. De ce qui se joue.

Mes doigts tremblèrent sur la brosse, s'agrippant à ce contact tandis que j'affectais un visage parfaitement serein. Je pouvais presque sentir la catastrophe arriver. Tremblement de terre, invasion de sauterelles, je n'étais juste pas certaine de la forme qu'elle prendrait.

— Ce qui nous est arrivé… c'est ce qu'il se passe lorsqu'on choisit son partenaire et que l'on souhaite passer sa vie avec.

La brosse s'écrasa sur le tapis dans un « pof » sourd qui résumait à la perfection mon émotion du moment. Je pris le parti d'en rire, mais, au fond de moi, une pointe d'angoisse se forma.

— Vous êtes drôlement fleur bleue, dans votre clan. Promis, moi je n'ai choisi personne, je ne te demande pas ça du tout. Merci de ne te sentir responsable de rien en ce qui me concerne.

Son visage interloqué, presque choqué, me poussa à détourner le regard. Je me penchai pour récupérer la brosse et reculai prudemment pour m'éloigner du lit, de lui. Manque de chance, il se reprit très vite : en moins de temps qu'il n'en fallut pour le dire, il se trouvait face à moi, ses mains enserrant mes épaules comme pour m'obliger à écouter ce qu'il avait à me dire.

— Tu ne comprends pas. Je ne parle pas que de cette nuit.

— De quoi alors ? soupirai-je tandis que mon malaise refluait à cette idée.

— D'un phénomène qui ne se produit normalement qu'entre Vargrs, quand deux individus destinés l'un à l'autre se découvrent. Nous appelons ça le Choix, mais tu peux voir ça comme des âmes sœurs, si tu préfères.

OK. C'était pire que tout ce que j'avais pu imaginer. Ma respiration se bloqua dans ma poitrine, mes jambes tremblèrent, soudain faibles. Me sentant sur le point de vaciller, Kjell me stabilisa d'une prise à la taille.

— Elin, ça va ?

— Nope. Enfin, je veux dire, oui, bien entendu, très bien. Me voici affublée d'un homme super sexy, qui se transforme en loup pour taper du géant et qui est persuadé qu'après une nuit de baise nous allons nous jurer fidélité et partir sur nos licornes direction l'arc-en-ciel des âmes sœurs.

Je n'avais pas dit ça tout haut, si ? À en croire la tronche de Kjell, pourtant… Et encore, j'avais évité le rire nerveux qui menaçait de lui éclater au visage, preuve tangible que tout ça allait beaucoup trop loin pour moi, alors de quoi se plaignait-il ?

— Mais…

Je le repoussai gentiment, me dégageant de ses bras.

— Ne t'inquiète pas, on va oublier ça, tout restera entre nous, il ne s'est rien passé. Et tu peux me croire, tu ne voudrais pas t'attacher à moi. Hey, j'ai même tué mon ex-futur mari ! C'est un sacré avertissement, non ?

Je conclus par un rire, lui décochant un clin d'œil au passage. Curieusement – ou pas –, il n'eut pas l'air de se réjouir. Il fallait que je revoie mes tentatives de dédramatisation. Même moi, je sentais que quelque chose avait foiré. Cherchant à me donner contenance, j'allai reposer la brosse à la place où je l'avais trouvée, à côté de la vasque. J'hésitais sur la marche à suivre, il me fallait des gestes simples pour ne pas exploser. Je me sentais totalement dépassée, piégée, et mon cerveau menaçait sérieusement de démissionner sous la pression. La présence soudaine de Kjell dans mon dos me fit sursauter.

— Ah ! Je déteste ça, tu ne pourrais pas faire du bruit quand tu bouges, comme tout le monde ?

— Tu as tué ton partenaire ?

Sa stupéfaction, teintée de méfiance, était bien visible sur son visage. Mon cœur se serra un infime instant, sans que je sache si c'était lié à la réaction de Kjell ou au fait en question. Je haussai un sourcil, un coin de ma bouche se relevant en un sourire complice, à peine forcé.

— Je n'en ai pas l'air comme ça, mais en vrai, je suis redoutable.

Pitié, reçois mon sous-entendu grivois en premier lieu, mon envie de ne pas en parler en second, et ensuite lâche-moi la grappe, pitié, pitié. S'il s'entêtait à rater mes allusions, j'allais devoir personnellement lui installer une parabole. Ou changer de binôme, mais cette idée, pour une obscure raison, me plaisait moins. Pas pour l'instant, en tout cas. Sauf s'il s'acharnait. Devant son mutisme, je lui fis signe de se pousser pour pouvoir sortir de l'espace confiné de la salle d'eau.

— On petit-déjeune ensemble ou je pars chez Margit ? Je serais bien allée rendre visite à mon père après, donc je me disais que, puisque tu dois venir avec moi, c'était tout aussi simple de partir tous les deux d'ici après avoir mangé un bout. Mais c'est comme tu préfères.

Je jetai un coup d'œil derrière mon épaule en arrivant dans la cuisine. Kjell semblait avoir récupéré ses fonctions mentales et était en train de finir de s'habiller avec efficacité. Il me rejoignit et récupéra des verres dans un placard.

— Déjeunons ensemble. Je t'expliquerai tout ce qui nous concerne au fur et à mesure, et je m'excuse pour tout à l'heure, te bouleverser n'était pas mon intention. Tu comptes…

Mon doigt se posa sur ses lèvres.

— Ne pas en parler davantage. Et conserver la simplicité de cette nuit. Explique-moi plus tard si ça te chante, ça ne changera rien pour moi. Si ça ne te convient pas, nous pouvons rester sur la sauvegarde d'hier, avant la coupure d'électricité, et considérer que tout ceci n'a pas existé.

Malgré mon sourire, mon ton avait été neutre. Paré à toutes les éventualités, du moins je l'espérais. J'appréciais ses excuses, mais je devais lui faire comprendre que le sujet était clos, il en allait de ma santé mentale, ou de ce qu'il en restait.

Je lui pris les verres des mains et allai les poser sur la table avant de lui jeter un regard de défi. Il déclina, partant plutôt en quête de nourriture dans son frigo. Mon hôte avait la mine sombre, mais il ne semblait pas décidé à revenir sur le sujet, ouf. Jetant un coup d'œil par la fenêtre, j'aperçus Jan, qui devait sortir de chez lui, à une bonne cinquantaine de mètres. Je continuai à observer les environs en conservant un air détaché étudié, comme si sa vue ne m'avait pas surprise, comme si je ne l'avais pas reconnu. Après tout, je n'étais pas censée le connaître. Moi vivante, jamais je n'aurais écouté aux portes. La droiture, c'était mon truc. En cet instant, un couple descendit l'allée en se tenant par la main. Décidément… Je portai mon attention sur la jeune femme, saisissante avec ses rondeurs, sa peau mate et sa natte ébène. Kjell suivit mon regard jusqu'au duo en pleine conversation.

— Aurora et Björn. Aurora est la personne dont je te parlais pour les questions de droit.

Je l'observai passer avec une curiosité mêlée d'enthousiasme, la légèreté de sa démarche, la clarté de son rire… Il me tardait de faire sa connaissance. L'énergumène derrière moi en profita :

— C'est un couple qui s'est Choisi. Comme la bénédiction ne survient, hors exception, qu'entre nous, les jeunes qui le souhaitent sillonnent nos différents clans pour espérer rencontrer leur moitié. Aurora vient du Clan d'Arabie, Björn est né ici. Mes parents aussi s'étaient Choisis.

Je me retournai et le foudroyai des yeux. Qu'est-ce qu'il n'avait pas compris dans « je ne veux pas en parler », exactement ? Mon colosse ne cilla même pas, mais eut la décence de retourner s'intéresser à son frigo.

Je soupirai en repensant à leur réunion de la veille, et un déclic se fit dans ma tête. Je réalisai subitement qu'il y avait quelque chose qui clochait au pays des Vargrs.

— Mais attends, il n'y a pas la moindre femme dans votre Conseil, ni même en combat, vous êtes allergiques ou bien ?

Kjell ne prit même pas la peine d'adopter un air embarrassé, l'absence de représentantes du sexe féminin lui paraissait parfaitement normale. Il balaya ma question d'un haussement d'épaules, il était de toute façon chargé de victuailles. Il déposa le tout sur la table devant moi. Au programme, un petit déjeuner bien traditionnel, à base de fromage, jambon, œuf dur et tartine. Je me serais bien occupée du café, mais étant donné que je ne savais pas où étaient les choses, je préférais m'abstenir.

— Ça ne les intéresse pas. En plus, elles ne nous aideraient pas à conserver la stabilité que nous avons actuellement.

J'accueillis son explication avec un silence. Nécessaire, pour digérer la splendide double ineptie qu'il venait de me servir.

— Pardon ? finis-je tout de même par demander.

Ma voix était douce, mais j'aurais pu tout aussi bien être en train de taper du plat de la main sur le bois tant j'étais en colère.

— C'est aussi la raison pour laquelle nous devons avoir réglé et stabilisé tout ça rapidement. De mémoire de Vargr, nos femmes sont en proie à une sorte de syndrome qui les touche durant la saison hivernale, comme calqué sur la période reproductive des loups. Elles… perdent le contrôle. Elles s'attaquent entre elles, et dans une moindre mesure aux hommes qui pourraient les croiser quand elles sont dans cet état. Nous en sommes à trois morts sur les deux dernières années.

Si je m'attendais à ça ! Ce fut à mon tour d'afficher une mine sombre. Je ne pus parler qu'entre mes dents serrées tant la fureur montait en moi.

— Donc vous avez une bénédiction qui crée des couples, et une malédiction qui touche les femmes en hiver ? On est entre le ridicule et l'injuste là, piiile à mi-chemin.

Kjell fit un signe de dénégation.

— Le phénomène d'âmes sœurs est courant chez les loups, et si nous considérons effectivement ça comme une bénédiction, il n'y a en revanche rien de « surnaturel » concernant l'hiver. De ce que je sais, c'est un syndrome hormonal tout ce qu'il y a de plus… biologique ?

Je nageai en pleine stupéfaction. Dire tout ça aussi naturellement. Trouver ces deux phénomènes normaux. Le circuit d'urgence de mon cerveau dut s'activer ensuite, car je parvins à passer outre de façon plutôt convaincante. Se concentrer sur ce qui comptait, voilà.

— Et que faites-vous pour prévenir ces symptômes ?

Kjell se laissa tomber sur le banc en face de moi, on aurait presque dit qu'il évitait mon regard. À peine suspect ça, mon pote.

— On les isole juste avant leur apparition. Les maisons ici ont quasiment toutes une cave aménagée. Le bois des murs ne tiendrait pas.

Je me redressai brutalement, manquant de faire tomber la vaisselle posée devant moi.

— Tu es en train de me dire que toutes les femmes vargres passent une partie de l'hiver enfermées toutes seules dans des caves parce qu'elles virent berserk et que sinon elles tueraient tout ce qui passe ?!

— C'est la seule solution que nous ayons trouvée.

— Cette excuse aurait pu tenir sur la toute première année, celle où vous avez découvert que ce syndrome les touchait et où vous avez dû vous trouver dépassés. Mais pour les milliers d'autres qui ont suivi…

Je me tus, j'attrapai mon sac et ma plante et ouvris la porte avec une colère à peine contenue. Au diable son petit déjeuner, mon appétit était coupé et ne reviendrait pas de sitôt. J'étais prête, de toute façon.

— Je t'attends à la voiture.

Ne pas hurler me brûlait la gorge. Ça n'aurait probablement servi à rien. La pluie fine qui m'accueillit à l'extérieur, doublée de son vent glacial, ne fit rien pour améliorer mon humeur. M'engonçant dans ma veste, j'avançai vers la voiture, mes pas énervés projetant des gerbes d'eau boueuse sur tout le chemin. Ce qui se passait ici me rappelait beaucoup trop le dédain général qu'il y avait envers nous, y compris de la part des scientifiques et des organismes de financement, en passant par les industries pharmaceutiques. « On ne teste pas nos médicaments sur les femmes parce que vous comprenez, les hormones fluctuent, c'est plus simple chez les hommes ». Oui, mais elles prendront également ce médicament in fine, non ? « Ah ben oui, mais si c'est bon pour les hommes, alors ça va ». Idem, il n'y avait qu'à voir la vitesse de progression des études sur des pathologies touchant plus le sexe masculin, ou les esclandres qui se produisent dès qu'on découvre une nouvelle maladie et qu'elle a le malheur de toucher davantage ces messieurs. Alors que, dans le cas inverse, on passerait l'information sous silence ou presque. Ma colère sourde se porta finalement sur les médias et médecins, les injuriant mentalement de ne jamais alerter sur les signes des infarctus du myocarde particuliers chez les femmes, focalisant l'idée qu'en général il fallait chercher une douleur dans le bras gauche et la poitrine. Ma mère, elle, comme à peu près la moitié des femmes qui avaient été touchées, n'avait jamais montré ce symptôme bien connu. Elle, nous, les médecins, tout le monde avait tâtonné, jusqu'à finalement comprendre, trop tard.

Ma mâchoire me faisait mal et je tentai de desserrer les dents, juste assez pour la décontracter. Je sentis un regard peser sur moi tandis que je m'appuyais contre la carrosserie du véhicule. De loin, j'aperçus la seule femme qui était rentrée dans l'arène à géants la veille, pour secourir Nikolaï. Portée par mes élans de sororité, je lui adressai un signe de tête qui se perdit dans le vent. Elle cracha à ses pieds, tourna les talons et partit dans la direction opposée. Son attitude me laissa abasourdie, que lui avais-je fait pour qu'elle se montre aussi ostensiblement hostile ? Cette rencontre eut néanmoins pour effet de chasser ma colère, et je commençai tranquillement à réfléchir aux différentes plantes que je connaissais pouvant s'appliquer aux problèmes hormonaux. Juste au cas où. Ceci étant, l'hiver comme date butoir ne laissait que peu de temps. La deadline était serrée.

— On peut y aller.

Je devais être trop tendue pour sursauter, il y avait au moins un côté positif à cette affaire. Kjell, son air taciturne et peu loquace retrouvé, m'invita d'un signe de tête à m'asseoir sur le siège passager. Il n'y avait pas à dire, je l'avais préféré quelques heures plus tôt, dans la chaleur de mes bras. Nouveau soupir, je me laissai tomber dans le véhicule. Il mit le contact et roula en direction de la porte. Une des vigies descendit souplement de son perchoir et vint à la fenêtre de mon co-équipier.

— Rien en vue, mais fais attention. Ça sent l'humain et la poudre. D'après le vent, plein est.

Soit, notre route jusqu'à mon village, et, en suivant, celui où demeurait mon père. Chic. Je n'étais pas certaine de la traduction exacte, mais ça puait les problèmes. Kjell le remercia et les portes s'ouvrirent.

— Il y a un risque ?

— Normalement, non. Il s'agit sûrement de chasseurs égarés ou trop entreprenants, comme tu as pu le constater ils nous tournent autour en ce moment. Mais ça ne coûte rien de se montrer prudents.

Rassurant. Bon, ceci étant, on ne devrait même pas les apercevoir depuis la route, donc effectivement, ce n'était probablement pas bien contraignant. Tout de go, Kjell me lança un coup d'œil.

— Je ne reviendrai pas dessus, mais, Elin, reste loin d'elles. Malgré ses travers, Nikolaï ne te fera rien. En revanche, elles ne le feront probablement pas consciemment, mais te tueront sans y regarder à deux fois. Mona en particulier.

Il avait dû voir ou croiser la femme de tout à l'heure, qui a priori se prénommait Mona, OK. Son avertissement glissa sur moi sans m'imprégner le moins du monde. J'avais déjà compris que je m'exposais à des problèmes, mais n'était-ce pas ce que je faisais depuis que je le connaissais ? Je tendis la main pour lui tapoter l'épaule, sa tête étant trop haute pour l'atteindre facilement. Je choisis de considérer qu'il était mignon, à s'inquiéter ainsi, et de transformer mon incertitude en détermination à réussir.

Chapitre 12

Elin

Mes doigts glissèrent sur le clavier tactile de mon téléphone. Je comptais bien exploiter ce trajet pour voir si je pouvais contacter mon fournisseur habituel. Avec un peu de chance, la vente de rhodiole dans la région serait passée par son intermédiaire, ou celui de deux autres grossistes que j'avais en tête. J'effectuai un premier tour sur Internet, pour vérifier qu'ils vendaient tous les trois cette plante, en éliminai un, puis partis en quête du numéro du premier dans mon répertoire.

Je m'apprêtais à le sélectionner, mais le téléphone m'échappa des mains quand la voiture fit un sursaut, comme si on avait roulé sur un animal. Je redressai vivement la tête, tandis que Kjell prenait une brusque inspiration. L'urgence contenue dans son expression tandis qu'il lâchait le volant et se jetait vers moi me choqua.

Une fraction de seconde plus tard, je me retrouvai pliée en deux vers l'avant, le corps de mon partenaire plaqué sur le mien comme s'il cherchait à me briser la colonne vertébrale.

Encore une fraction de seconde plus tard, des déflagrations retentirent à mes oreilles.

La voiture tressautait à chaque impact, du verre explosa au-dessus de nous, me griffant la tête et la joue. J'avais le souffle coupé, aucune visibilité, mais mon instinct de survie m'intimait de me rouler en boule encore davantage, à glisser totalement sous le tableau de bord. La masse chaude se serra tout autour de moi sous le feu continu des tirs, jusqu'à ce que je le sente se crisper brutalement. Mon ouïe ne répondait plus, ma vue ne servait à rien, et il n'y avait aucun mouvement que je puisse faire sans devoir soulever une montagne et la mettre en danger au passage. La peur me terrassa tandis que les secondes s'écoulaient avec une lenteur infinie, chacune porteuse d'une promesse de mort. J'allais y passer. Si ce n'était pas déjà fait.

Une forte odeur de fumée monta jusqu'à moi, irritant mes narines. Je ne pris pas immédiatement la mesure de cette information sensorielle, mais une diode « danger » finit par s'allumer dans ma tête à mesure que ces émanations envahissaient l'habitacle, se concentrant à une vitesse folle. Aussi brusquement qu'il était apparu, le bruit cessa, laissant place au bourdonnement dans mes oreilles.

— Il faut sortir, maintenant !

Je ne disais pas le contraire. Kjell se redressa avec prudence, déchirant ma ceinture au passage d'un simple mouvement.

L'instant d'après, il n'était plus là. Une douleur aiguë transperça ma main quand je touchai la portière. Un bris de verre m'avait entaillé la peau et un fin filet de sang courait sur mon poignet. Le pare-brise ponctué de balles était explosé, et un épais rideau de fumée noire s'élevait du capot. À ma gauche, la portière côté conducteur, béante, portait elle aussi ses cicatrices, un bel impact la défigurant juste sous la vitre. La mienne vola l'instant d'après, arrachée de ses gonds comme si un voiturier trop pressé et méga puissant avait fait du zèle. J'attrapai la main que me tendait Kjell et, en un clin d'œil, je me retrouvai à couvert, derrière un large rocher affleurant, le nez dans un buisson.

Plaquebière, ne puis-je m'empêcher de penser. Bon à savoir, il faudrait revenir à l'été pour ses baies. Pourtant, aussi succulentes soient-elles accompagnées de glace vanille, elles n'avaient pas de vertus curatives particulières appropriées à la situation. Faute de scorbut à soigner, mon regard s'en détacha pour se reporter sur mon compagnon d'infortune, et accessoirement sauveur. Mon souffle se bloqua, son visage sanguinolent me faisant craindre le pire. Ça, et sa posture, improbable : comme s'il avait voulu s'accroupir et qu'il s'était laissé tomber d'un côté. Je me dépêchai de me rapprocher de lui.

— Qu'est-ce qu'il y a ? Tu as été touché ?

L'inquiétude transperçait dans ma voix. Sans attendre sa réponse, je commençai à explorer son visage du bout des doigts. Les plaies semblaient déjà se refermer et n'étaient que superficielles. J'allais passer à la zone qui apparaissait plus sérieuse, tout en bas de ses reins, quand il me retint d'une main ferme, mais douce.

— Il faut qu'on dégage d'ici.

D'un signe de la tête, il indiqua la voiture à quelques mètres de nous. Je compris qu'il ne savait pas si les attaquants étaient partis ou non, mais que dans tous les cas, le danger immédiat était l'explosion qui n'allait pas tarder à survenir.

— Tu peux marcher ? Je peux te soutenir pour qu'on s'éloign…

— Je vais me transformer, on doit revenir au village.

Son expression tendue me révéla tout ce qu'il y avait à savoir, il avait bien été touché. Je récupérai mon poignet d'un geste sec et le contournai en restant à genoux pour ne pas risquer d'émerger du rocher. L'énorme tache carmin qui s'étalait sur son pantalon cachait l'impact d'une balle et expliquait celui qui avait traversé la portière conducteur. Kjell s'était jeté sur moi, exposant son dos tout entier. Un tir lui avait transpercé la fesse gauche avant de se loger dans l'habitacle. La traînée poisseuse, suivant la lacération du chemin du projectile, était bien moins superficielle que le reste. Et ne semblait pas décidée à cesser de saigner.

— Il y avait de la rhodiole sur les balles ?

Un sec hochement de tête suivit ma supposition, puis ses traits se brouillèrent, comme si ma vue ne parvenait plus à faire un focus sur son visage, son corps. Sans un son, de façon pleinement irréelle, une forme lupine apparut à l'endroit où il s'était tenu une seconde plus tôt. Sa taille gigantesque le faisait dépasser de notre pauvre rocher, et la première chose qu'il fit fut de lever la tête pour humer le vent. Un léger grognement fit vibrer son torse puissant, me donnant la chair de poule. C'était absolument viscéral. À la fois je savais qu'un loup pareil n'aurait pas dû exister, et quand bien même, moi, frêle humaine, je n'aurais jamais dû me trouver à portée de ses crocs. En tout cas, pas sans lance-flammes ou grenades à fragmentation sous la main. Ah, et enduits de rhodiole, du coup. Mes doigts se mirent à trembler et je les planquai sous mes bras croisés, dans une attitude expectative plutôt que prête à détaler.

— C'est malin de t'être transformé maintenant, tu peux parler ?

L'énorme gueule, beaucoup, beaucoup trop près de mon visage à mon goût, oscilla de gauche à droite. Déjà, niveau cognitif, c'était toujours Kjell. Ou alors, la bête me humait à mon tour, d'une façon un peu bizarre.

— Bon, eh bien, je suppose qu'il vaut mieux que tu rentres aussi vite que tu le peux sans te blesser, moi je vais longer la route.

Il y en avait bien pour une dizaine de kilomètres, mine de rien. Je n'étais pas arrivée. Et ma besace se trouvait à quelques mètres de moi dans une voiture sur le point d'exploser. C'était un crève-cœur, mais je ne comptais pas aller la chercher. Plutôt marcher désarmée, au risque de croiser des tarés munis de fusils, que de voir des bouts de moi bondir dans tous les sens. Quant à Kjell, il avait assez à faire avec son postérieur. Je me relevai avec une certaine raideur, me découvrant quelques contusions en plus des picotements liés aux éclats de verre, et commençai à m'écarter de la bombe sur roues. J'avais à peine pu récupérer mon téléphone malgré son vol plané dans l'habitacle quand la prise de catch de Kjell me l'avait fait lâcher. Il faudrait contacter les forces de l'ordre dès que possible, à cause des tireurs et de la présence d'une voiture cramée sur la route. Mais avant, il me fallait l'aval des Vargrs, peut-être qu'ils auraient d'autres plans.

Mon cœur commençait à se calmer, adoptant à nouveau un rythme cohérent avec une survie à long terme. Marcher me ferait vraiment du bien. La forme grise qui faisait définitivement deux mètres au garrot, minimum, me barra la route.

— Rentre, andouille. Je te conseille d'aller chez Margit, dans la chambre qu'elle m'a prêtée tu trouveras un sac avec plusieurs pots, prends-toi celui où il y a marqué « Calendula » et étale la crème sur ta plaie.

Donner des ordres aidait à ne pas avoir peur, qui l'eût cru ? En tout cas, j'avais enfin un sujet de test sous la main concernant la rhodiole, il me tardait de voir ce qui pouvait neutraliser ses effets. Continuant à avancer en pensant, pour une obscure raison, que ce loup partirait conformément à ce que je lui avais demandé, je me cognai contre son flanc.

Était-il possible d'avoir une créature à ce point terrorisante et mortelle avec une fourrure aussi douce ? Nope, le loup devant moi était bel et bien irréel. Sans se formaliser, deux yeux à la pâleur impossible, d'un bleu presque gris, se fixèrent sur moi. De sa tête, il sembla me désigner, avant d'indiquer la direction du camp vargr. Je soupirai.

— Oui, c'est bien là que je vais.

Les splendides pupilles furent un instant cachées derrière des paupières. Je rêvais, ou bien c'était sa façon de lever les yeux au ciel ? L'énorme gueule s'ouvrit et se dirigea vers moi, béante, avant d'à nouveau indiquer la direction du village. Les points d'interrogation m'envahirent. Il lui fallait se nourrir pour pouvoir y aller et je devais l'y aider en lui fourrant des trucs dans le gosier ? À moins que… Sa proposition se fit soudain claire dans ma tête, et je reculai. Nope. Pas moyen.

— Non. Il n'y a que les louveteaux et le gibier qui voyagent là-dedans, hors de question.

Un grondement sourd, quasi imperceptible, monta de sa gorge.

— Hey, c'est bon, on a déjà donné dans la menace et le chantage. Allez, rentre maintenant, tu fous du sang partout, et je n'ai pas l'impression que ça va s'arranger. La crème de souci des jardins t'attend. Psst, psst.

Je le chassai d'un geste de la main.

Un loup mystique, de plus de deux mètres de haut, aux crocs aussi grands que mon avant-bras.

Si le « psst psst » marchait, il faudrait que je brevette l'invention d'urgence.

Lesdits crocs disparurent tandis qu'il refermait son énorme mâchoire, et il me poussa du museau. Le coup avait probablement été pensé pour être doux, mais il me propulsa en arrière avec une force qui manqua de me faire atterrir sur le sol. Je me récupérai sans tomber et me tournant vers le fautif, considérai la tête de mule en face de moi.

— Tu as peur de rentrer seul, OK. Tu veux me porter, passe encore, mais je refuse de voyager entre tes… dents. Alors on fait comment ? Tu vas enfin te décider à y aller ou bien ?

Un profond soupir traversa le loup et, ployant sur ses pattes, il se coucha devant moi, jusqu'à coller sa tête au sol. Whaou, voilà autre chose. J'observai le garrot à distance de bras. Même ainsi, il restait presque aussi haut que mon regard, ça promettait une sacrée escalade.

— Tu es sûr ? Avec ta blessure…

Sans décoller le menton du sol, Kjell fit claquer sa mâchoire avec impatience. OK, OK, ne viens pas te plaindre si je t'arrache les poils au passage. Néanmoins, le plus légèrement possible, je montai sur l'une de ses pattes avant pour avoir une chance d'atteindre son dos. Mes mains s'enfoncèrent dans sa fourrure, disparaissant dans son épaisseur. Je pris une inspiration et aussi rapidement que possible, je me hissai au sommet de son épaule, jusqu'à m'asseoir sur sa colonne vertébrale. Je fis deux observations à cet instant-là. D'un, je m'étais fait avoir : la fourrure de la moitié haute de son dos était rêche au possible, la douceur se situait sur le ventre, et de deux, nom d'un ver à soie, que le sol était bas. Et il le fut bientôt davantage, quand Kjell se redressa. Un moment désorientée, je récupérai mon équilibre en me penchant en avant, en m'accrochant aux poils devant moi et en serrant les cuisses autour de lui comme si ma vie en dépendait.

D'ailleurs, à la réflexion, c'était le cas.

Et ça ouvrait sur un bon tas de blagues grivoises qu'il ne faudrait pas que je manque de lui sortir une fois arrivée, si j'arrivais en vie. C'était fou ce que mon quotidien avait changé en quelques jours… Il y avait un monde entre vendre des plantes dans mon herboristerie et chevaucher un loup immense, conçu pour buter des géants de glace.

Le vent me fouetta le visage, m'obligeant à rester concentrée sur mes prises. Je me cramponnai tandis que Kjell prenait de la vitesse. Nous progressions loin de la route, coupant à travers le bois, nous faufilant entre les arbres avec une rapidité folle. Sa course s'effectuait dans un silence absolu, je soupçonnais que les oiseaux n'avaient même pas le temps de seulement songer à s'arrêter de chanter sur notre passage. Son agilité me stupéfiait, et je m'étonnais de ne pas être en train de recevoir une nuée de branches dans le visage, compte tenu de la hauteur à laquelle j'étais. À ce stade, j'allais laisser tomber la voiture pour de bon, mon loup manquait juste de poignées auxquelles s'accrocher pour stabiliser mon assiette, mais en dehors de ça, c'était tellement plus pratique ! J'avais la sensation de ne faire qu'un avec le vent, traversant la forêt autour de nous avec l'évidence d'un ruisseau qui chemine, et la fluidité de la brise qui s'infiltre dans les sous-bois.

La vitesse, incroyable, impossible, semblait tout aussi facile à maintenir pour la quantité de muscles qui s'activaient sous moi, je ne notais même pas de boiterie dans sa course. J'espérais qu'il n'allait pas davantage ouvrir sa plaie avec ces bêtises, certes profondément envoûtantes, mais définitivement stupides. D'une foulée souple, il bondit hors du bois, déjà en vue de la palissade extérieure du village vargr. Les portes s'ouvrirent aussi vite que possible, ouvrant la voie à Kjell pour qu'il continue sa course en direction de chez Margit. Il s'arrêta brutalement devant le porche. J'allais passer mes jambes d'un même côté pour me laisser glisser à terre, comme si j'avais dû descendre d'un – très grand — cheval, mais une impression étrange bouillonna sous moi. Il se transformait !

J'atterris comme une fleur sans grâce dans les bras d'un Kjell nu, avec dans le regard une note de fierté. Je râlai de ce comportement que je n'avais pas anticipé, avant de profiter de l'occasion pour rapprocher mon visage du sien et de déposer mes lèvres sur les siennes pour lui voler un baiser. Ses bras me serrèrent davantage en réponse, comme pour me garder encore davantage dans leur étreinte. Je le repoussai à peine quelques secondes plus tard.

— Lâche-moi, que je puisse aller te chercher la crème. Je ne voudrais pas laisser un si beau fessier abîmé.

Il me déposa à terre, mon sourire en coin paraissant lui plaire sans que son visage laisse trop transparaître ses émotions. Juste son regard et le haut de ses oreilles, légèrement rouges.

Une fois libre, je fonçai à l'intérieur et montai l'escalier pour fouiller avec frénésie dans mon grand sac d'onguents en tous genres. Il faudrait que je me trouve une nouvelle besace et que je la remplisse avant de me la visser au corps. Peut-être que la greffe prendrait, cette fois-ci. Le pot que je cherchais atterrit finalement dans ma main.

Je redescendis pour trouver Kjell à moitié habillé, et une Margit aux aguets à ses côtés. C'était assez déstabilisant de les voir ainsi tous les deux, et je dus me répéter que non, aucun plan à trois n'était prévu et n'aurait lieu, ce n'était pas parce que mon coup d'un soi… du moment plutôt, était cul nu sur un divan avec une mamie dans les parages qu'il y avait la moindre chance. Malgré ses splendides fesses, il fallait que j'oublie la connotation sexuelle de cette situation. Me connaissant, ça allait être compliqué. Mais le fait que ledit postérieur était couvert de sang séché et que l'hémoglobine coulait toujours à flots risquait d'aider. De ce que je constatais, la rhodiole n'était effectivement pas un simple actif, mais un réel sensibilisant, qui aggravait chaque occurrence.

— Il faut réunir le Conseil.

Margit hocha la tête, et sortit pour aller, probablement, chercher Jan. Je voyais bien tous ces bonshommes se ramener ici, avec Kjell dans cet état. Le tableau aurait été splendide.

Je récupérai de quoi laver la plaie et commençai mon ouvrage. Manque de chance, si je parvenais à éclaircir les alentours de la traînée de feu laissée par la balle, le sang coulant de la plaie recouvrait tout aussitôt. N'ayant pas un engouement particulier pour les travaux de Sisyphe, j'abandonnai pour passer à l'étape supérieure.

Avec des gestes légers et hésitants, compte tenu du côté impressionnant de la blessure et de la douleur qu'elle devait impliquer, j'appliquai ma crème. Le souci des jardins sembla immédiatement faire effet, le flot se tarit. Si tout se passait comme prévu, entre ses propriétés cicatrisantes, antiseptiques et anti-inflammatoires, Kjell serait tranquille d'ici peu de temps.

Je savais que les Vargrs étaient aussi sensibles que tout le monde à mes plantes, eu égard à mon utilisation du sumac, mais j'étais contente de constater que ma plante pouvait contrer l'effet qu'avait sur eux la rhodiole. L'horreur me submergea un instant en pensant aux ravages qu'aurait pu faire une rhodiole dorée de ma confection. Sans tenir compte du tour morbide qu'avaient pris mes pensées, la plaie se referma tranquillement, avec l'aspect miraculeux que revêtait chacun de mes traitements. Et je pensais ça sans trop me vanter. J'interpellai Kjell, un plan se mettant à germer dans mon esprit.

— Tu sais, par rapport au Conseil, je crois que j'ai une meilleure idée.

Je sortis ma carte destruction massive de ma manche.

Chapitre 13

Elin

Mon père nous trouva sur le pas de sa porte, deux bipèdes sans traces de sang sur le visage grâce à un nettoyage exprès, tout sourire… ou presque, compte tenu de l'expressivité de mon partenaire attitré. Erik Lindström était un ancien de la police locale, connu comme le loup blanc – encore un – et apprécié de ses pairs. S'il y avait quelqu'un auprès de qui chercher conseil sur la conduite à tenir après une échauffourée pareille, c'était bien lui. Initialement, mon idée n'avait pourtant pas fait bondir Kjell de joie.

Les Vargrs avaient l'habitude de régler leurs problèmes seuls, et de façon définitive, encore plus si le problème en question impliquait la rhodiole.

D'une façon qui nous échappait, le secret avait filtré, mais il était hors de question qu'il se diffuse davantage, notamment par le biais des investigations de la police scientifique. Si leurs équipes constataient la présence d'ADN de la plante sur des balles ou des blessures, elles ne manqueraient pas de se poser des questions et la presse s'en emparerait. La situation serait désastreuse.

— Et bien, bichette, tu en as mis du temps !

Le visage long, marqué par une vie d'aventures dans la région, les sourcils broussailleux au-dessus d'un regard adorable malgré quelques lueurs malicieuses, mon père sourit à pleines dents en considérant Kjell. Il nous fit entrer dans sa petite maison aux abords typiquement scandinaves qui sentait la cigarette et le bois vieilli, mais lui faisait une garçonnière tout à fait convenable. Il y avait emménagé récemment, pour se rapprocher du centre du village et de son hôpital. Mon père était du genre prévoyant. Il nous invita à nous asseoir et se laissa tomber dans un fauteuil aux épais coussins. Je m'installai à côté de Kjell.

— Oui, je suis vraiment désolée de ne pas avoir pu venir plus tôt. Promis, j'ai essa…

— Qui parle de ça ? Alors, racontez-moi tous les deux, mes petits-enfants sont en route ?

Et hop, envolée, ma culpabilité. Sans même avoir à regarder le Vargr, je sentis sa tension. Je pris le parti de ne pas en tenir compte. Kjell allait-il se mettre à rire, annonçant ainsi un cataclysme imminent ? Allait-il se jeter sur moi en me fusillant d'un « je te l'avais dit » dans le regard, sur le fait que nous devions nous mettre ensemble jusqu'à ce que la mort nous sépare ? Ou était-ce la colère qui nouait chacun de ses muscles ?

Pour ma part, je notai pour plus tard que la prochaine fois que je rendrais visite à mon père, j'irais « emprunter » un marmot à l'étage obstétrique de la clinique d'à côté. Puis, plus tard, je passerais à la pédiatrie. Peut-être même que ces choses-là se louaient, les parents ne devaient être que trop contents de s'en débarrasser quelque temps ? Je m'éclaircis la voix.

— Papa, voici Kjell, c'est mon… correspondant vargr.

Moui, ça sonnait mieux dans ma tête, là, on aurait dit qu'on s'envoyait des lettres. Or on s'envoyait bien plus que ça, à y songer, mais cette formulation devrait tempérer un peu les ardeurs de mon père. Et effectivement, la grande carcasse un peu voûtée dans son fauteuil considéra Kjell d'un œil neuf.

— Ravi de te rencontrer, Kjell. Mais je croyais que vous ne preniez plus d'épouses dans la région depuis plusieurs années ?

Échec critique. Je repris.

— Nous aurions besoin de tes conseils, Papa. Kjell et les siens subissent des pressions pour quitter leur territoire, et rien que tout à l'heure, nous nous sommes tirés de justesse d'une fusillade qui nous a pris pour cible sur la route alors que nous venions te voir.

Mon partenaire avait fait récupérer la voiture, désormais réduite à l'état de tas de ferraille brûlée, par ses congénères. Ils avaient trouvé un système de pics qui avaient dû être jetés sous les pneus pour les perforer juste avant que nous ne roulions à cet endroit. Donc, en plus des tireurs situés à bonne distance face à nous, nous étions passés juste à côté d'un autre type dont la fuite avait dû être couverte par les tirs des autres. Si ça, ce n'était pas de la préméditation… Choqué, mon père bondit de son fauteuil.

— Pardon ?! Une fusillade ? Avec toi au milieu ?! Tu te moques de moi ?

Je fis un signe de dénégation en plissant les lèvres. Kjell prit le relais.

— C'était une embuscade, Elin était présente, mais elle n'était pas la cible, de toute évidence. Leur but n'était pas de nous tuer, ils faisaient passer leur message.

Je me tournai vers lui, un rien offusquée.

— Ils n'ont pas voulu nous tuer en nous tirant dessus ?

— Non, un meurtre ne leur serait d'aucun intérêt.

— Et leur apporterait bien trop d'ennuis, renchérit mon père.

Kjell approuva d'un signe de tête. Face à nous, l'ancien membre de la police reprenait vie.

— On ne peut pas laisser ces actes impunis. Vous vous trouviez encore sur le territoire vargr ?

Nouvel acquiescement.

— Et quels suspects avez-vous ? Je vais demander à mes collègues en poste de…

Du plat de la main, il tâtonna contre son pantalon pour dénicher son téléphone. Oups. Je me levai à mon tour et lui fis signe d'attendre d'un geste.

— Trente secondes, oui, nous avons un suspect, mais nous ne souhaitons pas que ça s'ébruite pour l'instant.

— En effet. Nous aimerions ton avis au préalable. Il s'agit de Gustaf Lantz.

Le nom tomba comme un couperet sur l'agitation de mon père. Il demeura un instant debout, figé, avant que ses jambes ne fassent mine de le lâcher et qu'il retombe dans son fauteuil. Son air assommé me fit craindre le pire, mais il se reprit et un sourire timide fit surface sur son visage.

— Vous me faites marcher, c'est ça ?

Mauvaise réflexion, Papa. Mes lèvres se tordirent en un rictus désolé. Entre ça et le front plissé de Kjell, il eut très vite sa réponse.

— Vous avez des preuves ? Non, en fait, on s'en fiche.

— Comment ça, « on s'en fiche » ?

— Même s'il y avait des vidéos, des empreintes, ou si un Lantz commettait un forfait en pleine lumière devant témoins, personne dans le service ne se donnerait seulement la peine de prendre la plainte.

Kjell et moi nous regardâmes, incertains quant à ce qu'il voulait signifier. Mon père porta sa main à son front en découvrant nos regards perplexes.

— Je ne plaisante pas, les Lantz sont une famille parmi les plus puissantes du pays. Gustaf tient seul les rênes du domaine familial ici, mais son influence est énorme. Ses frères et sœurs sont soit impliqués dans la politique, soit dans de grands groupes industriels, en Suède et ailleurs. Une des Lantz, l'aînée, je crois, a même une position importante dans la direction de la sécurité de l'État. Ils sont intouchables.

— Mais enfin, il y a une justice tout de même, des lois, tout ça ?!

Il se passa la main sur le front, et la fatigue que je lus sur son visage m'inquiéta.

— Même si c'était le cas… À la simple échelle de mon ancien commissariat, les Lantz font presque partie de l'équipe. Ils sont connus par tous et financent nos événements, même les plus minimes, des rénovations aux pots de départ en passant par la machine à café. Ils jouissent d'une réputation sans taches, il serait impensable de les relier à des actes illégaux. Et quand bien même, ils seraient aussitôt couverts.

Je déglutis. Dans ma tête, mon père, et la police en général, représentait la loi et la justice. Les voir ainsi mis à mal cassait l'image de fiabilité à toute épreuve que j'en avais et me laissait désabusée, sans solution.

— Tu nous conseilles quoi, alors ? C'est bien lui qui est allé menacer les Vargrs, j'en ai été témoin. Je ne sais pas quel est son niveau d'implication dans l'assaut de tout à l'heure, mais la coïncidence paraît trop grosse. Il est hors de question qu'on lui permette d'aller plus loin !

Mon père avait comme vieilli de dix ans devant mes yeux, il se triturait les doigts en réfléchissant. Ce fut Kjell qui aboutit à la seule conclusion qui restait, celle qui brûlait la bouche d'Erik.

— Les canaux illégaux. Nous devons régler ça sans passer par la police.

Mon père acquiesça, en silence d'abord, puis, après un bref regard sur moi, fixa Kjell.

— Mais le risque est immense. Je pourrai toujours vous appuyer en tirant sur les quelques ficelles qu'il me reste, récupérer des faveurs ici et là. Dites-moi quand vous en aurez besoin, je me tiendrai prêt. Malheureusement, je ne vois pas comment vous aider davantage, à moins que vous ne me vouliez sur une équipe d'intervention.

Un sourire fit son nid au creux de mes lèvres tandis que j'observais ma vieille branche toute sèche de père, prêt à mettre la main sur une arme pour nous aider. Sourire qui disparut aussitôt que le regard de ladite branche se reporta sur moi.

— Tout de même, Elin, je n'aime pas te savoir au milieu de tout ça.

Moi non plus, à bien y réfléchir. Pourtant, je lui servis mon air le plus rassurant et tapotai de la main l'épaule musclée d'un Kjell qui en resta interdit.

— Pas de souci, je suis bien protégée ! Kjell fait un gilet pare-balles du tonnerre.

Je tirai la langue face au regard pénétrant que me lança ledit gilet, sous un sourcil haussé.

— Quoi ? C'est exactement ce que tu as fait tout à l'heure. Ça t'a fait sérieusement gagner des points, au passage.

Je ne rêvais pas. L'air songeur, presque intéressé, qui avait traversé un instant son incroyable visage, venait carrément de lui tirer un sourire en coin. Détachant son regard de moi, il se tourna vers mon père.

— Je ne la laisserai pas prendre de risques inconsidérés. Je compte effectivement la protéger.

Hey ! C'était quoi, ce sous-entendu ? Je considérais toujours mes risques, d'abord. En tout cas, nos interventions firent rire Erik.

— Pensez également aux petits-enfants, au passage. J'aime mieux ça que de vous savoir en train de vous frotter à Lantz.

J'allai lui planter un bisou sur la joue, pour la peine. C'était une blague courante de sa part, mais je savais qu'elle cachait un désir profond de devenir grand-père, en rapport peut-être avec les espoirs de ma mère défunte. Mon cœur se serra en y pensant, mais Erik ne tarderait pas à déchanter, je n'avais pas prévu d'enfanter, ne ressentant pas spécialement d'attirance pour ces petites bêtes. Et même si ça venait un jour, ce ne serait certainement pas pour combler les attentes de quelqu'un d'autre ni de la société. Bah, de toute façon j'avais bien trop à faire à l'heure actuelle pour y songer.

Des culs à botter, un hiver à prévenir, un Kjell à maîtriser, et, par-dessus tout, des plantes à planter !

— Ah, et, Kjell, prends soin d'elle.

Juste quand nous ouvrions la porte pour partir, cette dernière interjection nous fit nous figer sur le seuil de la porte. Les deux hommes se dévisagèrent avec une gravité sans faille, d'un côté comme de l'autre. Je savais pourquoi mon père avait lancé ça. D'un regard sombre, je lui déconseillai de s'expliquer, espérant que Kjell penserait à des aspects de sécurité quand Erik parlait, sans le moindre doute, de ma capacité à aimer, à m'attacher, entre le brisé et le bancal.

— Rosalind nous a quittés il n'y a pas si longtemps, et peu après ce fut…

Oh, non non non. J'avais trop compté sur son introspection, me disant qu'il n'irait pas plus loin, et je m'étais trompée.

— Kjell est déjà au courant, Papa. Prends soin de toi aussi, bisous ! fis-je un peu précipitamment avant d'entraîner mon acolyte interloqué derrière moi, direction la voiture.

Pourquoi affronter ce qu'on peut fuir, après tout ?

Chapitre 14

Kjell

La portière claqua tandis que je composais le numéro de Badr. La chevelure claire d'Elin flottant derrière elle dans sa course comptait parmi les rares choses que l'on pouvait encore apercevoir à cette heure, si près de l'hiver. Je n'avais toujours pas compris comment elle avait réussi à m'amadouer suffisamment pour qu'on fasse un détour par chez elle en revenant de la maison du vieux policier, alors que nous nous étions pris une embuscade juste quelques heures auparavant.

Je poussai un soupir, au rythme des tonalités.

Il y avait un certain nombre de choses que je ne comprenais pas, à son sujet. Entre ses étonnants pouvoirs, inconnus de mémoire de Vargr, sa personnalité sulfureuse et sa vision du monde… Ses yeux gris, souvent rieurs, parfois furieux, mais infiniment passionnés, s'imprimèrent dans mon esprit.

Non, je ne la comprenais pas, mais j'étais déterminé à m'en rapprocher. C'était comme une pulsion qui me poussait vers elle depuis le premier soir, me prenait au cœur et m'attirait, doucement, mais sans jamais reculer, vers cet être extraordinaire. J'avais d'ailleurs remarqué les regards que lui lançaient les autres, à la dérobée. Je n'avais même pas besoin d'être sous ma forme de loup pour que la simple idée me fasse grogner. J'en avais presque été soulagé lorsqu'elle nous avait fait sauter le pas, pensant que, pour elle comme pour n'importe quelle femme de nos clans, c'était un symbole d'appariement. Je ne saisissais pas qu'il puisse en être autrement. Je n'avais pas énormément frayé avec des non-Vargrs, mais il m'avait pourtant semblé constater que le sujet n'était pas sans importance chez eux non plus, alors pourquoi…

La messagerie s'activa. Je regardai le téléphone, perplexe. Ce n'était pas dans les habitudes de Badr de ne pas me répondre.

Un léger effluve, une trace infime, passa indolemment devant moi. Les turbulences créées par la fermeture de la portière avaient dû capter quelque chose à l'extérieur, et finir par me l'amener. Un malaise grandissait en moi tandis que je tentais d'analyser ce que je sentais. Ma forme de loup était bien plus rapide pour ce genre de chose, mais je réglai le problème en sortant de la voiture à mon tour.

De là, il n'y avait plus de doutes possibles, et je me ruai vers la porte d'Elin sans même avoir besoin de remonter précisément le panache olfactif. À l'intérieur, les lumières révélaient le triste capharnaüm de ce qui avait été la pièce principale. Les coussins avaient été éventrés, les meubles renversés et entre les bris de glace et la garniture en mousse, au diapason des odeurs étrangères qui souillaient la maison, des traces sombres souillaient le plancher. De la terre. Mon cerveau réagit comme s'il avait toujours connu cette humaine, prenant conscience de l'ampleur du problème.

J'avançai jusqu'à la pièce en enfilade qui donnait sur le jardin et qui abritait le vanillier aux notes sucrées. Elle m'en avait largement parlé lorsque nous étions venus récupérer des plantes. Mais par-dessus cette odeur exotique, une autre me sauta au nez. La senteur âcre des végétaux blessés. Et celle, que je n'avais jamais sentie jusque-là, mais qui curieusement semblait s'y harmoniser, des larmes d'Elin. Je la trouvai dos à moi, agenouillée devant un tas de lianes vertes qui avait dû être tailladé à la machette avant d'être foulé au pied, au vu de l'état des tiges. Un léger sursaut froissa un instant ses frêles épaules. Je m'approchai, pour constater qu'Elin gardait le regard rivé sur une sorte de long haricot qu'elle tenait dans sa paume. Une gousse, compris-je.

— Si je ne lui en voulais pas tant que ça pour la fusillade… Bon, en fait si, je lui en voulais déjà à mort, mais là, on passe sur un tout autre niveau, qui débouche directement sur la damnation éternelle.

J'expirai, prenant conscience par la même occasion que j'avais retenu mon souffle. Elle était de retour, celle que j'appréciais, avec ses menaces mordantes à travers ses dents serrées, ses joues encore humides de larmes. Je jetai un coup d'œil au travers de la porte vitrée qui nous séparait du jardin.

Le massacre ne l'avait pas épargné, et j'aurais mis ma main à couper que la serre avait également été dévastée. Les signatures olfactives humaines survolant ce désastre appartenaient à deux personnes que je ne connaissais pas, mais qui ne pouvaient qu'être liées à Lantz. Une envie folle de suivre leur piste brûla en moi. Elle s'étirait, fraîche, invitante, jusqu'au bois de sapins qui bordait le territoire d'Elin. Les coupables avaient sans doute voulu éviter d'emprunter directement la route pour s'enfuir, mais y étaient à coup sûr revenus ensuite, ce qui signifiait que leur trace disparaissait au niveau de la route, envolée dans un véhicule. Et quand bien même j'aurais pu suivre leur piste, je ne comptais pas abandonner Elin. Malgré sa tirade bravache, je ressentais sa détresse dans l'air et cela me troublait, m'ébranlait jusqu'au plus profond de mon être. Je me baissai à côté d'elle, posant une main sur son épaule.

— Ils regretteront leurs actes, je te le promets.

Sa tête se tourna vers moi, et ses yeux rougis se raccrochèrent à mes mots. Elin hocha la tête en silence, et je pris conscience à la détermination de son regard qu'il n'y avait pas que le vide de l'accablement qui l'emplissait. Telles des braises sous la cendre, sa fureur couvait, prête à éclater entre les mains de qui serait assez fou pour les remuer. Clairement, pas moi. Je désignai la gousse qui reposait entre ses doigts.

— Si tu veux, tu peux la planter chez moi, à l'abri de nos doubles palissades. Personne n'osera venir l'y trouver.

Elle renifla et tenta une ébauche de sourire qui fit ressortir ses pommettes roses.

— Encerclée par des géants qui veulent sortir d'un côté, et des tarés qui veulent entrer de l'autre ?

Définitivement, elle allait mieux.

— Et protégée par un clan entier capable de se transformer en loups insensibles aux armes conventionnelles.

— À part la rhodiole et les pattounes de géant, qui n'entrent de toute façon pas dans la définition d'armes conventionnelles. Me voilà convaincue.

Se redressant, elle vint frotter sa tempe contre ma joue. L'apaisement de ce geste dut être réciproque, car l'instant d'après, je tournai légèrement le visage, et nos lèvres se rencontrèrent. Le goût de sel disparut très vite, se fondant sur nos langues. Pourtant, un tiraillement étrange me poussa à y mettre fin, m'attirant un regard courroucé. Il y avait un froncement dans l'air, une électricité anormale qui me mettait mal à l'aise. À côté de moi, Elin essuyait les dernières traces de pleurs et rangeait sa précieuse gousse dans la poche de sa veste. Je me relevai et avançai vers la porte en lui laissant mon téléphone pour qu'elle contacte ses fournisseurs. Au vu de la situation, il fallait que nous évaluions au plus tôt la source de la fuite sur la rhodiole et son ampleur. Sa voix claire résonnait encore derrière moi quand je quittai la maison pour évaluer le ciel, essayant de mettre le doigt sur ce qui me dérangeait.

— Kjell ! Je l'ai !

Ses pas précipités retentirent derrière moi, je me retournai vers elle sans pouvoir me débarrasser de la tension qui s'installait en moi.

— Tu l'as ?

— Yup, figure-toi que mon principal fournisseur, qui doit cet honneur à la diversité de plantes qu'il propose, a livré plusieurs dizaines de sachets de graines de rhodiole dorée à une personne du village voisin. Normalement, il ne divulgue pas ces informations, mais il « m'a fait une fleur », selon ses dires. J'avoue que ça m'a fait rire, ce n'était pas gagné.

Son regard se voila un instant en survolant le désastre végétal derrière nous, avant de pétiller de nouveau, comme pour m'inciter à m'amuser également du jeu de mots. Hum.

— Si tu as l'adresse, alors ne perdons pas de temps.

Elle leva les yeux au ciel, mais je n'en tins pas compte, malgré une certaine envie de lui dévorer les lèvres. L'impression qui me tiraillait ne me quittait pas. Plus tôt nous aurions identifié notre coupable et serions revenus à Járnviðr, mieux je me porterais.

— Oui ? claqua la voix sèche de l'autre côté de la porte en bois.

— Bonjour, madame Lundgren, c'est Lantz qui nous envoie.

L'expiration qu'elle retenait s'échappa avec soulagement aux mots d'Elin. Le cliquètement du loquet suivit aussitôt, et le battant s'ouvrit sur une vieille femme de petite taille, mais dont le port altier aurait fait pâlir d'envie n'importe quel membre du gratin aristocratique. Quoi qu'il en soit, en ce qui me concernait, elle avait ouvert suite au mensonge d'Elin, qui avait confirmé le nom donné par le fournisseur à celui inscrit sur sa boîte à lettres. Son sort était quasiment scellé.

Elle nous fit entrer, sûrement pour éviter de discuter sur le pas de sa porte. Tandis que nous traversions le couloir menant à son salon, je notai ses regards surpris en direction d'Elin, ses yeux se posant ensuite sur moi, comme pour se rassurer. Habituée à interagir avec les chasseurs ou les hommes de main de Lantz, à tous les coups. Les éléments à charge s'accumulaient.

— Puis-je savoir ce que me veut Gustaf ? Je croyais qu'il prenait les choses en main, selon ses propres termes.

— Nous venons discuter de la rhodiole, serait-il possible de nous dire comment tu as découvert cette utilisation… détournée ?

Un sourcil se leva sur le visage ridé face à nous ; la femme nous analysait avec attention. Nous ne nous étions même pas donné la peine de nous asseoir dans les antiques fauteuils qui trônaient dans la pièce dénuée de la moindre trace de poussière. Elle ne nous l'avait pas proposé, d'ailleurs.

— J'ai déjà tout dit à Gustaf, pourquoi faudrait-il que je recommence ?

— Parce qu'il souhaite que nous consignions cette découverte, il n'a pas pris de notes la dernière fois. Or chaque détail est potentiellement digne d'intérêt.

Je la connaissais déjà assez pour savoir qu'elle inventait au fur et à mesure. Mais ma foi, ça faisait le job, pour l'instant. Je ne doutais pas qu'il faille utiliser des moyens plus musclés plus tard dans la conversation.

— Je trouve ça…

— Si ce n'est pas possible, il n'y a pas de souci. En revanche, il faut bien comprendre que nous devrons nous en expliquer auprès de notre patron.

En réponse à Elin, elle lâcha un soupir agacé, avant de plisser les lèvres et de s'asseoir dans le fauteuil nous faisant face.

— Très bien. Asseyez-vous, mais je vais tâcher d'être brève.

— Parfait ! approuva Elin avec un grand sourire.

— Comme je l'ai donc *déjà* raconté au préalable, glissa-t-elle en levant les yeux au ciel, je suis la survivante d'un massacre commis par les Vargrs il y a de ça soixante-dix ans.

Les yeux d'Elin s'arrondirent. Pour ma part, je cherchais frénétiquement à quel événement elle faisait référence. D'autant qu'il me semblait improbable que nous ayons laissé le moindre survivant. Question de logique.

— J'accompagnais mon oncle à la chasse, il voulait m'apprendre, et nous avons vu passer un homme hurlant, couvert de sang, avec à ses trousses une femme vargre. On aurait dit une furie. Il s'est rué vers nous en suppliant le groupe de le protéger, et la femme s'est jetée sur lui en grognant comme une possédée.

Notre conteuse improvisée se signa, avant de reprendre :

— Mais ce n'est rien par rapport à ce qui survint ensuite. Les hommes sont arrivés à les séparer, et mon oncle l'a abattue en légitime défense quand elle l'a attaqué. J'ai pu entendre l'os de sa jambe craquer quand elle l'a percuté, frissonna-t-elle. Mon oncle m'a dit d'aller me mettre à l'abri, que ça faisait trop à voir pour moi, alors j'ai obéi, je suis partie plus loin dans les fourrés, mais j'ai vu ce qu'il s'est passé ensuite.

Elle déglutit ; malgré les années, son regard avait la folie vitreuse du traumatisme. Pas bon, ça.

— Les Vargrs sont arrivés. Ils ont tué tout le monde. Les amis de mon oncle, mon oncle, l'homme qui était poursuivi… Il n'y a pas eu de question, pas d'hésitation, ils sont arrivés, et… j'ai l'impression que ça a duré un temps infini, mais en à peine quelques minutes, ils ont massacré la dizaine de personnes présentes.

Son visage était incroyablement pâle, et je pouvais entendre son cœur partir dans un tintamarre désarticulé. Pour un peu, elle paraissait prête à rejoindre son oncle dans la seconde. Elin ouvrit la bouche, comme pour la rassurer, mais je pris les devants. J'avais compris ce qu'il s'était produit, mais il me manquait des détails. Comment se faisait-il que les miens ne l'aient pas trouvée ? Même si, sous notre forme humaine, notre odorat était infiniment moins performant que sous forme lupine, ils auraient dû se rendre compte de sa présence. Quelqu'un l'avait-il sciemment protégée en se taisant ? Nous ne pouvions pas nous permettre ce genre de luxe ridicule, il suffisait de voir ce qu'il se produisait maintenant pour en être assuré. Mais il y avait peut-être une explication plus simple.

— Te souviens-tu si, avant de partir pour la chasse, vous aviez dissimulé vos odeurs, pour ne pas attirer l'attention des animaux, par exemple ?

Elle tourna la tête vers moi, et la terreur que je sentais émaner d'elle quand elle en parlait s'évapora un peu tandis qu'elle fouillait dans ses souvenirs pour récupérer celui-ci.

— Hum, je crois bien que oui, nous nous étions barbouillés de… je ne sais plus, mais ça ne sentait pas la rose. Mais pourquoi cette question ?

— Parce que ça explique pourquoi tu es encore en vie aujourd'hui.

Elin leva les yeux dans ma direction, arrivant aux mêmes conclusions que moi. La bonne nouvelle était qu'il n'y avait pas eu d'autre erreur manifeste dans cette opération, qui collait avec ce que j'avais entendu de cette affaire. Le syndrome hivernal de Mary, la Vargre qu'elle mentionnait, était arrivé un peu plus tôt que prévu, elle n'avait pas été bien encadrée et avait blessé son compagnon qui s'était enfui. Preuve en était du danger auquel Elin s'exposait si elle ne se tenait pas à distance des femmes, songeai-je avec colère. C'était à l'époque où les unions entre Vargr et non-Vargr étaient encore tolérées, mais interdites après ce drame. Elle s'était contrôlée assez pour éviter de le tuer et de prendre forme lupine, mais ça n'avait pas suffi. Alors, bien entendu, il avait fallu faire disparaître les témoins.

— Et la rhodiole, dans tout ça ?

— C'est ce que hurlait le blessé quand il nous a vus, il voulait que nous trouvions de la rhodiole.

OK. J'avais tout.

— Kjell ?

Une main douce enserra mon bras, aussi légère qu'un souffle, aussi ferme qu'une menotte. Mon regard remonta du bout de ses doigts jusqu'à son visage. Ce qu'elle dut y lire ne parut pas lui plaire et elle s'empressa de prendre la parole, se plaçant, d'un pas en avant, entre la vieille dame et moi.

— Eh bien, merci beaucoup, madame Lundgren, pour cette version de l'histoire, mais, juste une dernière question si c'est possible, pourquoi ne pas être allée voir la police ?

— Parce que j'ai attendu sans bouger toute la soirée et la nuit qui a suivi la tuerie, j'ai vu les Vargrs emmener les corps, et que quand je suis rentrée le matin suivant, j'ai appris qu'ils étaient morts à cause d'une attaque de loups. Mes parents étaient soulagés que les loups ne m'aient pas trouvée… Mais ce n'était pas possible, ce sont bien des humains qui ont tué mon oncle et ses compagnons, pas des loups… Et pourtant, quand je suis parvenue à me débrouiller pour apercevoir mon oncle, ou plutôt ce qu'il en restait, il paraissait bel et bien avoir été tué par des loups. Sa peau déchirée… Enfin, toujours est-il qu'une battue a été organisée, une meute de loups a été éradiquée, on a suspendu les peaux au-dessus des cercueils et tout le monde était content. Que vouliez-vous que j'aille dire à la police après ça, moi, une gamine de sept ans ? Non, j'ai attendu, tout ça restant gravé dans ma mémoire, et quand j'ai entendu dire que Lantz s'intéressait aux terres vargres, je l'ai contacté.

Dans l'air, la peur traumatique avait laissé place à la haine. Une haine froide, rampante, prête à exploser. Je serrai les poings, j'allais devoir m'assurer qu'elle ne puisse plus en parler à quiconque, colmater la fuite depuis sa source, jusqu'à chaque personne en connaissance du secret. Elin éclata d'un rire nerveux.

— Bien noté, je crois que nous sommes bons alors, nous allons consigner tout ça. Désolés de repartir si vite, mais il faut…

— Que nous réglions ce problème, la coupai-je, les yeux fixés sur la femme.

Devais-je lui briser la nuque ? Ou alors il suffirait peut-être de lui faire peur pour que le choc fasse cesser les battements de son cœur. De nos jours, nous évitions autant que possible de reporter la faute sur les loups. Il n'y en avait pas sur notre territoire, les meutes comme les loups solitaires l'évitaient, comme ils auraient évité une zone revendiquée par une autre meute. De fait, si une chasse punitive devait être effectuée sur nos terres, il serait compliqué d'expliquer pourquoi aucun canidé ne pouvait être trouvé, et rabattre une meute comme mes prédécesseurs l'avaient fait dans le cas de cette affaire serait trop long et compliqué. Un regard gris se leva vers moi, arrivant en plein dans mon champ de vision pour mieux me foudroyer.

— Et nous allons le régler, en y *réfléchissant* avant, appuya-t-elle.

La femme nous dévisageait tour à tour, le doute grimpant dans son regard. Merde, on perdait du temps. Je contractai la mâchoire et inspirai, prêt à faire le nécessaire pour assurer la sauvegarde de notre Clan… quand Elin se colla à moi, enserrant mon torse de son bras fin comme pour me ramener vers la sortie.

— Bien, nous n'avons que trop abusé de ce temps précieux qui nous a été accordé, merci infiniment, madame Lundgren, de notre part et de celle de notre patron. Une belle journée ! lança-t-elle, avec un enthousiasme feint et un coup d'œil acéré dans ma direction, comme pour me mettre au défi de la contredire.

Malheureusement, il n'y avait pas de défi qui tenait ici. Je soupirai et, d'une main ferme, lui fit lâcher prise.

— Oh, tiens, les aurores boréales ne sont pas en retard, cette année, tenta-t-elle, avec une fascination émerveillée qui devait être à peine forcée.

Effectivement, au-delà de la baie vitrée, la nuit frémissait sous la lueur du feu vert qui s'élevait dans le ciel en autant de stries mouvantes.

Et merde.

Ces événements avaient une fâcheuse tendance à être associés à des arrivées de géants, qui semblaient choisir certains moments où le ciel s'embrasait pour apparaître. Entre ça, le malaise qui me tiraillait depuis la fin d'après-midi, et l'absence de réponse de Badr… Mon mauvais pressentiment continuait de croître, jusqu'à atteindre le seuil critique.

— Il faut qu'on rentre, vite.

La vieille vivrait quelques heures de plus. Son sort n'était que retardé, mais le report ne serait pas infini.

Sans tenir compte de l'air outré de ma protégée, je l'attrapai par le poignet et fonçai vers la voiture. Je pouvais presque sentir l'air crépiter. C'était pas bon.

— Mais nous n'avons même pas dit au rev…

— On revient dès qu'on peut, je suspecte une arrivée de géant.

Je démarrai sur les chapeaux de roue, à peine les portes fermées.

— Mais ce n'est pas censé être rare ?

— Si.

— Mais alors comment est-ce possible, la dernière, c'était hier !

Je serrai les mâchoires et mes mains se contractèrent d'elles-mêmes sur le volant.

— Je ne sais pas, mais on ne va pas tarder à être fixés.

La tempête typique croissait à mesure que nous approchions du village, confirmant mon pressentiment. À chaque sortie de géant, c'était comme si la météo se déréglait, entraînée par une sorte d'énorme appel d'air qui résultait du passage du géant entre les mondes. Celle-ci était d'une ampleur inédite, et cette découverte ne m'enchanta pas. Les tentatives d'Elin pour contacter Badr, puis Jan, puis Joe, depuis mon téléphone, restèrent toutes vaines. J'accélérai encore l'allure.

La voiture pila devant les portes de la palissade extérieure, closes, tandis que j'avisais l'absence des vigies à leurs postes. Merde.

Je sortis en trombe, et l'air extérieur fit tinter à mes oreilles les grognements, les impacts des corps qui s'entrechoquent, des pieds qui secouent le sol, autant d'indices du combat titanesque qui faisait rage. La situation, malgré son envergure, n'aurait pourtant pas dû entraîner la désertion de nos veilleurs, quelque chose d'autre avait dû se produire. Quelque chose de grave.

Dans une inspiration, je me coulai dans ma forme lupine. Aussitôt, l'odeur du sang me fouetta le museau. L'urgence était palpable. Mon regard mesura la hauteur des palissades, le déchaînement furieux du vent et le manque de friction du bois humide. J'allais devoir faire ça à l'ancienne.

Dans une tempête.

Je tournai la tête en direction d'Elin, debout à côté de la voiture.

Donc dans une tempête, et avec une prise au vent et une inertie relative à une personne qui, à vue de nez, toisait un mètre soixante-dix pour soixante kilos.

Pas le choix pourtant, je ne pouvais pas me permettre de la laisser là. Je vins me poster à côté d'elle, lui indiquant d'un ploiement de l'épaule que je souhaitais qu'elle grimpe sur mon dos. Son air, jusque-là inquiet, se fit méfiant tandis que son regard voyageait entre la palissade devant nous et ma forme de loup.

— Il y a une entrée dissimulée ?

Je hochai évasivement la tête. Après tout, ce n'était pas un mensonge. Pas tout à fait. Je sentais qu'elle n'était pas pleinement rassurée, mais elle ne se fit pas davantage prier pour monter. Je me secouai sans vergogne pour tester sa prise et pour replacer ses jambes en arrière de mes épaules. J'allais en avoir besoin. Elin tint bon, je partis alors en trottant sur la route dans la direction opposée à mon objectif, laissant le village vargr derrière moi.

— Pourquoi est-ce qu'on s'éloigne ? Vous avez des tunnels plus loin dans la forêt ?

Malgré mon ouïe surdéveloppée, j'entendais à peine sa voix, perdue au milieu des bourrasques et de ma concentration. Encore trois mètres. Je pris une profonde inspiration et tournai brusquement les talons. Je m'élançai. Les palissades grandirent à une vitesse folle face à moi. Plus vite encore. Mes pattes martelèrent le sol de toute leur puissance, mes foulées s'allongèrent. Le monde devint flou autour de nous, simple ruban de couleur filant sur notre passage, jusqu'à ce que nous rencontrions le mur. Ma prise d'élan avait été suffisante. Elin hurla, mais eut le réflexe de se cramponner encore davantage en se penchant en avant. Je m'élevai, galopant à la verticale, puisant dans l'urgence qui m'animait pour arracher chaque propulsion supplémentaire à mesure que le sommet approchait et que je gagnais en inertie. Dans un ultime bond, je défiai une dernière fois la gravité, avant de pouvoir accrocher la rambarde en arrivant à sa portée. Mes griffes s'enfoncèrent dans le bois et je nous hissai jusqu'en haut, une fraction de seconde avant de me ramasser de façon à ce que mes postérieurs prennent appui à leur tour. Je visai le toit le plus proche et m'élançai à nouveau.

— Kjell, t'es un taré, je te déteste ! Arrête ça tout de suite !

Le cri d'Elin se perdit dans le vent qui accompagna mon long saut. Mes pattes dérapèrent sur les tuiles humides, mais je me rattrapai in extremis, utilisant le déséquilibre pour bondir à nouveau au sol.

Je ne me voyais pas déloger ma passagère ici, près de l'entrée et sans protection, alors qu'il y avait un géant dans les parages, sans compter qu'elle était figée sur mon dos, agrippée de toutes ses forces à moi. Je courus donc avec elle en direction des odeurs que je flairais malgré le tumulte des bourrasques.

De toute façon, on m'avait déjà vu la porter et les conclusions auxquelles ils arriveraient seraient les bonnes : je tenais à elle. Entre ça et l'urgence, il n'y avait pas besoin de prendre plus de précautions. Nous débarquâmes en vue de ce qui devait être mon clan tout entier, agglutiné derrière la porte est de la palissade intérieure.

Je poussai un grognement en découvrant la source de l'odeur de mort qui entourait les lieux. Les regards, initialement rivés vers le combat qui se déroulait derrière les portes ouvertes, se tournèrent vers nous. Moi, je n'avais d'yeux que pour les deux corps qui avaient été tirés hors de l'arène et reposaient maintenant sur l'herbe rase, au terme d'une longue traînée de sang. Mon regard se heurta à la vision de Björn, mon remplaçant direct en combat, et du visage tuméfié de Joe.

La rage, le déchirement et la culpabilité se bousculèrent dans ma tête. Le hurlement que je voulais pousser resta bloqué dans ma gueule. Il fallait se débarrasser de la menace immédiate avant de les pleurer, de les honorer comme les braves qu'ils avaient été. Je sentis à peine Elin glisser contre mon flanc, mais elle avait bien dû descendre puisque je la vis se précipiter vers les deux combattants partis. Elle s'agenouilla auprès de Joe pour prendre son pouls. Je ne pris pas la peine de la retenir, mon ouïe et mon odorat me disaient tout ce qu'il y avait à savoir les concernant. Sans m'attarder sur sa mine sombre, je m'avançai vers les portes. Le vacarme de la lutte perçait le silence de l'assemblée vargre. La détermination des miens était palpable malgré l'horreur, chacun était prêt à prendre la place du précédent jusqu'à ce que le géant soit vaincu ou notre clan décimé.

— Nous n'avons pas pu retenir Aurora, et Gunnar a choisi de succéder à Joe.

Merde. Le pire scénario se profilait. Sur un combat déjà doublement meurtrier, on ne comptait que deux guerriers sur les quatre requis, une femme inexpérimentée et enragée par la mort de son partenaire, et un ancien qui avait passé le flambeau. Le combat n'en serait que plus difficile. Nous avions depuis longtemps établi que quatre était un nombre optimal pour se suppléer sans se gêner dans l'enceinte, mais cinq passait dans les cas extrêmes, et mes compagnons avaient besoin d'aide. Déjà sous ma forme de loup, je grondai et me jetai dans la danse mortelle qui se déroulait devant moi.

Le géant était un colosse comme on n'en rencontrait que tous les cinquante ans. Il faisait quasiment le double de taille de ses congénères, ce qui en soit constituait déjà un sacré handicap pour nous. Mais la vivacité incroyable de ses gestes rendait la lutte encore plus ardue. Nos techniques d'attaque-retrait, reposant sur notre vitesse d'esquive, s'avéraient périlleuses face à tant d'adresse, et je devinai que c'était ce qui avait tué Joe et Björn. Le moindre faux mouvement se révélait fatal.

De façon réfléchie ou non, c'est Aurora qui avait l'attention du géant à cet instant. Ses attaques étaient foudroyantes, ses crocs jouaient avec férocité une fois au contact de la chair du monstre, mais je compris très vite ce qui n'allait pas tarder à la faire vaciller. La précipitation et l'inexpérience l'empêchaient de réussir des esquives autrement qu'in extremis, le risque était immense à chaque mouvement du géant, et la vivacité de la louve ne suffirait pas.

Je fonçai me joindre aux attaques, prenant le flanc dans une posture typique de distraction. Il fallait que le géant se détourne d'elle, et vite. Mon regard rencontra celui de Badr, qui faisait la même chose sur l'autre flanc. Oui, on était dans la merde, mais nous ne devions pas flancher. Le géant allait avoir son dû de sauvagerie vargre.

Dans un bond, je vins au contact. Mes crocs rencontrèrent le cuir froid, le perçant jusqu'à en faire jaillir le sang. Le colosse poussa un hurlement strident. Je lâchai un instant, avant de repartir à l'assaut, déchirant la plaie avec encore plus de férocité. Je ne me retirai pas immédiatement, mais le risque était calculé. Je voulais toute l'attention de la bête, et j'allais l'obtenir. Du moins l'aurais-je dû. N'importe quel géant normal m'aurait aussitôt ciblé pour faire cesser mes assauts. Mais celui-ci reporta sa rage sur la louve qu'il visait déjà.

Il n'eut même pas le réflexe de tenter de s'en débarrasser d'un coup de pied, ce qui aurait fragilisé son équilibre et nous aurait peut-être permis de le faire vaciller. Non, au lieu de ça, son torse s'inclina avec l'implacabilité d'un arbre s'effondrant sur une maison et, d'un mouvement ample de la main, vint balayer Aurora, ainsi que Badr, qui s'était interposé au dernier moment. Les deux loups furent propulsés dans les airs, avant de retomber contre la palissade dans un bruit mat et un craquement d'os, le bois vibrant sous la force de l'impact. Le choc me figea un infime instant. Gunnar et moi échangeâmes un regard. Peu importe comment on la regardait, la situation était critique.

Dans un élan d'ardeur, et pour protéger ceux qui allaient venir récupérer les deux loups hors combat, j'attaquai à nouveau, cherchant à atteindre son tendon d'Achille. Mes crocs heurtèrent les ligaments, aussi durs que de l'acier, et les entamèrent à travers la plaie déjà ouverte. Allez, tombe, saloperie. Sans avoir besoin de le regarder, je sentis l'attention du géant sur moi. Merde. Ma tentative prenait trop de temps. Je m'écartai vivement, juste à temps pour discerner du coin de l'œil la gigantesque paume qui s'abattait sur moi. Ma respiration se bloqua dans ma poitrine.

— Hey !

La main se figea, puis s'écarta lentement tandis que le géant se redressait, sa tête à peine visible se détachant dans la nuit. Je me tournai vers la source de sa distraction, qui venait probablement de me sauver la vie, et manquai de m'étouffer.

J'avais reconnu la voix d'Elin. Mais je ne m'attendais pas à la voir franchir la porte.

La tête fièrement dressée en direction du colosse, un léger sourire en coin, comme si elle toisait un égal, elle s'avança vers le gigantesque monstre d'un pas léger. Le silence était tombé sur l'arène ; il n'y avait aucun mouvement, en dehors du sien.

Ses cheveux pâles dansaient dans le vent tandis qu'elle approchait. Elle ressemblait à une petite fée venue observer un pachyderme démesuré. L'observer, et le prendre de haut. Elin s'arrêta à trois mètres à peine du bout de son orteil et se posta face à lui, les yeux rivés aux siens. Son sourire s'agrandit.

— Bouh !

Chapitre 15

Elin

Le silence qui régnait sur le monde depuis mon entrée dans l'arène fut subitement percé par le beuglement sépulcral du géant.

Le mastodonte de chair et de glace tressaillit et, d'un pas qui fit vibrer le sol et moi avec, recula. Un simple mot avait eu sur lui l'effet d'un coup de fouet, agissant telle une révélation, la promesse qu'il devait à présent courir pour sa vie.

D'un mouvement atrocement vif pour sa taille, le monstre tourna les talons et se précipita en direction des sources, comme pour y disparaître en empruntant le passage utilisé à l'aller. Un des loups dut bondir pour s'écarter de sa trajectoire et ne pas finir piétiné. Restant pour ma part plantée au même endroit, je regardais l'absurde spectacle de la menace ultime se transformant en un gigantesque bébé terrifié. Et maladroit. Dans sa débâcle, il atteignit l'eau avec un vacarme épouvantable et s'y emmêla les pinceaux, se prenant les pieds sur ce soudain changement de surface. Pendant un instant, comme suspendu, le géant vacilla dans un équilibre précaire, avant de s'écrouler dans un fracas titanesque que j'évaluai à un bon cinquante-deux sur l'échelle de Richter. À minima.

Les loups ne perdirent pas une seconde.

Un jappement de Kjell, et deux nouveaux canidés se ruèrent dans l'arène tandis que lui et l'autre bête présente fonçaient sur le géant. À genoux, les réflexes parasités par la panique, ce dernier ne tint pas face à la détermination féroce des Vargrs. Je me détournai de la scène juste avant qu'il ne se mette à pleuvoir d'énormes gouttes d'un liquide chaud et épais qui, malgré l'absence de lumière, ne pouvait être que du sang. D'un pas chancelant, je me dirigeai vers les deux loups qui avaient fait connaissance avec la main du géant et qui reposaient encore là, sur le côté, allongés sur le flanc. Un loup gris, et l'autre, dont les pattes plus longues et la fourrure aux tons sombres, me permirent d'identifier Badr, sous la clarté de la nuit nordique.

L'adrénaline qui me portait à peu près jusque-là me laissa en plan, et les quelques mètres qui me séparaient d'eux furent les plus longs de ma vie, j'avais l'impression que j'allais m'écrouler à chaque pas. Dans une descente plus ou moins contrôlée, je me laissai tomber à côté d'eux sous prétexte de vérifier leurs pouls. Facile, avec mes doigts glacés et les tremblements déments qui les parcouraient. Je frottai mes mains l'une contre l'autre dans l'espoir de calmer les symptômes de la trouille intergalactique qui m'avait saisie en allant dire bonjour à un gros géant.

Un grognement m'informa que Badr était en vie, bien que je ne puisse juger de son état. Il ouvrit des yeux passablement vitreux et me dévisagea avec difficulté. Du moins, j'espérai qu'il me remettait, parce que sous sa forme actuelle de bestiole létale je n'aurais pas apprécié qu'il se méprenne sur mon identité. Ses traits se brouillèrent à l'instant où j'y pensais, toute sa silhouette se déformant pour retrouver sa forme humaine. Et nue. Je m'efforçai de garder mes yeux bien fixés sur son visage, qu'il leva vers moi dans un effort qui parut surhumain.

— Toi ? Qu'est-ce que tu fous là ? Et le géant ?

Sa bouche semblait pâteuse au possible, et il répondit à sa propre question avant même que je ne le fasse, en faisant la focale sur ce qui se passait dans mon dos. Rassuré, il laissa alors retomber sa nuque au sol dans un souffle.

— Bordel, Elin, bravo. Pendant un moment, j'ai cru à une valkyrie venue nous chercher avec un aller simple pour le Valhalla.

Je me retournai pour apercevoir un Gunnar uniquement vêtu de taches sombres qui devaient être du sang, et qui s'essuyait la bouche avec un sourire abasourdi. L'effort mental à fournir pour garder les yeux au niveau de son visage m'arracha un soupir.

— Ouais, comme si les valkyries étaient aussi fragiles et empestaient la peur.

Nikolaï nous rejoignit, avec un mot agréable, pour changer. Je levai les yeux au ciel alors que son intervention tirait un gloussement à Gunnar et Badr ; j'allais mettre ça sur le compte du stress et de la fatigue. Quant au Russe, je choisis de ne pas me gêner et de le toiser des pieds à la tête. Mon but, assumé : faire rougir ce crétin sur pattes. Le fait que je n'y voyais techniquement pas grand-chose de toute façon serait passé sous silence, l'important était d'y croire. Et pour enfoncer le clou, je haussai un sourcil et minaudai :

— « Ooh, merci, Elin, d'avoir risqué ta vie en intervenant pour sauver ma peau avec l'efficacité de la Mort Blanche qui aurait croisé un bataillon russe ». « Oh, mais de rien, cher sac à fourrure, c'était tout naturel ».

Le son qui sortit de sa gorge sembla signifier qu'il était passé à deux doigts de s'étouffer. Les rires retentirent de plus belle. Je souris en le fusillant du regard au passage. Je n'avais pas flanché devant un géant alors que j'étais morte de trouille, je ne risquais pas de laisser ce clébard mal embouché se payer ma tête. D'ailleurs, à bien y réfléchir, cette histoire de géant allait devenir un sacré référentiel à choses badass, je n'étais pas sûre que le monde soit prêt pour cette nouvelle moi. Bah. Tant pis pour le monde.

— Tu as raison, nous te devons beaucoup, Elin.

La silhouette massive du chef des Vargrs se découpa face à moi dans l'obscurité. Seule la multitude d'étoiles me permettait de le voir en contraste. Ces types devraient penser à installer des réverbères dans leur arène, ou des éclairages de stades de foot, pour l'ambiance. Mais peut-être que les loups y voyaient déjà très bien dans l'obscurité et que la lumière les gênait, sinon ils y auraient pensé avant. Zut. J'allais devoir m'équiper de lunettes infrarouges. Et d'un uzi ou deux. Et de sumac. Enfin, si je prévoyais de rester ici pour terroriser de pauvres géants malheureux. Or vivre chez les Vargrs n'était absolument pas au programme. Dans une série de légers claquements, je me donnai quelques petits coups de paume sur les joues histoire de signaler à mon cerveau qu'il serait temps qu'il reprenne un fonctionnement normal, plutôt que de dysfonctionner ainsi.

— C'est rien de le dire.

Hey ! Je me retournai vers celui qui se permettait de réagir ainsi à mes pensées, avant de comprendre qu'il encensait les paroles de Jan. Ah. Mon cerveau bogua à nouveau en découvrant mon Kjell, avec sa musculature ornée de sang et sa démarche déterminée qui lui conféraient une allure sauvage à croquer. OK. Après une douche. Au karcher. Je le reluquai ouvertement tandis qu'il s'approchait de nous, et un léger sourire flotta sur mes lèvres. Nos yeux se croisèrent, l'intensité brûlante de gourmandise des miens parvint un instant à embraser les siens malgré sa fatigue et sa lassitude. J'y décelai d'ailleurs un peu plus encore, une bonne dose d'admiration, de fierté peut-être. À croire que mon acte héroïque l'avait impressionné. Je replaçai mes cheveux derrière mes épaules, avant de me tourner vers Jan.

— Je suppose que si vous ne dites rien, c'est que l'autre guerrier va s'en remettre ?

D'un signe de tête, je désignai le loup gris à quelques mètres de là, toujours à terre. La mine du chef s'assombrit.

— Oui, Aurora est juste assommée. Elle n'aurait jamais dû se trouver ici ni fouler ce sol sacré.

Une Vargre au lieu d'un homme ? Mon sang ne fit qu'un tour devant cette découverte et la remarque injuste de Jan.

— Moi, je l'ai pourtant fait, et j'ai trouvé que c'était plutôt une bonne idée, sur le moment. Dans le genre qui sauve des vies, encore une fois. Je n'en crevais pas d'envie pour autant, hein, ne vous méprenez pas. Mais j'ai trouvé que sa présence apportait plus qu'elle ne desservait. Elle ne semblait pas mauvaise combattante.

Il leva la main en l'air, paume vers moi, en signe d'apaisement.

— Je veux dire qu'elle n'aurait pas dû avoir à y pénétrer, surtout. Elle a bouleversé le protocole à cause de… ce qui est arrivé à Björn.

À son ton abattu, je devinai que Björn était le défunt que je ne connaissais pas. Le sous-texte m'indiquait tout de même que les combats étaient réservés aux représentants du sexe masculin et la raison en était obscure, mais, pour l'instant, je ne pouvais que m'associer à leur douleur. Mon cœur se serra.

Le silence retomba sous le ciel étoilé, seulement troublé par les respirations des combattants, déjà en train de reprendre leur rythme de croisière. Kjell passa le bras de Badr par-dessus ses épaules pour l'aider à regagner l'enceinte du village, et Aurora fut emmenée sous sa forme de louve par Gunnar et Jan. Je leur emboîtai le pas, peu motivée à rester dans une arène en compagnie d'un cadavre de géant. À l'extérieur, les Vargrs se massaient. Malgré leurs regards sur moi, tantôt pesants, curieux, ou effrayés, je sentais comme un frémissement qui parcourait chacune des personnes se tenant là, devant les portes.

La nuit tout entière semblait vibrer d'une attente tacite, silencieuse. Kjell apparut à côté de moi sans que je m'en rende compte et je l'interrogeai du regard, soucieuse. Devait-on s'attendre à un autre géant, là, tout de suite ? Ma question muette resta sans réponse, mais il m'indiqua les deux corps qui reposaient sur l'herbe. Je suivis son regard, pour constater que des préparatifs étaient en marche.

Joe venait de se voir recouvrir d'un linge blanc, et son corps reposait maintenant sur une sorte de civière en bois clair. Une jeune femme nue traversa la foule sans manifester la moindre gêne, toute à sa peine qui se percevait en un regard. Il semblait qu'Aurora ait repris connaissance. Les mains tremblantes, elle s'agenouilla pour prendre en coupe le visage de celui qui avait dû être son compagnon. Son visage se pencha vers le sien, jusqu'à ce que ses lèvres touchent celles de Björn, puis son front, avant de l'enlacer dans un dernier adieu. Les larmes glissaient sans discontinuer sur ses joues, mais aucun son ne sortit de sa bouche. En la voyant ainsi, je ne pus retenir les miennes, m'attirant un regard indéchiffrable de Kjell. À cet instant, tous les regards du monde m'indifféraient. Je savais. Je connaissais la douleur de laisser partir l'être aimé. Rouvrant une blessure que je croyais ancienne et passée, mon cœur saigna avec le sien, je pleurai avec elle.

La grande main au toucher rugueux de Kjell prit la mienne et la serra, me communiquant son soutien, quelle que soit la raison de ma douleur. Avec d'infinies précautions, Aurora déposa le corps de Björn sur la civière restante. Ce geste sembla marquer le début d'un mouvement collectif. Après m'avoir jeté un coup d'œil incertain, Kjell lâcha ma main et se dirigea vers Joe. Plusieurs autres personnes fendirent la foule en direction des corps, je vis Badr, Gunnar et Nikolaï converger en direction de l'Inuit, tandis que Jan et d'autres loups que je ne connaissais pas venaient soulever la civière de Björn, Aurora en tête. Une procession s'organisa, s'orientant vers la double porte qui séparait le village vargr du monde extérieur.

Incertaine sur la marche à tenir, je me joignis à eux. Curieusement, le silence absolu qui pesait sur le cortège m'apaisa. Depuis le début, j'avais la sensation que rien de tout cela n'était réel, les morts, les géants, les loups, et à la fois l'impression d'être pleinement ancrée dans l'instant présent, consciente de ces présences autour de moi, de la douleur et du respect qui nous portaient, comme si j'étais parfaitement à ma place. Nous avançâmes pendant deux bons kilomètres sur l'herbe rase qui couvrait la plaine jusqu'aux montagnes toutes proches, exposés à l'air glacial de la nuit et au regard des étoiles.

D'un même mouvement, nous nous arrêtâmes au milieu de ce paysage à la fois sauvage, désolé et grandiose. Deux paires d'yeux luisirent dans l'obscurité non loin, deux Vargrs sous leur forme lupine. Ils se tenaient à quelques mètres seulement, debout à côté de ce qui ressemblait à deux tertres. En plissant les yeux, je remarquai des bords anguleux et de longs morceaux qui en jaillissaient, il s'agissait en fait de deux monticules de bois, deux bûchers. Les civières furent portées au sommet de chacun, avant d'être recouvertes, avec leurs occupants, de nouveaux fagots. Je me risquai à de discrets coups d'œil autour de moi, mais toutes les personnes en présence restaient concentrées sur les bûchers devant elles, personne ne manifesta la moindre incertitude. J'avais comme l'impression que les Vargrs étaient moyennement en règle concernant les lois régissant les rites funéraires du pays. Ça ne sentait pas particulièrement le four crématoire homologué, mais je n'allais pas me risquer à le faire remarquer.

Encore moins lorsque, une par une, les personnes autour de moi disparurent pour laisser place à d'énormes canidés. Je finis par me retrouver plantée là, étrangère en terres vargres, seule humaine au milieu de plusieurs centaines de gigantesques loups.

Les crépitements du feu s'intensifièrent, constituant une heureuse diversion à mon malaise grandissant. Une fumée se dégagea du bois, si épaisse qu'il devint rapidement difficile de distinguer quoi que ce soit au-delà des brasiers, y compris les flammes elles-mêmes. Les deux larges colonnes aux teintes presque plus foncées que la nuit elle-même s'élevèrent vers le ciel.

Je ne savais pas si les Vargrs l'avaient fait volontairement, mais l'ancienne croyance que la fumée d'un bûcher servait à porter les défunts vers l'au-delà aurait très bien pu s'appliquer ici. L'odeur du brasier me piquait les narines, et la fumée me grattait les yeux. Je jetai un coup d'œil aux loups à côté, pour qui ça devait être encore pire, mais curieusement, aucun ne manifestait la moindre gêne. Au contraire, un hurlement perça la nuit, lancé par un loup à côté du bûcher de Björn. Il s'agissait sûrement d'Aurora. Presque aussitôt, une nuée de nouveaux hurlements retentit, déchirant la paix du plateau. Incroyablement puissants, mortellement solennels.

Sidérée et muette, j'assistai à ce déferlement de cris qui semblait ne jamais vouloir laisser place au silence, comme si une guerre était déclarée entre lui et les loups et que seule son issue déterminerait le repos des deux guerriers tombés. Les chants, tantôt gutturaux, tantôt clairs, mais toujours profonds, hérissèrent le duvet de mes bras et me firent vibrer intensément.

Il y avait quelque chose d'hypnotisant à écouter jaillir les chorus, à entendre les longs hurlements se succéder, ensemble ou en canon, comme autant d'hommages de proches. Les lourds remords s'élevaient dans un salut collectif, sauvage, porté par ces riches notes lancinantes ou apaisantes, l'odeur du bois brûlé, et les piliers de fumée. Je les laissai m'emporter à mon tour, transie par leur dévotion pour Björn, bien que je ne l'aie pas connu, et Joe, que j'avais déjà appris à apprécier sans l'avoir réellement croisé. Le monde entier résonnait, mon cœur serré hurla avec eux. Pour eux.

Chapitre 16

Elin

Dans mon dos, les loups continuaient leurs litanies. Les chants à la beauté primitive décroissaient à mesure que je m'éloignais des bûchers, marchant d'un bon pas pour ne pas geler totalement avant d'atteindre le village. Entre la pénombre et la distance, celui-ci était encore invisible. Heureusement, je savais m'orienter et la lueur de mon téléphone éclairait mon chemin, m'évitant de poser mon pied dans n'importe quel trou qui passerait par là. Mes émotions m'avaient vidée de toute mon énergie, et l'heure de faire des cavalcades dans les prés était passée depuis bien longtemps. Il me tardait de rejoindre le confort d'un lit et la chaleur d'une grosse couette. Et de calmer la douleur qui serrait encore ma gorge. Un souffle presque imperceptible à côté de moi, simple déplacement d'air, me fit jeter un coup d'œil derrière mon épaule et sursauter en retenant un cri de justesse. Une forme sombre et plus grande que moi se trouvait à moins d'un mètre. Le tambourinement frénétique de mon cœur se calma en voyant Kjell s'avancer dans la lumière de mon application torche. Parfaitement nu, pour ne pas trop changer.

— Désolé, je ne voulais pas te faire peur.

Mouais. Bravo pour ce ratage.

— J'ai pas eu peur, personne n'a eu peur à des kilomètres à la ronde, de toute façon, rétorquai-je en soupirant. Qu'est-ce qu'il y a ?

— Le clan va rester là toute la nuit.

— Aucun problème, file faire de même, moi je vais squatter la chambre que me laisse Margit.

Je me remis à marcher et tâchai de chasser toutes ces émotions qui me tiraillaient. Ma douleur faisait écho à celle d'Aurora, je savais les difficultés qui l'attendaient, car je les partageais : la lente reconstruction, la solitude, l'angoisse désespérée de ne pas savoir si je pourrais un jour envisager des relations normales. Pas entachées de nostalgie et de culpabilité comme avec mon père, ou de méfiance et de peur avec Kjell. Je me sentais furieusement seule, mais me rapprocher de qui que ce soit était hors de question. Je soupirai et me morigénai, retrouvant un semblant de blindage, et ne songeant plus qu'à achever cette journée. D'ailleurs, je ne croyais pas avoir vu Margit à la veillée, pourvu que je ne me fasse pas détourner de ma trajectoire par une partie de scrabble endiablée. En tout cas, j'irais m'occuper de mes plantes, et, enfin, rejoindre un lit. Seule, certes, mais on ne pouvait pas tout avoir et les mots « plantes » et « lit » assuraient déjà une soirée réussie. Sans prévenir, mon pied manqua un atterrissage et je trébuchai. Une poigne ferme sur mon bras m'empêcha de faire plus ample connaissance avec le sol.

— Je peux rester avec toi, tu es épuisée.

— C'est bon, juste un petit raté, ça arrive.

J'avançai à nouveau. Plus vite j'arriverais, plus vite je retrouverais un lit et mes plantes. Soirée réussie, tout ça. Kjell apparut à côté de moi, visiblement décidé à me suivre. Bah, si ça lui chantait. Au pire, ça me ferait de la compagnie.

— Laisse-moi te ramener, au moins. Le village n'est pas tout près, et de toute façon, tout le monde t'a déjà vue sur mon dos.

— Et alors ?

— Et alors quoi ?

— Qu'est-ce que tu veux dire ? Qu'est-ce que ça peut bien faire qu'ils m'aient vue sur ton dos ? Ça a une signification particulière ?

Kjell ne répondit pas tout de suite, comme cherchant ses mots.

— Oui, avoua-t-il après un instant. Seuls des couples qui se sont Choisis se permettent de faire ça en public, et c'est plutôt réservé aux urgences ou aux parades. Oser s'exposer aux regards de cette façon est une preuve de confiance et de respect mutuel, l'importance de la forme et de la position s'efface face à l'intensité du lien entre les deux âmes sœurs.

Je m'arrêtai net, avant de repartir d'un pas énergique. Décidément, il y tenait, à cette étiquette. Mais très bien, j'allais borner les limites de cette relation, au cas où je n'aurais pas été suffisamment claire jusque-là.

— On est partenaires, avec plus ou moins de « Choix »… dans notre lutte contre Lantz. Et quelques géants, à la rigueur. C'est tout.

Ladite « âme sœur » grogna, manifestement énervée.

— Comment peux-tu ne pas le comprendre ? Ne pas sentir notre lien ? Tu fais exprès d'y être insensible ?

— Bordel, Kjell, on est pas dans un conte de fées, c'est pas parce qu'on couche avec quelqu'un qu'on devient automatiquement reine ou roi d'un pays lointain, et qu'on vit à deux jusqu'à la mort, avec une ribambelle de mioches !

Je fulminais. Kjell se tut, comme pour prendre le temps de considérer la chose. Il prit ensuite une inspiration, et je sus qu'il allait encore revenir à la charge. Ça ne rata pas.

— OK, réfléchis. Justement, penses-tu que, si tu avais été dans ton état normal et pas en pleine montée sexuelle, qu'au passage nous nommons révélation et qui est le signe d'un couple Choisi, tu aurais accepté de ne serait-ce que dormir dans le même lit que moi alors que quelques heures plus tôt, tu venais de me voir me transformer en loup gigantesque et me couvrir du sang d'un géant ? Réfléchis bien, Elin.

Sa voix grave me fit frissonner, je sentais qu'il y avait là quelque chose qui ne collait pas, que je ne voulais pas voir, pas accepter. Je bloquais, à tous les niveaux. Je refusais qu'il puisse y avoir le moindre lien entre nous, d'un « ça n'existe pas ». D'autant plus que j'étais positivement certaine de ne pas être une Vargre. Je ne voulais déjà pas de ces sentiments en temps normal, mais si en plus ils découlaient d'un lien artificiel… Non, pas moyen.

Mais Kjell revint encore à l'attaque :

— Sois honnête avec toi-même, avec nous. Tu ne le ressens vraiment pas ? Tu n'as aucune sensation de bien-être, de sécurité, d'épanouissement, quand on est tous les deux ?

Argh. Son ton exigeait une sincérité qui m'exaspérait d'avance. Cette conversation tout entière n'avait pas lieu d'être. Plutôt que de le laisser creuser sur un terrain miné, j'attrapai le premier changement de sujet qui me passa par l'esprit.

— Au lit ? Si, carrément. Comme avec un bon petit paquet de types, d'ailleurs. Mais ce n'est pas pour autant que je leur ai voué ma vie.

OK, en réalité il y avait une sacrée différence entre Kjell et les autres, mais avec un peu de chance, il continuerait à l'ignorer. Le son sourd qui fit vibrer sa gorge me fit penser aux grondements que les Vargrs pouvaient pousser sous leur forme de loup. Par précaution, je dirigeai un instant mon téléphone vers lui, obtenant une bonne vue des muscles tendus de sa mâchoire contractée, de ses sourcils froncés et de ses poings fermés. Le Kjell était tellement colère qu'il ne cilla même pas au passage du faisceau lumineux. Je braquai de nouveau celui-ci sur l'herbe rase. Le village se rapprochait, et même si mon compagnon de route n'avait pas le temps de se calmer jusque-là, j'allais bientôt pouvoir lui fausser compagnie. Un énorme soupir retentit à nouveau ; décidément, il en faisait, des efforts pour se maîtriser. Je l'aurais presque félicité si cela n'avait pas abouti au résultat inverse de celui espéré. Bouder en silence paraissait être un si bon plan, pourtant…

— Et sans parler d'un quelconque lit… insista-t-il d'une voix presque posée.

— En dehors de ce contexte, ça ne m'intéresse pas. Ce n'est pas plus compliqué que ça. Je te conseille fort de ne pas t'aventurer plus loin.

Oui, c'était du grand méchant bluff. Je n'avais techniquement rien pour le menacer. Suite aux événements de la journée, je n'avais plus de besace, ce qui signifiait, entre autres, plus de sumac sous la main. Et Kjell devait bien le savoir : si j'en avais eu dans les poches, il l'aurait probablement détecté à l'odeur, maintenant qu'il y avait été confronté. Alors que je râlais intérieurement sur mon compagnon de route, une soudaine interrogation me traversa.

— Mais dis, ça te plaît, à toi, de te retrouver plus ou moins apparié comme ça ?

Un silence circonspect répondit à ma question soudaine, suivi d'un soupir.

— Je ne cherchais pas à être Choisi, je ne te cherchais pas. Je n'avais pas prévu de l'être, mais c'est un honneur et je suis heureux que ça me soit arrivé, fit-il avec une note de fierté dans la voix.

— Comment ça tu ne le cherchais pas ? Que cherchais-tu alors ?

— Il y en a qui cherchent leur partenaire, ils partent de Járnviðr pour quelques temps, vérifiant au sein des autres Clans si leur âme-sœur s'y trouve. Moi je ne l'ai pas fait. J'ai choisi de rester et de consacrer ma vie à protéger ces lieux.

— Tu n'as pas de vision à long terme ? D'objectifs ?

— Comment t'expliquer… je vis, j'ai grandis, au sein d'une guerre perpétuelle, et qui va en s'intensifiant. Je compte y consacrer ma vie, et mourir au combat, dit-il d'un ton féroce. C'est ça, ma vision à long terme. Enfin, maintenant j'ai trouvé ma Choisie, je ne sais pas encore ce que ça va changer en dehors de te protéger toi aussi, mais je suppose que nous le verrons ensemble.

Et merde, il y revenait. J'avais terriblement envie de gratter davantage sous la surface mais mon malaise au sujet de tout ce qui touchait de près ou de loin aux âmes-sœurs revenait en force. Je voulais mettre un terme à cette histoire.

— Rectification : nous avons simplement couché ensemble, il n'y a pas forcément besoin d'affect à chaque fois, si ?

Allez, mords à l'hameçon et lâche-moi la grappe, la soirée a été longue.

— Non, enfin, je suppose. Mais… et s'il y en a ?

Nous arrivions au niveau des portes, je tournai machinalement la tête et aperçus son visage, éclairé d'un rayon de lune. Son regard conquérant était empli de défi. J'avais presque l'impression de me trouver à la place du géant quelques heures plus tôt, avec Kjell dans mon rôle. Peut-être que c'était là le secret de l'apparition des géants, ils voulaient juste qu'on leur lâche les baskets question sentiments. Il faudrait que je teste cette hypothèse.

Sans répondre à sa question, je me dirigeai vers les maisons, ombres géométriques discernables sur le ciel étoilé. Il ne me restait que quelques centaines de mètres, je pouvais parvenir à fuir cette conversation. Tandis que je forçais le pas, mon haleine, sous la forme d'une condensation claire dans l'air froid, me rappela qu'il ne faudrait pas que je tarde à me pencher sur la question des femmes vargres, le temps était compté. Un léger courant d'air me dépassa sur ma droite, me glaçant encore un peu plus les os, et je butai sur la silhouette sombre d'un Kjell planté face à moi. Il m'avait contournée et doublée, juste pour faire son petit effet ? Quel amoureux du drama… Je reculai d'un pas, mes bras croisés contre mon torse pour conserver le peu qu'il me restait de chaleur. L'air inquisiteur, mon « partenaire » me toisait. Je soufflai bruyamment et évacuai sa question tout en le contournant à mon tour.

— Et s'il y en a, je ne peux rien pour toi. Comme je te l'ai dit, ça ne m'intéresse pas.

— Pourquoi ?

La fatigue, le froid et l'énervement, ainsi que mes émotions brutes, eurent raison de moi. J'explosai.

— Bordel, si vous saoulez vos femmes autant que tu me saoules en ce moment, tu m'étonnes qu'elles se mettent à attaquer tout ce qui leur passe sous la main. Fiche-moi la paix, OK ?

Presque aussitôt, je me sentis soulevée et propulsée en arrière. J'en lâchai mon téléphone, dont la torche alla éclairer les étoiles depuis le sol. Mon dos rencontra une surface dure, me faisant cracher tout l'air contenu dans mes poumons. J'étais collée contre la façade d'une des maisons qui bordaient l'entrée du village, un poignet bloqué par Kjell, très proche, qui se penchait vers moi comme pour me dissimuler au monde derrière sa haute carrure. Je pressai ma main libre contre son torse dur comme la pierre pour le tenir à distance, profitant que son autre main était appuyée contre le mur. Sa proximité me brûlait la peau, sa force m'interdisait toute fuite. Je me tendis, prise d'une colère sourde à son encontre.

— Et si je refuse ?

Son murmure, expiré entre ses dents serrées, chatouilla le duvet de mon oreille. Le frisson qui me parcourut guida ma réponse. Ma main laissa son torse et bondit derrière sa nuque, orientant sa tête, le capturant de la plus efficace des façons. Approchant mon propre visage sans lui laisser le temps de réagir, je me jetai à l'assaut de ses lèvres. Kjell se figea, puis libéra mon poignet pour m'étreindre tout entière. Mon baiser était dur, intense, sauvage, j'y fis passer toute la rage, la frustration et l'exaspération que je ressentais face à son entêtement et à ses manières. Je lui mordis la lèvre inférieure et me reculai juste assez pour pouvoir planter mon regard dans le sien.

— Je ferai tout de même ce que je veux.

Ses traits étaient indéchiffrables, ombres à peine mouvantes peintes sur le ciel constellé d'astres. Néanmoins, la lueur que je crus discerner dans ses yeux déclencha un frisson le long de ma colonne vertébrale. J'avais le sentiment d'être face à un carnivore affamé, sur le point de me dévorer. Si je n'étais pas sûre de la façon dont il pensait le faire, je comptais bien orienter son choix et le dévorer à mon tour, mais à ma façon. Sur ce terrain, je savais rendre coup pour coup, et j'y mettais un point d'honneur. Il dut le lire sur mon visage, car, en moins de temps qu'il n'en fallut pour le dire, je me retrouvai transportée jusqu'à une porte, puis de nouveau plaquée contre un mur, à l'intérieur d'une maison. Fervente pratiquante de l'attaque comme meilleure défense, je ne perdis pas la moindre seconde et mordillai sa nuque, parcourant sa peau de mes dents, envoyant à mon tour des frissons le parcourir tout entier. Je ne consentis à m'interrompre que pour le laisser m'enlever les couches de vêtements qui séparaient son torse de ma poitrine, avant de glisser pour repartir à l'assaut, ciblant les angles durs, et pourtant infiniment délicats et sensibles, de sa clavicule droite.

Sa bouche atteignit la peau fine de mon oreille, la caressant du velours de ses lèvres, l'incendiant de son souffle haché, la conquérant d'un pincement de dents. La décharge de plaisir me fit me jeter de plus belle dans la bataille. Pressant mes seins contre son torse, j'entourai sa nuque de mes bras et m'emparai des lèvres fautives, les emportant dans un duel féroce et exigeant, ne consentant à les relâcher qu'une fois tous deux à bout de souffle. Là, pendant un infime instant, nous nous arrêtâmes, pantelants, comme si l'univers tout entier venait de s'immobiliser autour de nous.

Je sentis l'ambiance changer en même temps que lui. Kjell me regardait, me dévorait des yeux avec la fascination d'un peintre face à sa muse. Pas tout à fait certaine d'avoir assouvi ma frustration, j'hésitai un instant à reprendre l'affrontement, mais il me saisit par la taille, et je basculai entre ses bras comme si je ne pesais rien. Dans un silence seulement troublé par nos respirations, il me porta jusqu'au lit.

Et je m'y retrouvai adorée. Dévorée. J'atterris sur le dos, juste à temps pour voir le reste de mes vêtements se volatiliser dans un coin de la pièce, avant que Kjell n'apparaisse au-dessus de moi et n'embrasse mon torse, caressant mes seins de ses doigts brûlants, son visage glissant jusqu'à mes cuisses. Ma colonne vertébrale s'arqua et je me liquéfiai sous sa langue experte, en proie au feu liquide qui jaillissait en moi en réponse à ses mouvements. Je ne contrôlais plus rien, ni mon souffle ni mon bassin, et encore moins mes halètements. Je lâchai totalement prise. L'urgence qui commençait à poindre se vit pleinement satisfaite à son contact. Sa chaleur, sa fermeté, son poids contre moi m'exaltaient. Je me retrouvai entre ses bras, enivrée par son odeur, ce musc salé qui le recouvrait et régalait mes lèvres. Nous dansions ensemble une bataille enfiévrée, aussi douce que puissante, sauvage et libératrice.

Des crépitements de plaisir me traversèrent, l'urgence croissait en vagues et me fit encore intensifier le rythme, montant plus haut, plus fort, à sa rencontre, jusqu'à ce qu'un déferlement de plaisir me cueille et m'emporte au loin. Je sentis Kjell tressaillir contre moi, atteignant les mêmes sommets, mais ce ne fut que quelques minutes plus tard que mon cerveau consentit à se remettre à fonctionner.

Mes pensées en profitèrent pour s'évader tandis que je me lovais dans les draps, repue. Quand j'émergeai, Kjell avait eu l'occasion d'effectuer un aller-retour à la salle de bain, faisant ainsi disparaître sa protection, et même de prendre une douche au passage. Sans trop le noter, je me calai contre son torse, réalisant que notre altercation avait décidément pris une tournure intéressante. Je me demandai si, sans le savoir, il ne venait pas de me donner exactement ce dont j'avais besoin, un exutoire à ma colère et du réconfort face à tout ce qui venait de se produire.

Je fixai le plafond. Le silence qui régnait dans le village en était presque effrayant. Heureusement, j'avais une distraction avec moi, ma distraction personnelle, pas encore tout à fait endormie.

— Et alors comme ça, on fornique pendant une veillée funèbre, monsieur le Sköll ?

Mon nez se fraya un passage contre la peau chaude de son cou. Je le sentis sourire contre ma joue.

— Joe aurait approuvé.

Je pouffai de rire contre son épaule. C'était certain.

Chapitre 17

Elin

Le lendemain, le brouhaha qui montait devant la maison de Jan et d'Ingrid me fit l'effet d'une soupape fraîchement ouverte. Après la veillée funèbre de la nuit précédente, chaque personne présente y allait de son commentaire.

Sur le chemin, je m'étais arrêtée pour récupérer mon téléphone, à la batterie vide, mais étonnamment intact malgré sa nuit dehors. Je devinai aux regards lancés que bon nombre me concernaient, et choisis de m'en moquer, pour me concentrer sur le fait de traverser cette forêt de silhouettes en suivant Kjell et ses fesses particulièrement bien proportionnées.

Le passage s'ouvrit entre lui et la lourde porte de bois qui laissa apparaître un Jan à bout de patience.

— Silence ! Nous avons trop à faire pour nous perdre en paroles inutiles. Je veux les membres du Conseil. Les autres, vous avez tous un rôle, merci de retourner l'effectuer.

Ouch, son ton bourru aurait fait reculer même un géant, ou presque : tout le monde n'avait pas mon style. Comme s'il m'avait entendue penser, son regard se braqua sur moi, restée en retrait tandis que Kjell le rejoignait.

— Elin, avec nous.

Je soupirai, devenant encore davantage la cible des commérages. Jan tourna les talons et rentra sans vérifier si je lui obéissais. Bah, j'avais affronté un géant en duel de regards, et je n'avais pas perdu, me rappelai-je avant d'avancer vers le perron éclairé.

La chaleur du foyer pénétra mes os à peine la porte franchie et chassa le froid glacial qui m'enveloppait. Avec le flegme d'une habituée, je me dirigeai vers la salle qui hébergeait les réunions du Conseil, déjà bien remplie. J'y découvris une petite chaise, qui trônait un peu sur le côté, en parallèle de la tablée principale. Je ne pus retenir un haussement de sourcils en voyant qu'on avait créé spécialement à mon intention un coin enfant, ou plutôt femme et étrangère dans le cas présent. Avec un large sourire innocent, je détournai mon regard de cette invitation implicite et jetai mon dévolu sur une chaise vide autour de la table du Conseil.

— Rebonjour tout le monde !

Je posai mon fessier et provoquai ainsi quelques grognements dans l'assemblée, en particulier du côté de Nikolaï, juste en face de moi. En réaction, Kjell gratifia les récalcitrants d'un regard qui provoqua une belle série de déglutitions en chaîne. Je lui retournai une œillade pétillante : ça, c'était mon chevalier servant !

Techniquement, je lui réservais un chiot de ma chienne pour m'avoir trimballée sur son dos par-dessus une palissade, puis sur un toit sans m'avertir de rien, mais je passai sur ce point pour l'instant. Mon infériorité numérique était bien trop significative pour que je le chambre avec ça comme il se devait. Néanmoins, il ne perdait rien pour attendre.

Jan fit une légère grimace, mais ne se formalisa pas davantage de mon choix de siéger auprès d'eux. Il se redressa sur sa chaise et le silence tomba sur la pièce. Posant ses paumes sur la table, il dévisagea chaque personne présente avec gravité. Finalement, il en vint à moi et laissa échapper un soupir.

— Elin, encore une fois, je tiens, et nous tenons tous, à te remercier pour ton intervention face au géant. Nous reconnaissons à la fois ton aide et ta bravoure et souhaiterions te remercier pour les vies que tu as sûrement permis d'épargner cette nuit.

Je dressai une oreille, songeant à une récompense appropriée à mon nouveau statut de déesse vivante pourfendeuse de géants. Malheureusement, Kjell m'avait déjà promis l'accès aux plantes du territoire vargr, c'était dur de trouver mieux. La voix de Jan me tira de mes pensées.

— Ceci étant, je crois que tu nous dois des explications, jeune femme. Comment as-tu fait ça ? Pourquoi le géant a-t-il été saisi d'effroi en te voyant ? Quels sont tes pouvoirs, au juste ?

Ses interrogations étaient logiques, son ton paternaliste, moins. Je m'appliquai à lui répondre au mieux.

— Le fait est que je n'en sais rien moi-même. J'ai suivi une intuition, née de ma précédente rencontre avec un géant. Il s'amusait à taper sur Nikolaï quand je l'ai interpellé, et j'avais déjà cru voir une sorte de peur passer dans ses yeux. J'ai juste voulu retenter avec celui-ci, et ça a marché.

Risquer sa vie sans trop savoir ce qu'on fait ? Oui, c'est tout moi. L'ex-victime en question bouillait littéralement sur sa chaise, mais je fis mine de ne pas le remarquer et haussai les épaules tout en restant digne. Ouais, pour rappel j'avais également sauvé la peau d'un autre membre du clan, alors, il était où, l'autel à ma gloire ? Je l'aurais bien vu vert amande, avec du velours aux nuances argentées et tout un tas d'offrandes végétales. Le silence qui s'attardait après ma réponse, associé aux visages interloqués de l'assemblée, me fit songer que j'avais oublié une question.

— Ah, et pour mon pouvoir, je peux faire pousser les plantes plus rapidement et décupler leurs propriétés médicinales. À ma connaissance, c'est tout, et déjà beaucoup pour un être humain. Je ne me connais pas de consœur ou de confrère, en tout cas.

Le front du chef vargr se plissa, révélant sa préoccupation.

— Et quelle est l'origine de ce don ? Son lien avec les géants ?

— Aucune idée.

Nikolaï renifla en face de moi. Je décrochai mon regard d'un Jan perplexe pour le braquer sur mon Russe préféré, le foudroyant avec un sourire. Jan récupéra mon attention d'un raclement de gorge.

— Il serait bon de faire quelques recherches sur la raison de leur réaction te concernant. Nous pourrions sauver de nombreuses autres vies si nous parvenions à en apprendre davantage sur ce curieux phénomène. Mais passons pour le moment. Hati, Sköll, à vous.

Badr s'éclaircit la voix et se lança dans un compte-rendu détaillé et interminable du combat, ne s'arrêtant qu'au moment où il avait perdu connaissance. Tous avaient assisté à la suite, et ma participation avait de toute façon déjà été évoquée. Ils en conclurent divers points, notamment sur les régulations de l'accès à l'arène qui devaient être strictement suivies, sans qu'aucun puisse pour autant garantir qu'une autre louve ne brise leur joli protocole pour aller taper du géant sans attendre son tour sagement. Puis ce fut au tour de Kjell. Et là, le sujet changea.

— Comment allons-nous faire pour nous débarrasser de ce Lantz avec une police aveugle à ses actes ? demanda Jan.

— Nous allons nous renseigner auprès d'Aurora sur les aspects légaux qui pourraient garantir notre sécurité sur le long terme, mais pour l'instant, nous n'avons pas de solution, dit Kjell.

— Nous venons pourtant d'essuyer une deuxième fusillade en quelques jours, et si la première n'était qu'une échauffourée, la seconde aurait pu vous être fatale. Nous ne pouvons pas le laisser continuer, insista le patriarche.

Les membres du Conseil acquiescèrent, d'accord sur le principe, mais incertains quant à la conduite à tenir. Je ne savais pas trop pourquoi, mais j'étais persuadée que Joe aurait lancé une idée décalée à cet instant précis, par exemple en proposant « d'oublier » de combattre un géant et de le laisser débouler sur la Suède, quitte à ce que ledit géant ne soit pas trop gros. Je secouai la tête à cette idée, quand la question concrète arriva, de la bouche de Jan.

— Peut-on le tuer ?

À chaque Conseil, sa victime. La dernière fois, c'était moi qu'ils voulaient faire disparaître. Ceci étant, ce malade avait dévasté mon jardin et il allait me le payer, mais la mort serait trop douce. Je considérais la vie comme sacrée, mais la vérité était bien moins drôle que des menaces bien placées. Kjell me regarda, cherchant mon approbation tandis qu'il répondait par la négative à la question de son chef.

— C'est beaucoup trop risqué. Lui et sa famille sont trop implantés dans la région, ils ont les autorités de leur côté, et il y a de fortes chances pour que d'autres que Gustaf Lantz soient dans la confidence. Tout décès nous impliquera immanquablement.

Le grand combattant à la retraite et aux allures de Viking se renfrogna.

— On le kidnappe et on le balance dans l'arène. Il n'osera rien dire de ce qu'il y aura vu.

Oh, mais c'est qu'il parlait à mon cœur, ce cher Nikolaï. Je le considérai d'un regard nouveau, une étincelle d'approbation dans les yeux. Mais j'avais peut-être mieux dans mon escarcelle. Je me redressai et, à la façon de Jan, posai mes mains sur la table, capturant les regards autour de moi. Nikolaï contracta les mâchoires en me voyant faire, tandis que les autres affichaient leur perplexité à mon égard.

— Personnellement, j'adore l'idée, mais vous ne savez pas quand un géant va apparaître. Même si en ce moment ça semble être un peu tous les jours, j'ai cru comprendre que ce n'était pas le cas en règle générale. Or vous ne pouvez pas vous risquer à le kidnapper trop à l'avance. Comme l'a dit Kjell, il a dû laisser des ordres derrière lui pour pallier cette éventualité, ça m'étonnerait qu'il se soit attaqué à vous sans assurer ses arrières. Donc sa disparition aboutira forcément à une chasse aux loups, passez-moi l'expression, avec ratissage minutieux de votre village par des autorités sur les dents, au grand minimum.

Leurs visages reflétaient qu'ils en arrivaient aux mêmes conclusions que nous, ainsi que leur recherche frénétique de solutions.

Impériale, je les toisai un par un, laissant planer un léger suspens avant de larguer ma bombe.

— Nous allons soigner le feu par le feu. On va le terroriser.

Chapitre 18

Elin

Tous les membres de l'assemblée étaient pendus à mes lèvres.

— OK, alors voilà ce que nous allons faire.

Ma bouche s'étira en un dangereux sourire. Oh, oui. Ça allait être bon.

~ *Gustaf* ~

Quelques tintements de couverts, des rires bas et des conversations feutrées accueillirent l'entrée de Lantz au Relais Gourmet, le restaurant français au chic compassé de Kiruna. Dans cette région du Nord, les déplacements de supervision des exploitations forestières étaient fréquents, et l'établissement luxueux était quasiment devenu un passage obligé au fil des années. Il y avait ses habitudes, bien connues des serveurs, et ne manquait jamais de se délecter de la terrine de foie gras aux poires, de son bœuf bourguignon et de leur fameuse crème brûlée. Gustaf suivit le serveur, un homme entre deux âges au crâne dégarni, mais au maintien impeccable, jusqu'à une table, ne daignant protester qu'au moment où celui-ci lui tira sa chaise.

— Il doit y avoir une erreur, ce n'est pas ma table habituelle.

— Toutes nos excuses, mais celle-ci était déjà réservée.

La lèvre du serveur tremblait un peu, Lantz bougonna, mais se résigna à accepter la chaise qu'il lui désignait. Il aurait tout aussi bien pu faire un scandale dans le restaurant, ou recourir à des méthodes plus musclées, mais il avait appris à choisir ses batailles, et celle-ci n'était assurément pas digne d'intérêt. Tout en prenant place, il ne put tout de même s'empêcher de jeter un coup d'œil à « sa » table, à plusieurs mètres derrière lui, idéalement située face à une grande baie vitrée donnant sur l'eau et les bois environnants. Comme certaines habitations de la région, le restaurant trônait en effet à la croisée de plusieurs lacs aux horizons lointains qui s'étendaient jusqu'aux montagnes environnantes et les forêts qui les entouraient regorgeaient de gibier. Mais, ainsi que l'avait indiqué le serveur, quelqu'un était justement en train de s'installer devant la vue somptueuse. À peine un homme, selon lui, il ne lui donnait pas plus de vingt-cinq ans, avec sa carrure frêle et ses joues rondes d'adolescent. Pour la forme, Gustaf le gratifia d'un regard méprisant qui ne fut pas relevé par son challenger. Il poussa un soupir et reporta son attention sur la carte qu'on venait de lui apporter. Il ne la parcourut des yeux que quelques instants, avant de la rendre au serveur en haussant un sourcil, l'air de se demander pourquoi celui-ci lui avait fait l'affront de lui faire lire la carte alors que son choix était évident. Ce n'était certes pas sa faute si sa table était occupée, mais le rabaisser était gratuit.

— Comme d'habitude, je te prie.

Le serveur acquiesça et disparut avec son bout de cuir relié. Sortant son téléphone, et faute de la vue qu'il souhaitait, Lantz s'abîma dans un rapport qui requérait son avis. Alors qu'il parcourait l'écran des yeux, un léger picotement désagréable vint lui chatouiller l'arrière de la nuque, comme si un enfant s'amusait à le toucher du bout d'un bâton pour obtenir son attention, ou comme si quelqu'un était en train de le fixer intensément. Passant une main derrière son cou pour vérifier que la déplaisante sensation n'était pas liée au mérinos de son col, il coula un regard sur la salle autour de lui. Il ne vit que des gens absorbés par leurs discussions, leurs téléphones ou le panorama. Personne ne regardait dans sa direction. Perplexe, il allait revenir à son dossier quand, du coin de l'œil, il crut capter un visage tourné vers lui. Le client qui occupait sa table habituelle. Lantz allait le foudroyer du regard d'oser le dévisager ainsi, quand il se rendit compte que l'homme fixait un point non loin de lui : le serveur, qui s'occupait d'une table près de celle de Gustaf. À tous les coups, ce stupide gringalet cherchait seulement à interpeller le garçon pour être servi. Tss. Irrité de s'être laissé aller à penser qu'il était la cible de regards insistants, Lantz retourna à son téléphone. Après tout, il était certes connu comme le loup blanc à peu près où qu'il aille, mais, de fait, chacun savait qu'il ne fallait pas le fixer sans oser directement aller le rencontrer. Ou on s'écrasait et on détournait le regard, ou, dans le cas d'une poignée d'élus, on le prenait comme une opportunité et on venait le séduire, commercialement, physiquement… Il était ouvert à toutes les propositions, c'était bien connu. Son esprit dériva sur la petite herboriste aux allures de sirène, dont le sourire et les folies promises par ses yeux gris perle l'avaient marqué au fer rouge. Lui qui aimait les défis… quel dommage qu'il faille à présent la menacer. Il était regrettable qu'elle ait choisi de s'exiler chez ces rustres, ces primitifs Vargrs. Sa bouche se plissa en une moue de dégoût. Vraiment dommage, mais rien n'était perdu pour autant. Son doigt caressa le rebord de la coupe posée devant lui, avant de stopper brusquement. Dans son dos, la sensation revint en force.

Intérieurement hérissé, Lantz se tourna ostensiblement derrière lui, prêt à promettre les pires sévices à qui se permettait de l'étudier de la sorte. Mais le petit jeune à sa table ne regardait pas dans sa direction. Ni lui ni personne, d'ailleurs. Une impression de malaise monta lentement en lui. Il aurait dû prendre une chaise où il pouvait être dos au mur, mais il ne pouvait pas se permettre d'en changer maintenant, ça ne se faisait pas. Il se résolut à prendre son repas ainsi, sans cesse dérangé par l'idée que le regard de quelqu'un était braqué sur lui sans qu'il ne sache pourquoi. Malgré les plats savoureux, il ne prit aucun plaisir à son expérience dans ce restaurant pourtant pleinement apprécié en temps normal.

Une fois à l'air libre, il prit une grande inspiration et avança à grands pas vers sa voiture. Il entendit à peine la porte du restaurant se fermer doublement derrière lui, ce ne fut qu'une fois installé au volant qu'il aperçut une silhouette traverser son rétroviseur. Le jeune homme ! Une colère teintée d'angoisse perça en lui : ce n'était pas possible, ce type lui voulait quelque chose, c'était certain. Lantz tourna la tête pour l'observer directement à travers le pare-brise arrière. Et ne rencontra que le vide du parking. Il s'était volatilisé.

~

Je levai la main en réponse à la question de Jan.

— Non, le but est de flirter entre le visible et l'invisible, on veut le terroriser sans lui offrir la moindre preuve à produire aux forces de l'ordre si l'envie lui prenait.

Un rire diabolique aurait été particulièrement indiqué après une telle remarque, mais je me contins sagement. Après tout, c'était Lantz que je voulais effrayer, pas les Vargrs. Je repris, veillant à conserver une voix posée et parfaitement crédible.

— Je veux un roulement de… disons trois personnes, inconnues de notre cible, pour lui faire tenir ce régime jusqu'à plus soif.

J'avais des foutus loups-garous – OK, pas des loups-garous selon leurs dires –, mais des humains à même de se transformer en loups, déjà ultrarapides sous leur forme bipède et capables de se déplacer sans bruit. Entre mes mains, on parlait d'armes de guerre. Dans le genre destruction massive. Je posai une paume sur la table, prête à dégainer la meilleure d'entre elles, que même la convention de Genève n'oserait mentionner.

— Mais ce n'est que la première phase du plan.

~ Gustaf ~

Avec le manque de feuilles sur les arbres, la lisière de la grande propriété devenait presque visible. On devinait la route qui la croisait, à quelques hectares de là. Juché sur un léger promontoire, le domaine familial dominait en effet une bonne portion de leur bois et du lac voisin, qui faisait également partie de leurs terres. Lantz se détourna de cette vue maintes fois contemplée et se dirigea vers son bureau. Il avait encore beaucoup à faire, des activités à superviser, des forêts à acquérir et à exploiter, quelques personnes à acheter, et une poignée de Vargrs à faire dégager. Ces temps-ci, ce business habituel le fatiguait plus que de coutume, il se surprenait même à éviter les déplacements, à moins qu'ils ne fussent rigoureusement utiles, préférant le confort de sa demeure pour gérer l'entreprise familiale. Malheureusement, de nombreuses obligations le forçaient régulièrement à se risquer à l'extérieur, et alors la dérangeante sensation qui le tenaillait, l'impression d'être suivi, fixé, reprenait.

Il avait pourtant tenté de surveiller ses arrières, embauchant du personnel pour l'entourer, garde du corps, détectives, policiers dévoyés… et pourtant, rien n'y avait fait. Il lui semblait croiser le jeune homme de temps en temps, sous un chapeau, derrière une barbe, et ce regard revenait, curieusement familier. Mais il n'avait jamais vu cet indésirable d'assez près pour pouvoir l'interpeller, sans même parler d'avoir un motif valable pour l'inculper. Pourtant, ceci aurait pu s'arranger. Aucun de ses employés ne le connaissait et parfois, la sensation revenait en son absence, semblant portée par d'autres personnes encore. Gustaf se laissa tomber dans son fauteuil, devant son large bureau de chêne massif recouvert de documents, ordonnés en piles méticuleuses.

Maggie, une nouvelle employée aux allures de grand-mère malgré ses références remarquables et un café particulièrement efficace, entra sur ces entrefaites pour lui apporter la seconde tasse de la matinée. Son sourire plissa sa peau tandis qu'elle la déposait avec sa soucoupe sur le bois verni, lui donnant des airs de vieille pomme bienveillante. Elle s'effaça aussi discrètement qu'elle était arrivée, et Gustaf se mit au travail entre deux gorgées. Mais seulement quelques secondes plus tard, son téléphone sonna. Pestant de ne pas avoir deux minutes à lui pour se concentrer pleinement sur sa paperasse, il décrocha.

— Lantz, j'écoute.

— Oui monsieur, c'est Filip Uggla, des chasseurs. Nous avons déclenché un incendie aux environs du village vargr, conformément à…

Au-dehors, des hurlements de loups, lointains mais parfaitement audibles, retentirent. Surpris, Lantz lâcha son téléphone et se tourna vers la grande vitre donnant sur le bois, espérant repérer la source du bruit. Peine perdue, les clameurs s'étaient tues aussi brusquement qu'elles avaient commencé. Perplexe, Gustaf récupéra son mobile.

— .. lô ? Allô ?

— Oui, Filip, je n'ai pas tout entendu, tu disais ?

— Ah, que nous avions démarré un incendie près du village vargr, comme prév…

Les hurlements reprirent, lancinants.

— Bordel, mais qu'est-ce que…

Lantz se précipita à la fenêtre, scrutant l'extérieur. Rien. Il n'y avait rien de visible, et à nouveau le silence était retombé presque au moment exact où il avait atteint la vue.

— Est-ce que tout va bien, monsieur Lantz ? J'ai cru entendre des hurlements…

— C'est bon. Dis, il y a beaucoup de loups autour de chez moi en ce moment ?

La voix au bout du fil parut perplexe, comme interloquée par la question de son employeur.

— Euh, normalement non, pas que je sache. Nous avons quelques meutes dans la région, mais l'une est plus au nord, et l'autre à l'ouest. Après y a toujours quelques solitaires qui traînent, mais avec la chasse, ça m'étonne qu'ils viennent hurler sous vos fenêtres…

Le domaine Lantz était effectivement la scène de chasses mémorables, occasion de renforcer les liens entre la famille et les grands représentants et pontes du pays. Mais ces événements étaient bien trop réguliers pour que le moindre loup ose s'aventurer sur ses terres. Et encore moins pour qu'il y hurle, en plein jour par-dessus le marché.

— Merci, Filip. Et donc pour les Vargrs…

Sa voix s'éteignit quand les cris reprirent. Les mains de Gustaf se mirent à trembler. De fureur, d'angoisse, quoi que ce fût, ça n'aurait pas dû exister. L'homme serra les mâchoires, les hurlements semblèrent durer quelques secondes de plus que les fois précédentes, le son intense pénétrant ses os pour réveiller en lui une peur primitive. Le magnat qu'il était se sentait traqué, à la merci de prédateurs puissants, impitoyables et bien trop intelligents. Se contraignant à reprendre une conversation normale, Lantz parla par-dessus les bruits du dehors, qui de toute façon s'arrêtèrent à la seconde même où il reprit.

— Bon, incendie allumé, c'est bien ça ?

— Oui, monsieur. C'est notre dernière chance avant l'hiver. Après, le bois prendra moins bien, il faudra voir pour utiliser des combustibles et substances plus fortes.

Gustaf tendit l'oreille instinctivement, mais, à l'extérieur, le silence ne fut percé par aucun son particulier, cette fois-ci. Il relâcha son souffle. Probablement quelque bestiole de passage qui avait décidé de faire son petit boucan sur le chemin. Néanmoins, il faudrait s'assurer que ça ne se renouvelle pas, il n'avait pas besoin d'ajouter à son malaise déjà existant.

— Bien. Et sur un autre sujet, il faut voir pour organiser une chasse au loup dans les plus brefs délais, sur le domaine et dans toute la région. Chaque canidé abattu rapportera à son tireur le triple du prix habituel.

— Noté, monsieur, on s'en occupe tout de suite !

Satisfait, Lantz raccrocha et reposa le téléphone dans un soupir. Il déchanterait vite, pourtant, car la journée passa, et les cris déchirèrent le silence à chaque fois qu'il était question des Vargrs. Que ce soit Gustaf lui-même qui les mentionne, ou son interlocuteur. Il en vint à éviter de prononcer le mot pour ne pas subir leur interruption glaciale. Quand sa tête se posa finalement sur son oreiller après une journée intense, il lui semblait encore entendre les hurlements de loup, vibrant au creux de son oreille.

~

— Là, s'il ne fait pas de cauchemars à ce stade, je suis prête à manger ma mandragore. Et ce serait dommage, il en a davantage besoin que moi.

Mon sourire ne sembla pas particulièrement apaiser la stupéfaction que je distinguais dans les yeux de mon audience. J'avais l'impression d'avoir balancé une phrase dont Margit avait le secret. D'ailleurs, il faudrait que je remercie mon père pour les faux papiers de ma nouvelle mamie préférée et les minuscules micros dont ladite mamie s'était empressée de truffer la demeure de Lantz. Mais je n'en avais pas fini pour autant. Même la présence de ma petite plante hallucinogène d'amour dans le tableau pour agrémenter ses nuits n'était que la cerise sur un gâteau incomplet. Sur la voie qui mènerait Lantz à l'asile, il manquait encore une étape, et pas des moindres. Malaise, check, lien avec les Vargrs, check aussi. Passons à la terreur.

— Pour l'étape suivante, j'accepte qui vous voulez, puisque j'ai besoin de vous sous vos formes de loup.

Quelques sourires commencèrent à poindre parmi mon public médusé. Ouaip, eux aussi le voyaient arriver.

~ Gustaf ~

Les cernes, les traits tirés, le teint gris, définitivement, rien n'allait dans ce miroir. Gustaf Lantz détourna les yeux pour reporter son attention sur le maire, grand homme émacié, aux yeux perçants surmontés de sourcils broussailleux et d'une coupe en brosse. Il sourit à cet homme qu'il connaissait bien avant qu'il brigue cette position, à laquelle les Lantz l'avaient très aimablement placé. Ils n'étaient pas tout à fait du même bord politique, mais une alliance contre un ennemi commun, un fichu vert progressiste, et le fait que leurs familles respectives s'apprécient avaient motivé les deux bords à collaborer étroitement. Et ils n'avaient jamais eu à le regretter, Ivan faisait un travail remarquable, y compris en cet instant par rapport aux Vargrs.

— Bien, je m'occupe de tout ça, tu n'as aucune inquiétude à te faire.

Même Ivan avait noté que Gustaf n'était pas au mieux de sa forme. Non, vraiment, ça n'allait pas du tout. Cela faisait déjà plusieurs semaines que le sommeil le fuyait, ou vice versa, considérant les apparitions qui le visitaient en songe. Il avait quasi constamment le sentiment d'être suivi sans pouvoir appréhender le moindre fileur, il perdait l'appétit et ne sortait pour ainsi dire plus de chez lui. Ce soir était une exception, certaines choses ne pouvaient se dire par téléphone. Et bien lui en avait pris, car ici, dans cette maison de village éloignée des bois, il avait enfin pu prononcer le mot « vargr » sans être assailli d'une nuée de hurlements. Pour dire toute la vérité, il l'avait sorti par accident, s'étant habitué à ne plus pouvoir en parler, et avait tressailli en attendant les éventuelles représailles sonores. Mais il n'y avait rien eu ! Dans un premier temps, le soulagement l'avait disputé à l'anxiété, puis Lantz s'était mis à s'interroger. Pour une raison étrange, des loups se mettaient à hurler lorsqu'il prononçait le mot « vargr », mais uniquement lorsqu'il était chez lui, pas en ville. Pourquoi ? Et comment ? Même des loups dressés auraient eu du mal à être toujours disponibles pour hurler à chaque fois, et encore davantage à l'entendre parler à l'intérieur du bâtiment. Ces bêtes avaient une bonne ouïe, mais tout de même ! Et que dire de ceux qu'il lui semblait entendre à chaque fois que ses paupières se fermaient, ou déceler dans les bruits du quotidien, de la douche au téléphone ? Un frisson courut sur ses bras. En tout cas, si le rapport avec le village autochtone était évident, il n'allait pas tarder à se débarrasser du problème, ce qui réglerait la question. Les architectes étaient déjà en train de travailler sur les plans du futur complexe hôtelier, les seules sources de Suède allaient rapporter gros, pour lui, et pour ses amis dans la région. Gustaf enfila son épais manteau et, passant la porte, prit congé de son hôte. Il ne lui fallut que quelques dizaines de minutes de trajet en voiture pour franchir les grilles qui délimitaient sa propriété. Bien que pressé de rentrer, car peu à l'aise de nuit à l'extérieur avec les événements qui se produisaient ces dernières semaines, il s'obligea à ne pas demander à Rolf, son chauffeur et garde du corps, d'accélérer. La route était étroite, et sa fierté lui dictait de ne jamais montrer sa peur à ses ennemis, même si les ennemis en question étaient des loups dressés. Qu'il ne voyait jamais. Et qui se fichaient comme d'une guigne qu'il organise des chasses sur ses terres. Les bêtes se débrouillaient pour ne jamais être où il les attendait, aucun loup n'avait encore été abattu malgré tous ses efforts et ceux de ses chasseurs. C'était purement incompréhensible. Sa gorge se noua. Non, il ne fallait pas qu'il pense à ça dans une situation pareille, c'était stupide et ça ne ferait que l'angoisser pour rien.

Soudain, la voiture fut parcourue d'une sorte de sursaut, comme s'ils avaient roulé sur quelque chose.

— Qu'est-ce que c'était ?!

Rolf ralentit, incertain.

— Je ne suis pas sûr, j'ai cru voir une forme sur le côté, mais…

— Se peut-il que ce soit un loup ? Un loup écrasé ?

Une excitation mêlée de peur gagna Gustaf. Fébrile, il demanda à Rolf de s'arrêter et d'entamer une marche arrière, complémentant les feux de la voiture par la torche de secours du véhicule, qu'il dirigea vers la route depuis le pare-brise arrière. Mais aucune carcasse de loup à l'horizon, plutôt, une sorte de grosse pierre aux contours abrupts, qui reposait sur le bitume. Lantz plissa les yeux, distinguant quelques marques grises typiques des roches de la région qui confirmèrent son analyse.

— Rolf.

— Oui, monsieur ?

— Nous sommes d'accord que cet obstacle n'était pas sur la route il y a deux minutes ? Vous l'auriez vu dans les phares.

Le garde du corps resta silencieux, et Gustaf prit toute la mesure de sa réponse. Rolf écrasa la pédale de l'accélérateur. Son employeur jeta un dernier regard en arrière, et sa respiration resta coincée dans sa gorge. Des petites taches de lumière venaient d'apparaître, reflétées un court instant par la lueur des feux de la voiture. Plein de petites taches. Des deux côtés de la route. Il ne parvint à déglutir qu'après qu'elles eurent disparu. Ils allaient rentrer et demain, il organiserait une nouvelle chasse, puis il poserait des pièges et des appâts empoisonnés pour ceux qui resteraient. Voilà, et ainsi peut-être arriverait-il à se débarrasser de ces horribles bêtes. Un énorme choc, doublé d'une détonation, le fit décoller de son siège avant d'être brusquement tiré en arrière par sa ceinture de sécurité. La secousse amena Rolf à virer de bord, tentant de compenser l'impact. Heureusement, il parvint à arrêter la voiture avant la sortie de route. Aussitôt, un bruit d'air qui s'enfuit s'éleva à l'extérieur, tandis que dans l'habitacle, la perspective se mettait à pencher.

— Le pneu avant droit est crevé. Une nouvelle pierre.

— Quoi, mais…

— Nous sommes quasiment arrivés, mais nous ne pouvons pas continuer avec ce véhicule.

Pour appuyer ses dires, le garde du corps tenta de remettre la voiture droite, parallèle à la voie. Il poussa le moteur pour aboutir à un déplacement incertain sur quelques mètres dans un vacarme terrible, la voiture raclant sur le sol. Lantz resta silencieux. Dans son esprit, la certitude que tout ceci était calculé s'imprima.

— Nous avons deux possibilités, rester là et téléphoner aux équipes à l'intérieur de venir nous rapatrier… commença Rolf.

— Mais nous prenons le risque qu'ils crèvent à leur tour, contra son employeur. Sans parler de boucher le passage dans cette allée, nous ne pouvons pas nous permettre de perdre tous nos véhicules, au cas où quelque chose de plus gros se préparerait.

En tout cas, si l'idée était venue de lui, c'est ça qu'il aurait prévu. Rassemblant tout son courage, Gustaf prit la seule décision qui s'imposait. Et il se détesta de le faire.

— Non, nous devons laisser la voiture sur place et rejoindre le bâtiment principal à pied.

— C'est aussi mon avis. Il ne reste pas beaucoup de trajet, nous y serons en moins de quinze minutes.

L'allée qui reliait la demeure à la route principale était splendide en toute saison, jolie trouée dans les bois alentour, courant sur un kilomètre et demi. Mais à cet instant précis, Lantz la haïssait, elle aussi, trouvant presque des avantages aux appartements de ville. Rolf saisit son arme, se préparant à faire feu au moindre problème. Son employeur se félicita de lui avoir procuré une arme à feu automatique, pas particulièrement légale, mais fort rassurante dans cette situation. Il serra la mâchoire, carra les épaules et sortit après le garde du corps. Il ne put s'empêcher de jeter un regard en arrière, espérant que les loups ne les avaient pas suivis ou, si c'était le cas initialement, que le bruit de l'explosion du pneu les avait depuis fait fuir. Rolf se retourna vers lui en entendant le soupir de soulagement que Lantz poussa en constatant leur absence. Et les taches réapparurent. Une à une, des dizaines de paires d'yeux se braquèrent sur eux, dans un silence inhabituel pour une forêt de nuit. On aurait dit que même les feuilles n'osaient bruisser de peur de se faire remarquer des êtres qui foulaient le sol, se coulant entre les troncs pour arpenter des sentiers connus d'eux seuls. Les mains de Gustaf se mirent à trembler, et il esquissa un pas en arrière. Son garde du corps avait repéré, lui aussi, toutes ces présences. Il leva le bras et dirigea le canon de son arme vers le ciel.

— Bouchez-vous les oreilles, je vais tenter de les effrayer.

Ses doigts tremblants se collèrent à ses tempes tandis que Lantz acquiesçait. Le dos appuyé contre le véhicule, il garda néanmoins les yeux grands ouverts, guettant la réaction des bêtes. La détonation retentit, le faisant ciller malgré lui. Mais il n'y eut pas de différence, pas le moindre mouvement parmi les regards perçants qui les scrutaient, avec la patience de prédateurs prêts à bondir, quitte à devoir attendre l'exact bon moment. Il ne savait pas pourquoi, mais Gustaf aurait pu parier que le bruit de l'arme à feu ne produirait aucun résultat. Il commençait à comprendre. Ces loups n'étaient définitivement pas des animaux normaux. Et ils étaient là pour lui. Rolf recula à son tour et attrapa son employeur au passage.

— Nous n'avons pas le choix, il faut avancer, vite.

Lantz cilla à nouveau, surpris par ce contact. Les yeux qui brillaient dans l'obscurité disparurent au même instant. Hébété, il emboîta tant bien que mal le pas à son garde du corps. Le froissement d'une patte légère qui effleure des feuilles retentit avec la force d'un coup de fusil dans l'esprit de Lantz. Le bruit avait été presque caressant, comme une étoffe glissant sur la peau, et il accompagna sa retraite depuis les arbres qui bordaient l'allée.

— Pensez-vous que ça peut venir des Vargrs ? murmura Rolf, l'ingénu.

Aussitôt, les yeux resurgirent de tous côtés, à l'exception de la route directement devant eux. Ils étaient cernés. Des grognements sourds, puissants, se mirent à s'élever tout autour d'eux, l'air résonnant sous les basses vibrations aux accents mortels. Gustaf jura et se jeta en avant, détalant à toute vitesse, porté par la promesse lugubre des loups : s'il restait là, c'en était fini de lui. Rolf se rua à sa suite, tentant tant bien que mal de le couvrir tandis que les grondements accompagnaient leur fuite. Ils atteignirent les portes de la demeure sous les hurlements, l'esprit de Lantz marqué en lettres de feu par un fait implacable.

Il était traqué.

~

— Là. C'est comme ça qu'on sème la peur chez l'ennemi. Des questions ?

L'auditoire resta muet.

— Alors au boulot !

Chapitre 19

Elin

La porte de la maison de Margit s'ouvrit dans un claquement retentissant tandis que j'entrais en fanfare.

— Alors ? Il paraît que tu as été remerciée quand ton patron a fait une crise de panique à propos de loups sanguinaires et que tu as éclaté de rire plutôt que de l'aider ? C'est pas très pro, ça.

Malgré l'air sérieux plaqué sur le reste de mon visage, le pétillement dans mes yeux ne trompait pas, je trouvais la situation hilarante.

— Ma chère, je n'y suis pour rien, c'est bien ton plan qui a terrorisé notre pauvre Gustaf.

— Tout de suite. Moi, je n'ai pas fait exprès de mentionner les Vargrs à tout bout de champ dans son bureau pour le faire flipper.

Margit haussa les épaules, sans pouvoir dissimuler un léger sourire coupable, avec l'expression typique d'une enfant qui aurait dérobé un bonbon. Oh oui, elle était incorrigible, mamie Margit. Et je comptais bien la chambrer avec ça jusqu'à plus soif. À la réflexion, s'il y avait la moindre chance qu'elle se transforme en louve, même âgée, et me dévore, j'allais plutôt sagement m'abstenir. Ce ne serait pas facile, mais ma vie le valait bien, et surtout celle de mes plantes. J'étais sûre qu'elle ne saurait pas s'en occuper si je disparaissais et ça, c'était une sacrée motivation à rester de ce monde.

Mon hôte se baissa pour ouvrir sa valise. Elle venait tout juste de rentrer et j'avais immédiatement déboulé pour l'invectiver. Même moi, je devais avouer que ce n'était pas terrible, mais je n'eus pas le temps de faire amende honorable. Margit redressa vivement la tête, scrutant un point qui devait se trouver à l'extérieur, derrière le mur. Ça, ou alors elle était prise d'une subite fascination pour le lambris peint de son salon, mais j'avais un doute sur cette hypothèse.

— Qu'est-ce…

— Tais-toi, me lança-t-elle sans me regarder. Il y a un problème.

Laissant ses affaires en plan, elle se précipita jusqu'à la porte, avec moi sur ses talons. Elle ouvrit la porte sur une belle échauffourée. Dehors, le monde avait des airs de guerre civile. Un éclair gris surgit sur le côté de la maison, se fracassant au sol sous les assauts de deux autres énormes loups. Des gens accouraient de tous les côtés, les yeux rivés sur les lutteurs, prêts à intervenir. Je ne distinguais pour ma part que des éclats de crocs, des touffes de fourrure, et des giclées de sang éclaboussant les mottes d'herbe déracinées. Mais, presque aussi vite que l'assaut avait commencé, les images se figèrent, l'issue était désormais certaine : un loup plaqué au sol sous ses deux adversaires, l'un couché sur son torse, l'autre maintenant ses crocs autour de sa gorge. Un frisson d'angoisse me traversa devant la détermination froide que je lisais dans leurs yeux, tel un combat à mort qui se soldait, pour l'instant, par la maîtrise complète du vaincu, mais qui pouvait reprendre à tout instant.

— Ils ne vont tout de même pas…

Margit posa la main sur mon bras, délaissant la scène pour braquer son regard sur moi. Un voile de lassitude triste recouvrait ses yeux d'ordinaire pétillants, mais j'y lus aussi un espoir résolu.

— Elin, si tu as les moyens d'éviter ça, je t'en prie, essaie.

Avant même de comprendre de quoi elle parlait, les formes se brouillèrent devant moi, une femme nue, le visage déformé par une rage à peine contenue, remplaça le loup vaincu, tandis que Jan apparaissait comme celui qui l'avait maintenue au sol. Le dernier loup, plus clair que ne l'avaient été les deux autres, s'écarta pour laisser le chef vargr saisir la femme par le bras et la redresser fermement. Le curieux cortège se mit ensuite en branle, en direction d'une des maisons voisines.

— C'est la procédure, Nikolaï va rester sous forme lupine au cas où Ylva chercherait à se battre à nouveau.

Je compris enfin. Je venais d'assister à un syndrome hivernal non maîtrisé, peut-être car particulièrement précoce pour Ylva par rapport aux autres femmes. Je ne me souvenais pas l'avoir déjà croisée, mais je croisais de toute façon si peu de femmes dans Járnviðr que ça ne m'étonnait pas particulièrement.

— Je veux bien essayer. J'ai une idée, mais je vais avoir besoin de cobayes.

Fort heureusement, le petit carré de terre que j'avais aménagé devant chez Kjell avait été mis à contribution. Petit carré qui devait faire les trois quarts de son jardin, mais il n'avait pas paru particulièrement me le reprocher. Faute de contre-ordre, je sentais que le quart restant n'allait pas faire long feu avant d'être réquisitionné à son tour. De façon plus ou moins officielle, je m'étais installée chez lui, rechignant à m'en séparer. Cela n'avait pas franchement brisé le cœur de Margit, qui au contraire avait semblé se réjouir de nous voir ensemble. Ensemble. Choisis. À vrai dire, je ne savais pas si nous l'étions. Jusqu'ici, j'avais toujours réussi à éviter cette conversation et ça me convenait à la perfection, même si cela troublait mon loup personnel. De mon côté, je me surprenais à savourer le simple fait d'être avec lui et pour une curieuse raison, ça me mettait mal à l'aise. Aussi « ne pas y penser » était mon mot d'ordre, d'autant qu'il y avait bien plus urgent que mes petites élucubrations sentimentales. Par exemple, les yeux de Margit qui s'étaient remis à pétiller à ma réponse. Dehors, tout était redevenu calme, comme s'il ne s'était rien passé. Elle referma la porte et nous allâmes nous asseoir dans son salon.

— Des cobayes, fit-elle pensivement. Bien sûr, ma chère, ces petites bêtes sont si mignonnes après tout, elles comblent bien des manques affectifs. Pour autant, j'aurais pensé qu'avec mon fils…

Je levai les yeux au ciel, mi-agacée, mi-amusée.

— Je n'ai pas prévu de remplacer Kjell par un hamster. Non, je veux parler de vrais cobayes, des sujets, dans le sens prêts à tester des substances actives. Prêtes, dans ce cas précis.

— Parfait, sourit-elle. Tu y avais déjà pensé avant que je t'en parle, n'est-ce pas ?

Son air entendu me fit rire.

— Ça m'avait effleuré l'esprit, oui.

Et ça, c'était un euphémisme comme on en fait rarement. L'esprit rongé rien que d'imaginer ces femmes passant l'hiver enfermées, j'étais allée piocher dans mes cours, dans les livres les plus obscurs, passant un temps indécent à lire des publications scientifiques sur le sujet, avant d'enfin identifier une piste prometteuse.

— J'ai, par le plus grand des hasards, repéré une plante qui pourrait être appropriée pour le syndrome hivernal. J'en ai fait une production au cas où, il s'agit de gattilier, édition locale, directement issue du jardin de Kjell. Je t'aurais bien proposé d'essayer, mais je suppose que tu n'es plus concernée par ce problème ?

Mamie Margit hocha du chef. Comme je le pensais, ces dérégulations hormonales saisonnières n'avaient plus cours une fois passée la ménopause.

— Eh bien, tout ceci me paraît très bien, je pense savoir à qui m'adresser pour proposer ton traitement, dit-elle.

Son sourire légèrement trop déterminé pour être honnête me fit craindre le pire.

— Bon, par contre nous sommes d'accord qu'une sédation nuirait au protocole, et que l'usage d'un fusil hypodermique serait mal vu, n'est-ce pas ?

— Cela va de soi. Il n'y aura ici que petits sablés et tisanes, promis.

Elle m'adressa un clin d'œil que je jugeai tout bonnement adorable, tant il feignait – mal – l'innocence.

Quoi qu'il en soit, son intervention était inespérée. Toutes les conversations que j'avais lancées jusque-là en croisant une personne de sexe féminin dans les allées de Járnviðr s'étaient soldées par un vent monumental, quand je ne me faisais pas grogner dessus. Ou cracher, dans le cas de Mona. Entre ça et Kjell, même Badr et Jan, qui refusaient d'arranger une entrevue avec l'une d'entre elles et au contraire me déconseillaient tout contact, l'occasion d'en discuter avec quelqu'un s'était réduite comme peau de chagrin.

— En premier lieu, je te propose de tenter auprès d'Aurora, si ça te convient. Malgré les circonstances, je crois savoir que tu lui as fait une sacrée impression lors de la dernière apparition de géant.

Aurora… Ma gorge se serra au souvenir de la dernière fois où je l'avais vue, le soir de la veillée.

— Bien, ma chère, tu me vois désolée de te mettre à la porte, mais j'ai un peu de rangement à faire. Du balai maintenant, je te dis dès que j'ai notre volontaire.

Il ne fallut qu'une heure à Margit pour nous faire nous retrouver, Aurora et moi, face à face, de part et d'autre de sa table parsemée de napperons. Nous étions probablement aussi surprises l'une que l'autre, mais ma cobaye du jour se ressaisit vite pour me lancer un regard teinté de méfiance. Intérieurement, je poussai un profond soupir. Et dire que c'était la plus encline à se retrouver face à moi… Je préférais ne pas penser à ce que je risquais si mon traitement ne fonctionnait pas comme je le voulais. Kjell retrouverait des morceaux de mon corps déchiré éparpillés dans tout le village façon jeu de piste. Oups, j'y avais pensé. Je m'éclaircis la gorge, chassant ces images de ma tête pour rentrer dans mon rôle d'herboriste. En plein traitement expérimental non déclaré. Double oups.

— Comme te l'a dit Margit, j'essaie de trouver une solution aux symptômes hivernaux. Le gattilier, et plus particulièrement ses baies, est connu pour être un régulateur hormonal. On s'en sert notamment pour calmer les symptômes du syndrome prémenstruel, j'en ai déjà préconisé à des clientes avec d'excellents retours, mais bien entendu, je ne l'ai jamais essayé dans ce cas particulier.

Comment faisait-on : un regard suspicieux pour oui, deux pour non ? Je craignais que ça ne puisse pas compter pour un consentement éclairé digne de ce nom. Courage, Elin, tu es une professionnelle. Si si.

— Je tiens à préciser qu'on touche aux hormones, donc les effets peuvent être sérieux. Il me faudra quelques semaines de suivi pour les étudier. Mes plantes sont généralement efficaces très vite, mais il faut aussi surveiller qu'aucun problème ne survienne.

— Qu'est-ce que ça peut bien te faire ? C'est une situation pourrie, mais on vit comme ça depuis toujours et ça n'a jamais ému personne… En plus, tu n'es ni des nôtres ni médecin, rien de tout ça ne te concerne et ne devrait être ton rôle.

Aurora lança un coup d'œil en direction de la cuisine où Margit s'était éclipsée après nous avoir fait nous asseoir, puis se leva dans un raclement de chaise. Je me retins de jeter moi aussi un regard vers Margit. Vraiment, heureusement que je lui avais « fait une sacrée impression », à cette Aurora. J'expirai profondément et, laissant tomber le professionnalisme, braquai mon regard sur elle.

— Je me suis renseignée, personne à Járnviðr n'a fait d'études de médecine ou quoi que ce soit d'approchant, sinon je l'aurais laissé chapeauter l'expérience avec grand plaisir. Manque de chance, il n'y a que moi. Non, je suis pas médecin, et non, ce n'est probablement pas mon rôle, mais si ça te dit d'essayer une plante pour que ce soit le dernier hiver que tu passes enfermée, je suis là et parée à t'aider. Tu as d'autres questions ?

Mon exaspération avait teinté ma tirade d'accents martiaux qui avaient figé mon interlocutrice dans son mouvement. Je m'efforçai de rectifier le tir un minimum.

— Maintenant, si la situation actuelle te convient, ainsi soit-il, je ne souhaite pas te pousser à quoi que ce soit… Enfin, en vrai si, carrément, mais ce n'est pas à moi de faire le choix pour toi, pour vous. Je ne peux que proposer, libre à toi d'accepter ou de refuser.

Le silence qui suivit fut total. Pendant un instant, je n'aurais su dire si Aurora allait m'agresser, partir en claquant la porte, ou se rasseoir. Évidemment, je n'avais pas de sumac sur moi pour me défendre, et ma nouvelle besace reposait quelque part dans l'entrée. Fallait-il que je me note de toujours en avoir à portée de main au stylo indélébile, ou bien ? Je dissimulai ma surprise quand ma potentielle faucheuse opta pour l'option numéro trois et se laissa retomber sur sa chaise, affichant sa perplexité.

— Tu ne fais décidément rien comme tout le monde, toi, lâcha-t-elle en soupirant.

— Ne m'en parle pas.

L'atmosphère se détendit et je lui souris. Sur ces entrefaites, je me lançais dans une série de questions sur sa santé, sur d'autres traitements qu'elle pourrait avoir en cours, et lui remis une petite gélule faite de poudre de baies séchées de gattilier maison. Le dosage était extragentil pour commencer, mais les substances actives devraient tout de même pouvoir faire effet. Je comptais la revoir régulièrement pour guetter l'éventuelle apparition d'effets indésirables, en particulier les maux de tête et vertiges que la littérature scientifique mentionnait. Juste quand elle se redressait pour partir, cependant, je plongeai mes yeux dans les siens.

— Ça n'a rien à voir, et j'espère que ça ne te semblera pas déplacé, mais… si à un moment tu veux parler de lui, je t'écouterai. Je sais.

Je ne sus exactement comment interpréter le plissement de lèvres qu'elle m'offrit en réponse, mais, étant donné que j'étais encore en vie après son départ, ça ne devait pas être particulièrement mauvais signe. Voire les premiers jalons d'une amitié légendaire, qui sait.

— Et maintenant ? me demanda Margit.

— Maintenant, on se crée une armée.

Je toussotai, me reprenant.

— Je veux dire, normalement, il faudrait que nous divisions le nombre de femmes vargres en deux. Une partie, comme Aurora, recevrait le traitement, une autre, non. Sauf que je ne suis pas certaine que déjà il y ait tant de femmes que ça qui seraient d'accord pour essayer, et en plus, le fait de ne pas leur proposer le traitement expose à de sacrés risques pour les autres et à une qualité de vie pourrie pour elles. Donc mon plan : on propose à toutes, et on voit qui est d'accord pour essayer.

— Effectivement, ça me paraît plus commode. À mon avis, tu peux t'attendre à ce que ça vienne, si les gélules fonctionnent, au moment où elles se rendront compte qu'Aurora n'est pas touchée par le syndrome.

— Je compte un peu là-dessus, oui.

— Eh bien, ma chère, je m'en vais aller les démarcher pour avoir un premier avis, ce sera moins dangereux que pour toi, à moins que ton cher et tendre ne t'accompagne, éventuellement.

J'approuvai. Je me voyais mal aller démarcher Mona, qui a priori louchait sur Kjell et me maudissait assez ouvertement, entre crachats et regards assassins, lorsque je la croisais seule. Le niveau de menace estimé me faisait d'ailleurs espacer mes sorties solitaires dans Járnviðr.

— D'ailleurs, vous en êtes où, avec Kjell ? Vous avez déjà une date pour officialiser un peu les choses ? Je suis sûre que tu adorerais nos cérémonies.

Le clin d'œil complice qu'elle me décocha déclencha un frémissement dans toute ma colonne vertébrale.

— Nope, rien de prévu, désolée. À la limite, je peux organiser l'inauguration de mon jardin une fois que j'aurai pris le contrôle de toute la parcelle, si ça peut te faire plaisir.

Ce disant, je me levai et attrapai ma besace, prête à fui… partir. Je ne me formalisais pas de sa mine déçue, j'avais trop côtoyé mon père et, sans compter ses punchlines décapantes, ses tirades sur ma vie sentimentale étaient du même acabit. Ces gens avaient une petite tendance à considérer ma vie comme un feuilleton télévisé.

— Il faut que je file, ou je n'aurai pas le temps de faire un aller-retour à la poste !

— Quel dommage, bon, mais n'hésitez pas à vous perdre dans les bois sur le chemin avec Kjell, hein !

Mobilisant toute ma volonté, je parvins à retenir le soupir qui allait poindre suite à son sous-entendu. Et je décidai de la prendre à son propre jeu.

— Rassure-toi, on hésite jamais, mais je ne te dirai rien !

Je me retournai pour lui tirer la langue et sortit en trombe de chez elle. Là. Je n'étais pas certaine que ça la calmerait sur le sujet, plutôt le contraire même, mais comme de toute évidence ça pouvait difficilement être pire…

Mettant de côté l'encombrante mamie guetteuse, je me dépêchai de rejoindre Kjell devant les portes de la fortification extérieure.

Chapitre 20

Elin

La voix de Kjell me parvenait, il se trouvait en pleine discussion avec les vigies. Il fallait avouer que Lantz n'avait pas été en reste ces dernières semaines, certes de plus en plus traumatisé, mais néanmoins déterminé à intimider les Vargrs et à leur faire quitter le village. Nous avions eu droit à des feux allumés dans des arbres situés à proximité de la palissade, vite gérés, puis à l'intérieur même de l'enceinte avec des sortes de bombes de napalm, créant des incendies qui n'avaient pu être calmés que grâce à l'eau de la source au centre de l'arène. Nous avions dû former une énorme chaîne en catastrophe, et j'avais été soufflée de constater que la source ne se tarissait pas, quelle que soit la quantité de liquide qui en était extraite. Or il en avait fallu, de l'eau. Deux maisons en avaient fait les frais, l'une brûlée jusqu'au sol, et l'autre seulement sur une partie.

Constatant que ça ne suffisait pas à faire céder les habitants de Járnviðr, Lantz était parti en roue libre : impacts de balles dans les portes de la palissade extérieure, tireurs embusqués sur la route qui reliait l'endroit au village voisin, et campagne de dénigrement active auprès des habitants alentour. Nous avions même reçu la visite de la police, soi-disant pour un contrôle de routine, qui n'avait jamais été sur le trajet de ladite routine sur ces dix dernières années, mais qui, curieusement, était en passe de devenir quotidien. Et bien entendu, dans ces cas-là, les tireurs regardaient sagement le véhicule banalisé passer, quand, de notre côté, nous étions obligés de nous déplacer à pattes, ou à dos de loup en ce qui me concernait, pour la moindre sortie.

Or, si les Vargrs n'avaient pas beaucoup de besoins particuliers à l'extérieur de leur village ou du territoire proche, ce n'était pas mon cas. Ma besace était remplie à ras bord de petits paquets emballés avec soin et prêts à traverser des continents pour rencontrer leurs destinataires, mais encore fallait-il accéder à un bureau de poste. Je ne pouvais pas me permettre de faire faux bond à mes clients, ou Lantz deviendrait le dernier de mes problèmes.

— C'est bon pour moi, parée au décollage !

Je poussai un soupir songeur en apercevant Kjell. Sa vue me tirailla les entrailles, comme si le retrouver après cette si ridicule période de séparation me bouleversait. C'était un sentiment effrayant tant j'avais peur de m'abîmer trop profondément dans cette relation… et pourtant, c'était infiniment grisant. Je déglutis et parcourus les derniers mètres qui me séparaient de mon taxi sexy en rajustant la lanière de mon sac pour lui permettre d'endurer le trajet. Ce n'était pas le premier aller-retour à notre compteur, j'essayais de garder un rythme d'une visite à la poste par semaine. Jusqu'à présent, les hommes de

Lantz ne nous avaient jamais posé de problème, tout occupés qu'ils étaient à surveiller la route. En même temps, couvrir toute l'étendue des vastes bois autour du village était tout bonnement impossible. Les trois hommes se turent en me voyant arriver. En retour, je les gratifiai d'un sourire étincelant et totalement sarcastique.

— Eh bien, merci pour l'ambiance, les gars. Votre enthousiasme à mon approche me fait chaud au cœur, quel accueil !

Mon regard insistant se posa sur chacun des hommes en présence, les deux vigies puis Kjell. Allez, crachez le morceau, nom d'un ver à soie ! Ce fut mon chevalier servant qui craqua le premier, en esquissant une légère grimace.

— Il semble qu'il y ait eu des mouvements humains à l'intérieur du bois depuis hier. Les tireurs ont dû en avoir assez de rester au niveau d'une route que nous n'empruntons plus, et ont commencé à élargir leur périmètre.

— Ah. Nous avons des chances de tomber dessus ?

— Normalement non, nous allons restreindre nos trajets à des sentiers plus éloignés encore, quitte à faire des détours. Mais ça les rend moins prévisibles qu'au préalable.

Chic alors. Mes mains se serrèrent sur la lanière de ma besace. Je n'étais pas ravie de devoir prendre le risque de sortir dans ces conditions, nous exposant, Kjell et moi, à des tarés armés. Mais cet envoi n'avait été que trop retardé, il était crucial qu'il parte avant le week-end.

— Et si j'y vais seule ? Quitte à coller au train d'une voiture de police ? Ils viennent pour un oui ou pour un non en ce moment, de toute façon…

— Quand bien même tu les suivrais à l'aller, au retour, tu seras seule. Non, ce sera plus simple d'y aller ensemble.

J'acquiesçai mollement, partagée sur la conduite à tenir. Sans attendre le résultat de mon combat intérieur, Kjell se transforma. Le loup gris énorme qui se tenait à sa place me dévisagea de ses yeux pâles. Me rangeant à son avis, j'enfourchai mon fidèle destrier, ou plutôt j'attendis que Kjell s'aplatisse assez pour que je puisse l'escalader et me hisser jusqu'à son dos avec une grâce toute relative.

La double porte s'entrouvrit et nous nous élançâmes vers l'extérieur. Je commençais à me faire à nos chevauchées dans les bois, regrettant tout de même l'absence de vrai moyen de me cramponner, autre que sa fourrure, de type pommeau de selle ou poignée. Entre ça et nos étreintes nocturnes, je me découvrais un nombre incalculable de muscles dans les fesses et les cuisses. Qui eût cru qu'ils existaient, s'ils n'avaient pas fait aussi mal ?

Quand nous atteignîmes les premiers arbres, j'enfonçai mes mains dans la chaleur de sa fourrure grise, jusqu'à atteindre la douceur de son sous-poil. Ainsi, mes doigts au moins n'avaient plus à se soucier de l'air glacial qui nous fouettait dans notre course. Sur tout le trajet, nous ne nous arrêtâmes qu'une seule fois, à peu près à mi-parcours. Au détour d'une clairière, Kjell avait humé l'air, et je l'avais senti se raidir sous moi, mais nous étions finalement repartis et nous arrivâmes sans encombre à destination.

Sous le couvert des arbres, mon compagnon enfila les vêtements que je lui avais transportés par-dessus mon sac, et nous pûmes nous mettre à marcher tranquillement en direction du bureau de poste, parcourant les derniers mètres qu'il nous restait à pied, le plus normalement du monde.

— Tu expédies jusqu'en Asie ?

— Ouaip. Monsieur Feng est mon meilleur client.

— C'est à lui que tu envoies des plantes chaque semaine ?

J'acquiesçai, guettant mon tour depuis la queue qui s'étendait jusqu'à la guichetière.

— Il doit être sacrément malade, si sa vie dépend de ces envois.

Une petite forme apparut dans mon radar mental. Était-ce là une pointe de jalousie que je percevais chez mon loup de compagnie ? Non, je devais faire erreur… Tout en y pensant, je ne pus m'empêcher de sourire. Carrément que non, je ne faisais pas erreur. Je décidai de le teaser tout en gardant un sérieux parfait.

— Il n'est pas malade. Pour autant, il est possible que sa vie en dépende oui. Mes plantes l'aident à se sentir bien, et il est important que je le chouchoute.

Mouhahaha. Niveau réponse évasive, ça se posait là. Triturer la vérité pour qu'un esprit jaloux puisse y déceler ce qu'il voulait n'était pas un jeu facile, mais c'était infiniment drôle. L'expression sombre de Kjell m'apprit qu'il s'était laissé entraîner par ses propres pensées, sautant à pieds joints dans ma blague.

— Pourquoi ? C'est une histoire d'argent ? J'avais cru comprendre que tu vendais bien en local pourtant.

Il me fallut une volonté titanesque pour dissimuler mon sourire.

— Je tiens à notre collaboration, voilà tout. Tu sais, Kjell, il n'y a pas que l'argent qui compte, dans la vie.

Je crus mourir en me retenant d'éclater de rire, mais l'appel de l'employée me sauva. J'arrivai devant elle, quasiment hilare, mes muscles jugaux douloureux et essuyant quelques larmes au coin de mes yeux. Elle parut perplexe, mais ne fit aucun commentaire. Tant mieux, parce que je n'aurais probablement pas pu faire mieux que de lui exploser de rire à la figure. Dans mon dos, je pouvais presque sentir les ondes de rage sourde qui émanaient de Kjell et lui créaient un confortable périmètre de vide au sein du bureau de poste, pourtant minuscule et bondé. Une fois les colis expédiés, nous sortîmes du bâtiment et je dus courir pour rattraper le grand machin boudeur qui fonçait vers le bois. Dans un bond, je parvins à capturer son poignet et je m'y agrippai tout en m'arrêtant, à la manière d'une ancre cherchant à stopper un paquebot.

— OK, OK, je rigolais, c'est tout, désolée ! Je ne peux pas te dire ce qu'il m'achète, secret professionnel, tout ça, mais ce n'est qu'un client. Je ne l'ai rencontré que deux fois dans toute ma vie, et toute la discussion s'est cantonnée à mes plantes. Respire ! Et ralentis !

Je me retrouvai quasi instantanément à voler dans les airs, avant d'atterrir entre son étreinte et celle d'un tronc d'arbre. Kjell se mit à souffler dans mon cou, à l'endroit exact qu'il savait chatouilleux. Je ris en frémissant, ou peut-être était-ce l'inverse, demandant grâce tout en le repoussant comme je le pouvais. Il me relâcha aussi brusquement qu'il m'avait attrapée, comme si rien ne s'était passé.

Seuls ses yeux reflétaient son amusement et sa fierté ainsi vengée. Je souris devant son air digne et sa démarche de corsaire et lui tirai la langue.

— Alors comme ça, tu joues avec mon cœur, glissa-t-il tout de même.

— Hey ! C'est pas comme si j'avais utilisé de la digitale !

La grimace de répulsion qu'il esquissa à cette idée me poussa à défendre cette pauvre plante.

— Excuse-toi, j'en ai une dans ma serre et elle est toute belle. En plus aux doses que j'utilise, personne ne pourrait remonter jusqu'à elle, sa réputation serait immaculée. Tu veux parier ?

Je haussai un sourcil, comme prête à essayer, mais pour toute réponse, il leva les yeux au ciel et m'embrassa à nouveau. Probablement pour me faire taire, mais je m'en moquais bien. Je ris contre ses lèvres.

Sans rien ajouter, nous nous enfonçâmes davantage sous les arbres et il retrouva sa forme lupine après m'avoir confié ses vêtements. De plus en plus, je me prenais à adorer nos courses dans les bois, les foulées aussi vives que le vent, le contact des muscles puissants entre mes jambes et de la fourrure sous mes mains. J'avais même la sensation que la végétation s'effaçait sur notre passage, et Kjell m'avait confié la ressentir également, mais juste depuis que j'étais là. Ça me rappelait la débandade quand, la première fois où j'avais croisé la route de Badr, j'aurais probablement dû tomber ou me griffer tant de fois, mais qu'à chaque instant, j'avais eu l'impression de me trouver dans mon élément, au contraire de lui qui s'était pris racines et lianes, comme si la forêt me venait en aide. Là, couplée aux foulées du loup, c'était tout bonnement magique à vivre. Les arbres défilaient sans jamais nous toucher, comme s'il n'avait même pas été imaginable d'effleurer la moindre branche. C'est la raison pour laquelle le craquement qui perça le calme de la chevauchée nous surprit tous les deux.

Aussitôt, Kjell bondit sur le côté et m'éjecta, m'envoyant décrire un long soleil qui s'acheva dans l'humus frais.

Un lourd impact à côté de moi fit vibrer la terre, tandis que le loup s'effondrait de tout son long sur le flanc. Un peu sonnée, je me redressai néanmoins vivement et courus le rejoindre, tous les sens en alerte. Un léger bruit, puis une détonation étouffée, et les mottes d'herbe à mes pieds s'envolèrent. Je freinai en dérapant pour éviter la zone et ses impacts de balles. Car, et je mis un moment à le comprendre, les armes avaient beau être équipées de silencieux, nous étions présentement en train de nous faire tirer dessus. Je ne distinguais que des silhouettes, mais ils étaient au moins trois : un qui me visait pour m'empêcher de me rapprocher, un qui se déplaçait à travers les bois, venant dans ma direction depuis le côté, et un dernier, qui se focalisait sur Kjell. Ma gorge se serra et mon cœur palpita devant la vision d'horreur du corps du loup tressautant sous les impacts de balles. Je hurlais.

— Stop ! Arrêtez tout de suite, baissez vos armes !

À ma droite, j'entendis le type jurer quand il trébucha et s'affala par terre, probablement cueilli par une racine bien placée. Cependant, je ne m'en réjouis pas. Je me jetai plutôt en direction de Kjell, faisant fi du taré qui s'amusait à tirer à mes pieds. D'un bond, et par je ne sais quel miracle, sans être touchée au passage, je me retrouvai entre lui et les tireurs, à genoux face à son flanc, considérant les dégâts tout en leur offrant mon dos s'ils voulaient encore faire feu sur quelqu'un.

Il ne fallait pas être phobique du sang. La fourrure, presque blanche et infiniment douce à cet endroit, en était imbibée. Sous les poils, la peau de sa cage thoracique était criblée de trous, et ces enflures avaient également touché une de ses pattes et son épaule. Sa poitrine se soulevait avec difficulté, sa respiration était sifflante. J'espérais qu'aucune balle n'avait percé ses poumons, ou pire encore. D'une main fébrile, je fouillai ma besace, malmenée par le vol plané, jusqu'à ce que mes doigts se referment sur le verre poli de ma crème anti-rhodiole, puisque j'étais persuadée que ces malades avaient enduit leurs balles d'un extrait de cette plante. Mais ils s'immobilisèrent aussitôt.

Je ne pouvais pas le faire cicatriser avec les balles encore à l'intérieur.

Bordel.

À côté de moi, des pas lourds résonnèrent, et une poigne dure s'empara de mon bras, me forçant à me relever sans pour autant m'empêcher de continuer à réfléchir sur la manière de sauver Kjell. Sans vraiment le voir, le visage d'un homme aux traits épais et au port aristocratique, totalement déplacé dans ces circonstances, apparut devant moi.

— Eh bien, qu'avons-nous là ? Un trophée parfait pour Gustaf, si je ne m'abuse.

Je tournai la tête pour garder le regard rivé au poitrail du loup, qui continuait à se soulever et à s'abaisser péniblement, concentrée comme jamais je ne l'avais été. Mon univers tout entier se réduisit à ce mouvement.

— Tu parles duquel, Carl ? Cette énorme bête, ou la fameuse herboriste ?

L'éclat blanc des dents révélé par un sourire traversa mon champ de vision sans me faire réagir le moins du monde.

— Mais des deux, voyons ! Un dont la tête ira orner un mur, et l'autre pourra bien aller réchauffer son lit, ou sa table de billard, je suis certain qu'il saura se montrer créatif.

— Tout de même, un monstre de cette taille…

— Pour Gustaf, j'ai dit.

Rires gras, grommellements, rien de tout ceci ne me concernait, ils auraient tout aussi bien pu être des fantômes.

— Mais, splendide petite chose, peut-être qu'avant de t'amener rejoindre notre cher ami, tu veux me goûter de tes belles lèvres ? Après tout, tu as pu apprivoiser une si grosse bête, tu devrais pouvoir t'en sortir avec la mienne. D'ailleurs, c'est toi qui es derrière les loups de chez Gustaf ? Il va vraiment adorer te mettre la main dessus, une fois que je t'aurai lâchée.

Il inspirait. Expirait. Inspirait. Émit un grognement étouffé en direction de l'homme qui s'approchait et tâta le loup du pied.

— L'est pas encore mort ce machin ? Eh ben !

Mon attention changea soudainement de cible et se braqua sur l'arme noire qui se levait. C'était à mon tour d'expirer. Je me sentis tirée vers l'homme qui me retenait et me laissai entraîner dans sa direction, jusqu'à me trouver tout près de lui. Déjà, il baissait son pantalon. Un sourire fou flotta sur mes lèvres. Dans ma besace, mes doigts raffermirent leur prise.

— Oui, je le savais, viens par là, ma douce, il y a bien plus intéressant à voir que ce tas de fourrure…

Il lâcha mon autre main tandis que, sous sa pression, je tombais à genoux devant lui. Il insinua ses doigts derrière ma nuque jusqu'à avoir une prise ferme pour amener ma tête vers son sexe. D'un geste fluide, mais puissant, j'écrasai le sumac contre son entrejambe. Je me redressai aussitôt tout en gardant ma bombe vénéneuse en main et pivotai pour la lancer avec force sur le visage du gars qui s'apprêtait à abattre Kjell. Derrière moi, le con au pénis cloqué hurla, ainsi que le fit son comparse armé. D'autres bruits de pas précipités se dirigèrent vers moi. Ah. Le troisième.

— Qu'est-ce que t'as foutu ? Ne bouge plus ou je…

Je me retournai vers cet heureux élu et tendis mon bras en l'air, tâchant de viser. Mes doigts s'ouvrirent, laissant filer une bête fléchette qui se ficha dans la cuisse de l'armoire à glace devant moi. Hésitant à tirer, il regarda l'objet, puis moi, avec stupéfaction.

Sans plus le considérer une seconde, je me laissai tomber à côté de Kjell. Mes doigts cherchaient le contact froid de la pince à épiler qui devait traîner quelque part dans ma besace. Le lourd impact dans mon dos ne me fit même pas ciller.

Moi aussi, je pouvais enduire des objets contondants de plantes. Sauf que moi, je ne me limitais pas à des trucs stupides comme de la rhodiole.

Le curare, c'était nettement mieux.

Mes doigts s'aventurèrent dans les plaies, tâtant la matière chaude, visqueuse de sang, à la recherche des balles. Je parvins à en extraire une et à étaler de l'onguent à cicatrisation par-dessus, mais les autres me paraissaient désespérément inatteignables. Entendant encore des cris derrière moi, je me relevai, récupérai ma fléchette directement dans l'adducteur du gros tas paralysé sur le sol, et allai la planter successivement dans mes cloqués hurlants, monsieur pénis et monsieur visage, dans l'ordre.

Une fois le silence revenu, uniquement percé par la respiration pesante du loup, je fis l'unique chose à faire, seule dans un bois à proximité du camp vargr avec un blessé urgent sur les bras, un téléphone cassé par ma chute et possiblement d'autres tarés dans les parages. Rejetant la tête en arrière, je hurlai à mon tour, lançant mon appel à l'aide à la manière des loups.

Chapitre 21

Elin

Qu'est-ce qu'il vous est arrivé ?

Question stupide. Réticente à me détourner de Kjell, autour duquel s'affairaient plusieurs personnes, je fis un signe de la main sans me retourner vers les trois tireurs quelque part derrière moi.

— Eux.

— Et à eux, il est arrivé quoi ? Ils respirent à peine !

— Moi. Avec du curare. Bon, on est d'accord qu'on s'en fout ?

Jan allait se prendre mon poing dans la figure s'il continuait avec ses questions inutiles. Je sentais qu'il était inquiet, mais niveau efficacité, il laissait à désirer. Pourtant, quelques minutes plus tôt, je n'avais pas eu tôt fait de refermer la bouche qu'un hurlement me répondait et que quatre loups déboulaient dans la clairière. Ils avaient déjà entendu les cris poussés par les tireurs en faisant connaissance avec mon sumac et s'étaient tenus prêts à intervenir.

Ma vision devint floue et je me dépêchai de passer mon bras contre mes yeux embués de larmes. Pas maintenant, songeai-je en me raccrochant à ma colère. Je ne pouvais pas m'empêcher d'en vouloir aux Vargrs de ne pas avoir débarqué plus tôt. OK. En fait, j'étais tellement submergée que j'en voulais à la Terre entière. Peut-être qu'on gérait, peut-être pas, en tout cas, ils auraient pu nous aider.

Et se faire blesser, eux aussi. Rha ! Je m'attrapai la tête entre les doigts parcourus de tremblements, tentant de me remettre. Ce n'était pas le moment pour tout ça, il fallait que je pense opérationnel, rien d'autre.

— Vous avez des pinces ? Il a plusieurs balles logées dans la poitrine, il faut les lui retirer, et vite.

Jan s'accroupit pour venir à mon niveau et considéra les ouvertures, la mine sombre.

— Malheureusement, il nous faut surtout le déplacer. Nous ne pouvons pas rester là, d'autres hommes de Lantz pourraient arriver n'importe quand, c'est trop risqué.

— Et le risque qu'il y passe lors dudit déplacement, on en parle ?

Le loup émit à peine un soupir quand son énorme patte fut dégagée du piège qui nous avait fait tomber. Les horribles mâchoires de métal avaient tranché et déchiré la peau. Il y avait fort à parier qu'il nous faudrait de l'aide pour le transporter, quand bien même il reprendrait une forme humaine. Or j'avais l'impression que ce n'était pas prévu : il devait probablement être bien plus conscient que ça pour le faire. S'il survivait jusque-là. Non non non, il fallait prendre les choses dans l'ordre. Et la première, c'était le gros empoté qui s'agitait à côté de moi, demandant à Gunnar et Nikolaï de se préparer à le soulever. Je les stoppai d'un geste. Jan serait chef de rien du tout tant que je serais là.

— Barrez-vous. Amenez-moi des pinces et laissez-nous là.

Interloqué, le patriarche me dévisagea comme pour s'assurer qu'il avait mal entendu, ou à défaut, qu'il s'agissait d'une menace en l'air. Mais ce qu'il lut dans mes yeux le stupéfia. C'était un ordre, et j'étais mortellement sérieuse.

J'entendais qu'il devait penser au bien de la majorité en premier, et que rester là revenait à s'exposer à une autre attaque. Et je m'en foutais. Lui, les autres, en ce qui me concernait, ils pouvaient tous aller se faire voir. Je posai la main sur la fourrure poisseuse de sang. Kjell ne mourrait pas devant moi, pas comme Sören l'avait fait dans mes bras. Je ne le permettrais pas. J'écartai très vite les pensées traumatiques liées à la mort de mon premier amour pour me concentrer sur l'instant présent. Un sentiment d'urgence me tenaillait et je remarquai à peine la disparition soudaine des Vargrs. Seul le contact de l'acier froid contre mon épaule me fit réagir.

— Merci, je vous dirai quand j'aurai terminé.

Sans prêter davantage attention à celui qui venait de m'amener une pince, je me mis à l'ouvrage. J'allais supposer qu'elle avait été stérilisée. De toute façon, nous n'étions plus à ça près et au pire je compterais sur l'incroyable physiologie vargre et mon onguent pour calmer le jeu niveau infection. Les propriétés antiseptiques du souci des jardins, ou calendula, feraient le travail, en plus d'aider à la cicatrisation.

Sans plus de cérémonie, je m'absorbai dans ma tâche, accompagnée par la respiration sifflante de Kjell, mes mains tremblantes peinant à maintenir une prise efficace sur les pinces. Inlassablement, plaie après plaie, en m'efforçant de penser le moins possible, je répétai les mêmes gestes. Tâter, aller chercher la balle, étaler l'onguent, passer à une autre blessure. Le temps semblait s'écouler avec une lenteur infinie, rythmé par le soulèvement et l'abaissement du poitrail du loup, dans un mouvement vital qui s'amenuisait à chaque seconde.

Mon cœur était ravagé, ma respiration bloquée, j'agissais comme un automate en me forçant à aller au bout, sans aucunement croire que je parviendrais à le sauver. J'en venais presque à espérer qu'un tireur débarque d'entre les arbres pour pouvoir passer mes nerfs en le défonçant méthodiquement. Ou me permettre de mourir avec mon loup.

Quand j'eus terminé, mes mains étaient maculées de sang. Je me dirigeai vers sa gueule. Le mince filet d'air qui s'insinuait par sa truffe jusque-là s'était tari. J'entrouvris ses mâchoires et plaçais sa langue de façon à libérer ses voies respiratoires. Le massage cardiaque s'imposait dans mon esprit, mais je dus me retenir. C'était bien trop risqué, compte tenu de ses multiples blessures. Le désespoir m'envahit, et j'appelai de nouveau les Vargrs. J'étais allée au bout de ce que je pouvais faire, ils pouvaient bien le ramener à présent, ça ne changerait plus rien.

Je m'effondrai à côté de Kjell, laissant l'air glacé qui s'infiltrait entre les branches pénétrer mes os comme un écho.

Le ciel était gris, monochrome, il n'allait pas tarder à neiger.

Mes paupières étaient lourdes, tellement lourdes. Le simple fait d'imaginer les ouvrir me terrassait de fatigue. Un drôle de bruit attira néanmoins mon attention. C'était désagréable, pour l'oreille comme pour le cœur. Je me concentrai dessus jusqu'à identifier des sanglots et je reconnus ce timbre féminin. Le parfum vanillé qui parvint à moi, mêlé à l'odeur âcre du chagrin, ne me trompait pas. L'idée qu'Elin fût malheureuse ne m'allait pas. Je mobilisai toute ma volonté pour ouvrir les yeux, prenant peu à peu conscience de mon corps, comme s'il émergeait d'une brume cotonneuse. Et avec cet éveil vint la douleur. Un léger grognement fit brusquement stopper les pleurs, aussitôt remplacés par des reniflements. Je ne me rendis compte qu'après coup que le grognement venait de moi. Je pouvais donc y arriver. La lumière qui apparut quand je repris le contrôle de ces satanées paupières me fit plisser le front.

— Kjell !

Bravant la clarté aveuglante, je cherchai l'origine de cet appel. Ma vision floue s'aiguisa peu à peu, révélant la silhouette éthérée d'Elin, le léger rose de sa peau, la pâleur de sa chevelure, puis ses yeux gris perle, dont les contours étaient, ainsi que son nez, rougis d'avoir trop pleuré. Je refermai un instant les paupières, à bout de forces. Décidément, qui eût cru qu'il était si difficile de garder les yeux ouverts ? On était sur un sport à part entière.

— Ohé du bateau, tu as fini de dormir, oui ? Si tu attends que je t'embrasse, tu te fourres le doigt dans l'œil jusqu'au coude ! … OK, en fait, si c'est toi qui me le demandes, je le fais. Mais c'est exceptionnel, hein, n'abuse pas. Et que ça ne t'incite pas à te rendormir par caprice !

Je grognai à nouveau malgré moi. Elin avait l'air décidée à ne pas m'accorder de répit. Peut-être l'avait-elle déjà trop fait. En tout cas, au ton de sa voix, rendue vacillante par l'émotion, je pouvais bien le croire. Je laissai de nouveau la lumière arriver à mes yeux, juste à temps pour la voir s'écarter après qu'elle eut caressé mes lèvres des siennes. J'avais eu l'impression qu'un pétale les avait effleurées.

— C'est ça que tu appelles un baiser ?

— Dans ton état, c'est tout ce que j'estime que tu es en mesure de supporter. T'as qu'à aller mieux, et je te montrerai peut-être ce que c'est qu'un baiser.

Un léger sourire étira un coin de ma bouche. Je soupirai et mon regard parcourut la pièce. Nous étions chez moi, j'étais dans mon lit. Le sentiment de confort tranquille et comateux s'effaça brusquement pour laisser place à l'agitation. Je redressai la tête pour scruter Elin avec angoisse, détaillant enfin les traces de sang séché sur ses bras, ses vêtements et même ses joues.

— Attends, qu'est-ce qu'il s'est passé ? Le piège, les hommes de Lantz…

Elle leva la main pour m'enjoindre de me taire. J'obéis, redoutant ce qu'elle allait m'apprendre.

— Au rapport. Mais avant, j'aimerais bien que tu te couvres s'il te plaît. Non que la vision de ton corps nu en travers de ton immense lit me dérange, mais je préférerais que tu restes au chaud sous des couvertures. Tant qu'à faire. Tu viens juste de te retransformer, ça m'allait de ne pas te couvrir tant que tu avais ta fourrure, mais là…

Effectivement, je voyais que ça la démangeait de m'envelopper dans les draps. À nouveau, je m'exécutai.

— Raconte, pendant ce temps.

— Chef, oui chef. Donc… eh bien, ce n'est pas très compliqué, trois hommes nous sont tombés dessus, y en a un qui a pris ton poitrail pour une cible d'entraînement, un qui s'est dit que ce serait fun de se livrer à quelques galipettes avec moi, et un autre qui, ma foi, n'a pas eu un rôle très marquant.

Mes yeux s'écarquillèrent et ma respiration se fit laborieuse tant la fureur étreignait ma poitrine. Je sentais dans sa voix, dans son regard qui fuyait le mien, la peur et le dégoût, une répulsion mêlée d'un autre sentiment que je n'arrivais pas à identifier. Une chose était sûre, j'aurais voulu les avoir tous les trois devant moi pour déchirer leurs chairs de mes crocs, arracher leurs entrailles et les laisser se répandre au sol devant leurs yeux, ne serait-ce que pour avoir osé toucher à Elin. Celle-ci frémit en entendant le grognement sourd qui était monté de ma gorge sans que je m'en rende compte. Je m'arrêtai aussitôt, la dévisageant avec stupeur. Je lui avais fait peur.

— Pardon.

Elle balaya mon excuse d'un geste de la main, mais sans me regarder. La certitude que quelque chose n'allait pas s'imposa à moi. Il fallait que je creuse.

— Que s'est-il passé ensuite ?

— Eh bien, je m'en suis débarrassée, je t'ai soigné, et Badr t'a ramené ici. D'ailleurs, je crois qu'il est justement en train de subir le courroux suprême de Jan à l'instant même, sous prétexte qu'il n'avait pas le droit de s'absenter pour venir dans le bois à ce moment-là.

Effectivement, nous avions des tours de garde, et ils étaient quasi sacrés. S'il avait refilé son tour illégalement au premier quidam venu pour aller crapahuter dans le bois, je comprenais que Jan l'enguirlande. D'autant que j'étais à peu près sûr qu'il n'était pas le seul qui aurait pu venir, n'importe quel Vargr l'aurait fait. Ce nigaud s'était bêtement laissé emporter par ses émotions. Dès que j'en aurais la force, il aurait droit à une bourrade à l'épaule. J'aurais probablement fait de même à sa place, mais cela ne l'excusait en rien, je me comptais volontiers parmi les nigauds. Cependant, l'annonce d'Elin m'étonna, en particulier sa surprenante propension à résumer plutôt qu'à se vanter en long, en large et en travers d'une suite d'actions qui semblait prometteuse, vu que nous étions tous les deux en vie.

— Quand tu dis que tu t'en es débarrassée…

— Je ne crois pas qu'ils soient morts, si c'est la question. On les a laissés sur place.

Une lueur passa dans ses yeux, et je compris enfin le sentiment qui la tenaillait. La culpabilité. Comme elle se tordait les mains en me parlant, j'en attrapai une en essayant de ne pas trop laisser paraître la grimace de douleur que ce bête mouvement avait provoqué. Elin tourna la tête vers moi et me parcourut de ses yeux gris, me regardant sans vraiment me voir. À travers moi, elle semblait visualiser un fantôme, un souvenir.

— Qu'est-ce qu'il y a ?

Elle se mordit la lèvre. À l'extrémité de la pièce, je notai l'arrivée d'une large silhouette silencieuse, mais Elin ne parut pas s'en rendre compte, toute à ses remords.

— Tu as failli y passer aujourd'hui, et c'est ma faute. Si je n'avais pas été là…

— J'y serais effectivement passé.

Elle secoua la tête, je m'enivrai des notes de vanille dégagées par les mèches de ses cheveux.

— Non, tu n'aurais pas eu besoin que je te sauve, parce que tu n'aurais pas pris tous ces risques.

J'ouvris la bouche, mais c'est Badr qui, entrant dans la chambre et venant se planter devant le lit, répondit à ma place avec sa subtilité habituelle. C'était bien simple, on aurait dit moi, l'aspect prolixe en plus.

— Bien sûr, notre Sköll, le Vargr en charge de l'extérieur, sous le feu d'un crétin milliardaire, c'est vrai que ça n'aurait jamais pu arriver. Après tout, s'il veut nos terres, c'est bien à cause de toi, non ?

Il porta sa main à son front, agacé, avant de remettre le couvert sous le regard d'une herboriste médusée.

— Elin, tu n'aurais pas été là, la seule différence, c'est qu'il serait mort, lui, et d'autres avant lui, si on mentionne tes interventions avec les géants. Nikolai, Jan, Kjell, Aurora et moi… et sans nous, il est raisonnable de penser que tout le village serait tombé. Non, crois-moi, ce serait arrivé quand même. La différence, c'est que là, tu étais présente, tu as neutralisé tous les assaillants et tu as sauvé celui qui était tombé dans leur guet-apens. Au passage, c'est bon de te voir réveillé, Sköll.

Je lui adressai un léger sourire tout en continuant à fixer Elin. Les arguments de mon ami ne paraissaient pas lui parler, ou plutôt, elle ne semblait pas les accepter. Avec une promesse de mort violente dans les yeux, elle dégagea sa main de la mienne et se retourna pour lui faire face.

— Badr ?

— Oui ?

— Et si tu retournais chez Jan, pour voir ? Je crois qu'il ne t'a pas assez engueulé pour ce soir. Mais si tu préfères, il doit me rester un peu de sumac.

Mon compagnon serra les mâchoires, et je compris qu'Elin ne plaisantait pas. Il recula de quelques pas, avant de réellement tourner les talons.

— Noté. Mec, attends-toi à être jalousé, une femme qui gère à ce point, qui reste avec toi malgré le danger pour te défendre et te soigner au prétexte que te déplacer sans soin préalable t'aurait tué, et ce alors que ce n'est qu'une humaine sans forme lupine… Tu n'as pas fini d'en entendre parler.

Il s'éclipsa sur cette phrase aux accents prophétiques. Vu comme ça… j'aurais presque pu le remercier de me le faire remarquer, mais il était déjà parti. Je portai à nouveau les yeux sur la petite chose à côté de moi, qui avait accompagné la retraite stratégique de Badr de son regard noir.

— Ce n'était pas dans ton rapport, la taquinai-je pour récupérer son attention.

À ma grande fierté, ça ne m'étonnait pas de ma presque partenaire, mais tout Vargr vouait un culte au courage et il y avait fort à parier que ma Elin ferait des envieux au sein du clan. Cette idée me contrariait au plus haut point, mais fut balayée par la force de ma reconnaissance et de mon admiration à son égard. Les yeux gris perle revinrent se planter dans les miens. C'était l'instant parfait pour la remercier.

— Elin, Badr a raison, je…

— Quand tout ça sera terminé, je reviendrai chez moi. Je ne pense pas vous recroiser un jour, toi et les autres.

La brutalité de son ton me coupa le souffle et me laissa pantois. Je ne m'attendais pas à ça.

— Pourquoi, qu'est-ce que…

— J'ai eu peur aujourd'hui. Beaucoup trop. Je pensais ne plus jamais éprouver cette terreur, et ça m'allait très bien.

Une angoisse sourde m'envahit. Je pris brusquement conscience des pulsations de mon cœur, les sentant autant que je les entendais, comme un signal annonçant l'arrivée d'une tempête destructrice. Me méprenant sur le sens de ses paroles, je m'efforçai néanmoins de la faire changer d'avis.

— Tu sais, malgré ce qu'il a pu dire, nous n'avons normalement pas à affronter ce genre de chose tous les jours. Même les géants sont bien moins nombreux, en temps normal. Je ne sais pas ce qu'ils ont en ce moment, mais un par mois est plus proche de la réalité, et encore.

— Je me fiche de Lantz. Quant aux géants, ils ont presque davantage peur de moi que moi d'eux.

Son rire triste sonna horriblement à mes oreilles.

— Non, j'ai eu peur pour toi, Kjell. Aujourd'hui, j'ai réalisé à quel point je m'étais attachée, et le fait est que je tiens trop à toi.

Je la dévisageai sans comprendre. Ce genre de déclaration ne méritait généralement pas d'être prononcée comme la sentence d'une condamnation à mort. Passé l'instant de panique qui m'avait étreint à l'annonce de son verdict concernant son départ, je décidai de me battre. Volontairement ou non, elle m'avait déjà donné quelques armes.

— Quel est le corps que tu vois à la place du mien ? demandai-je doucement.

Ma question fit mouche, ses yeux se voilèrent, mais elle ne répondit pas.

— Tu m'as dit que tu avais tué ton mari. C'est à lui que tu penses ?

La souffrance dans son regard parut refléter le déchirement de son cœur. Lorsqu'elle parvint à parler, ce ne fut que d'une toute petite voix.

— Je vais y aller, je crois, les plantes, Margit, tout ça. Je te laisse te reposer.

Le raclement de la chaise qu'elle avait approchée pour me veiller brûla mon ouïe sensible. Elin se baissa pour récupérer son sac puis s'épousseta, parée à partir.

— Tu fuis ?

Ma question la fit se figer un instant.

— … Il faut croire. Mais tu sais, la fuite, c'est bien parfois, même Badr maîtrise le concept. Moi, il semblerait que j'aie carrément deux doctorats et un MBA dans le domaine.

— Tu es sûre que c'est ce que tu souhaites ?

Sur son visage, le masque blagueur tomba.

— Ce que je souhaite… c'est de ne plus revivre ça, jamais, lâcha-t-elle avec gravité.

— Eh bien, tu es plutôt bien tombée. Techniquement, il ne doit pas y avoir beaucoup plus résistant qu'un Vargr sur cette planète.

Elin resta figée, raidie par les visions qui flottaient sous ses yeux, réminiscences venues tout droit d'un autre temps. J'expirai. S'il fallait y aller, autant crever l'abcès maintenant, quitte à prendre sur moi comme jamais, car le simple fait de l'imaginer dans les bras d'un autre révoltait mon cœur et tourmentait mon âme.

— Comment s'appelait-il ? Vous vous connaissiez depuis longtemps ?

Ma question et le tapotement de ma main sur le bord du lit qui suivit attirèrent son attention et la sortirent de ce qui avait l'air d'être un sacré traumatisme. Je l'invitai à s'asseoir, à se confier.

— Ça ne te servira à rien de le savoir.

Par réflexe, j'entamai un haussement d'épaules et m'arrêtai à mi-mouvement, bloqué par la douleur.

— Tout ce qui te concerne m'intéresse. Et ça te permettra d'en parler.

Elle soupira, comme agacée, mais le lit s'affaissa quand elle se posa près de moi. Je n'en croyais pas mes yeux, elle capitulait !

— Il s'appelait Sören. Nous étions amis d'enfance, nous avions toujours dit qu'on se marierait, on s'est fiancés, on a acheté une maison, j'y ai créé un jardin, ça m'a permis de découvrir mon don avec les plantes, et ça l'a tué au passage. Là, d'autres questions ?

Malgré son ton, cassant et cynique, le hoquet dans sa voix à la fin de la phrase ne trompa aucun de nous deux.

— Il a surdosé une plante qui aurait dû être sans effet ?

— Plus ou moins. Nous avions acheté un amandier sur un marché, sous la forme d'un simple plant. Je n'y connaissais rien à l'époque, je ne savais pas que c'était un amandier sauvage. Quand les premiers fruits sont arrivés, il est allé en cueillir un…

L'amande était amère. Plantée par mes soins, on était sur du cyanure concentré.

Ses mains se tordirent à nouveau, son visage était atrocement pâle. Je la scrutais avec intensité, humant sa culpabilité à une concentration telle qu'elle aurait arrêté un trente-trois tonnes en pleine course.

— Rassure-moi, tu as conscience que tu n'es pour rien dans sa mort ?

Mon interlocutrice me fusilla du regard et se redressa vivement. Je n'avais jamais remarqué qu'elle se traînait un tel biais, une telle vision négative et déformée d'elle-même. Et je m'en voulais. Elin était tellement désarmante, de beauté, de verve, de ressources, elle tenait tête à n'importe qui, réglait les situations les plus inextricables à coup de végétaux… Mais j'étais face à un colosse aux pieds d'argile, je découvrais cette fragilité et ça me stupéfiait.

— Tu vis avec ce poids en y pensant sans y penser, compris-je. C'est pour ça que tu multiplies les expériences sans jamais t'attacher, je me trompe ?

Le sol semblait être bien plus intéressant que moi pour elle. Debout à côté de moi, le regard fuyant, elle avait l'air de vouloir être n'importe où ailleurs qu'ici. Venant d'elle, voilà qui avait de quoi me troubler. Pour ne pas dire me fendre le cœur. Le fait est qu'elle paraissait tout juste s'en rendre compte, comme si elle se l'était caché à elle-même depuis tout ce temps. Je vis l'exact moment où elle prit son courage à deux mains et se mordit les lèvres, préparant sa réponse, son aveu par et pour elle-même.

— Je n'aurais pas vu ça ainsi, mais c'est une hypothèse qui se tient, soupira-t-elle.

Je redressai la tête pour la dévisager. Il fallait aller jusqu'au bout et je ne comptais pas reculer.

— En ce cas, vois ce qu'il s'est produit aujourd'hui de la bonne façon. Il s'agissait d'un accident et plutôt que d'en être la cause, tu as résolu, seule, chacun des problèmes qui se présentaient, tu as sauvé la situation, tu m'as sauvé, moi, tu as été la clé de tout. Comme tu l'es dans ma vie depuis que je t'ai rencontrée. Alors, considère-moi comme un enfoiré d'égoïste si tu le souhaites, mais comprends que je ne compte pas te laisser t'en aller. Prends le temps dont tu as besoin pour t'habituer à moi, à ce qui nous lie, mais ne songe même pas à me fuir, c'est hors de question. Ça l'a toujours été.

Une fois qu'il l'avait trouvée, un loup ne laissait pas son âme sœur errer dans la nature. C'était un fait que nous, Vargrs, ne connaissions que trop bien. Je n'étais pas certain de l'avoir exprimé comme je le souhaitais, mais mon corps et mon esprit vibraient à l'unisson à chaque fois que j'étais près d'elle, et je pouvais sentir qu'il en allait de même de son côté. Sans parler de l'odeur douce de son sentiment de bien-être qui s'élevait à chaque fois que nous étions proches, de son cœur qui tambourinait dès qu'elle me voyait, ou de sa peau qui frémissait à chaque contact. Rien de tout cela ne mentait. Elin, par contre… Je vis que ma tirade lui avait fait de l'effet. Elle haussa un sourcil si haut que je crus qu'il allait s'envoler.

— Pardon ? Tu me laisses partir si je veux. Surtout si j'ai les plantes appropriées sous la main. Non, mais je rêve.

Je ris à son faux air outré. Néanmoins, l'étincelle sérieuse dans ses yeux ne me trompa pas. Elle avait bien enregistré le message. Bien. C'était tout ce que je demandais. Épuisé, je laissai retomber ma tête sur le matelas et usai de mon privilège de blessé alité pour l'abandonner sans répondre.

— Si tu crois que tu vas t'en tirer comme ça, l'entendis-je bougonner avant de sombrer presque instantanément dans un sommeil comateux, une ombre de sourire aux lèvres.

Chapitre 22

Elin

Effectivement, Badr n'avait pas dû plaisanter en parlant des hommes vargrs. Les regards que je sentais posés sur moi tandis que je bravais l'air froid pour me rendre chez Margit avaient changé du tout au tout. Auparavant chargés de la méfiance et du mépris qui accompagnaient le rôle d'invitée indésirable, ils se révélaient à présent intéressés, oscillant entre politesse et franc ébahissement. Je ramenai mes bras contre moi pour réchauffer mon torse, avançant à pas énergiques vers mon objectif tout en m'éloignant d'eux. C'était presque étonnant, me connaissant, mais je n'étais pas certaine de beaucoup apprécier ce nouveau statut d'idole. Non que je comptasse le leur faire savoir, d'ailleurs. Après tout, s'ils souhaitaient me vouer un culte, qui étais-je pour m'y opposer ? Et puis ça ferait râler Kjell, et ça, c'était un sacré argument en leur faveur.

Contre mes côtes, mes poings se serrèrent, le seul fait de repenser à cette andouille suffisait à me faire fulminer. Pour qui se prenait-il, à me dire comment je devais penser, ce que je devais faire ? D'autant que je n'étais toujours pas d'accord avec lui. J'avais eu beau le sauver, il s'était retrouvé dans cette situation par ma faute, initialement. Vu la prudence des Vargrs vis-à-vis du monde extérieur, je doutais qu'il eût pu se mettre dans un tel pétrin en mon absence, avec mes allers-retours à la poste. Mais quand bien même, le problème, le vrai, c'est que ça m'avait fait réaliser à quel point je tenais à lui.

Depuis la mort de Sören, jamais je n'avais passé autant de temps avec un seul homme, sans parler du simili de vie commune que nous expérimentions depuis plusieurs semaines, et les conséquences me terrifiaient. Je comprenais que j'étais peut-être moins éperdument éprise de liberté que froussarde. Il y avait certainement du vrai dans ce qu'il m'avait dit, mais je n'étais plus sûre de rien. De toute façon, je n'aurais probablement pas à me poser trop de questions concernant Kjell dans l'immédiat. Avec les blessures qu'il se traînait, il était KO pour plusieurs jou… heures, en fait. Fichu Vargr. Je soupirai et toquai chez Margit, résolue à laisser toute cette histoire de côté pour l'instant. Me concentrer sur le moment présent, ça, c'était du plan.

— Elin ? Alors, alors, vous avez déjà une date pour le mariage ?

Je me figeai, désappointée. Pourquoi étais-je venue, au fait ? Devant moi, le grand sourire s'effaça pour laisser la place à un froncement de sourcils. Chose fascinante, ça ne modifia pas la quantité de rides qui s'amusaient à courir sur son visage, l'ornant çà et là de traits facétieux.

— Tout le monde en parle, s'il leur fallait une preuve que vous vous étiez Choisis, là ils l'ont en plein dans l'œil. À vous de foncer, maintenant !

— Tu veux dire qu'ils sont plus sensibles à une infirmière dévouée qu'à la personnification de la terreur des géants ? Ils ont un drôle de goût, je trouve. Personnellement, je me serais sautée dessus dès que j'aurais vu que j'étais capable de faire détaler un monstre de glace.

— Ah, ma chère, mais cette action n'était pas dirigée vers un partenaire en particulier. Ils avaient une bonne idée de ta bravoure, mais pas de ton dévouement à ton mâle. Là, c'est tout vu. Alors hop, on se presse pour le mariage !

Incapable de ne pas sourire devant sa mine affectée, je la suivis à l'intérieur tandis qu'elle ouvrait la voie et continuait à déblatérer à grand renfort de gestes des bras. Elle aurait beau prendre le ciel ou n'importe quoi d'autre à partie, ça ne risquait pas de déclencher de ma part la réponse qu'elle attendait.

— De façon plus immédiate, je voulais savoir si tu avais un vieux téléphone, à tout hasard. Le mien n'a pas apprécié que je lui tombe dessus.

Mon hôtesse acquiesça de son regard pétillant et me conduisit jusqu'à la commode du salon, où je découvris son « cimetière à vieux téléphones », sous la forme, commune, d'un tiroir. Il n'y avait là que des antiquités, mais pour l'usage que je comptais en faire, le vieux Nokia qui trônait dans les premières strates ferait très bien l'affaire. J'y insérai ma carte sim, miraculeuse rescapée de l'accident de loup, et sortis après avoir remercié Margit.

La fraîcheur de la soirée me cueillit malgré mon manteau ; ma prochaine conversation n'avait pas intérêt à s'éterniser, j'allais geler sur place. Mais j'avais besoin de conseils, les choses ne pouvaient pas continuer ainsi, nous avions été nombreux à presque y passer. Sans compter les tireurs, qui avaient été chanceux que je les garde en vie plutôt que de m'occuper d'eux à l'aconit. Lantz était déjà influent, mais en plus, il paraissait se fournir en gars de la région, ce qui fait que leurs morts auraient été trop compliquées à cacher. Là, ils avaient eu leur compte, et pour autant, j'étais persuadée qu'ils n'oseraient pas dévoiler quoi que ce soit de leur empoisonnement au curare.

À la limite, leurs médecins constateraient la présence de nombreuses brûlures de sumac, pourtant rare dans le coin, et ça en resterait là. Mais, pensai-je tout en écoutant les tonalités de l'appel se succéder, entre les Vargrs et le milliardaire, les choses allaient vraiment trop loin à mon goût.

— Allô, Papa ?

— Salut ma bichette.

Je m'étonnai du ton particulièrement bizarre de sa voix, presque faible, inégale. Pourtant, je lui avais donné le traitement à base de ma sauge particulière, promue reine de mon nouveau jardin vargr, et il avait semblé bien y répondre sur les semaines précédentes, bien qu'il soit encore trop tôt pour en voir les effets sur la maladie. En tout cas, il n'avait aucune perte de mémoire à déclarer, au contraire, celle-ci avait été boostée. Je veillais au grain, mais l'évolution me paraissait parfaite, raison pour laquelle son ton ne me disait rien de bon.

— Qu'est-ce qu'il y a ?

— … rien, tu voulais me dire quelque chose ?

Voilà qui était suspect. Mais je le connaissais, et lui aussi, il se doutait que je reviendrais à la charge, le sachant plus enclin à discuter de ses propres problèmes une fois ceux des autres écoutés. Je suspectais qu'il s'agissait d'une déformation professionnelle, aussi appelée syndrome du flic exemplaire, une sombre histoire liée au fait de se mettre au service des autres. Saisissant néanmoins l'opportunité, je lui parlai de ce qu'il s'était produit dans le bois, en passant sous silence la forme lupine de Kjell. Un pesant silence suivit mon exposé.

— Nous avons effectivement un beau problème sur les bras. Elin, il serait peut-être temps de penser à reculer. Quitte éventuellement à déménager, mais comprends que tout ça va vraiment trop loin. Nous n'avons aucun moyen de faire face.

Sa voix, particulièrement tendue, m'alerta tout autant que les mots qu'il avait employés. Un en particulier. Bien que présentement en train de se cailler les miches, mon instinct se mit au garde-à-vous, signalant à cor et à cri que quelque chose ne tournait pas rond.

— Nous ?

Un silence me répondit, suivi d'un soupir.

— Il n'y a même pas une heure, j'ai trouvé une vieille brochure de journal qui mentionnait mon départ à la retraite. Elle était placardée sur la porte arrière de ma maison, épinglée par un couteau de chasse planté dans le bois.

Choquée, je faillis lâcher le, pourtant vaillant, Nokia. Mon cœur se mit à tambouriner tandis que j'accusais le coup, figée par son annonce. Mon cerveau s'activa, liant immédiatement ces menaces à Lantz. Ça ne pouvait être que lui. Et le lien m'amena à un autre souvenir, celui d'un abruti fini qui m'avait vue courir les bois avec un loup, et qui m'avait aussitôt propulsée en tant qu'instigatrice de tous les malheurs de ce cher Gustaf.

Oh, merde.

Bon. Ce n'était techniquement pas faux, mais ça faisait de moi une cible presque plus importante encore que les Vargrs, si je mesurais l'impact que mes petits jeux avaient eu sur lui.

Moi, et par extension, mon père.

Je lâchai un juron qui fit tousser ce dernier, à l'autre bout du fil.

— Pardon. Effectivement, nous avons un sérieux problème. Je vais m'occuper de le régler, mais je ne sais pas encore de quelle façon, me mis-je à réfléchir tout en parlant. Tu vois des solutions de ton côté ? En dehors de la fuite, précisai-je à l'instant où il allait me répondre.

À l'écoute de cet ajout, il se tut. C'était bien ce que je pensais, il ne voyait que celui-ci. Moi, de mon côté, je commençais à entrevoir une idée. Je laissai mon père réfléchir, au cas où l'Illumination lui viendrait, mais au bout de quelques secondes, il souffla, défait.

— Je ne vois rien d'autre. Comment veux-tu faire, alors qu'il est intouchable ? C'est se battre contre beaucoup plus fort que soi, à une échelle qui nous dépasse.

Il m'en dirait tant. Je commençais à avoir mon petit bagage d'expérience avec les géants. Je n'étais pas sûre que ça se rajoutait sur un CV, mais c'était à garder en tête, au cas où l'herboristerie ne me plaise plus.

— Et si… hésitai-je, et s'il se retrouvait face à quelqu'un d'aussi grand que lui ? Plus encore, même ? Tu crois qu'on serait exposés à des répercussions ?

Mon père soupesa la question. Je pouvais presque l'entendre penser.

— Selon mon expérience, si cette personne est de notre côté, et qu'elle est vraiment du même poids, ça pourrait être bon pour nous, sous réserve que nous bénéficiions de fait d'une protection de sa part. Si c'est juste un troisième parti, ça peut être excellent de les laisser se battre ensemble, mais cela peut également nous retomber dessus ou nous prendre en feux croisés.

— Je note.

— Mais, bichette, Lantz a de très nombreux amis et alliés, parfois très haut placés. Et pas qu'à un niveau régional, il a ses entrées jusqu'au plus haut sommet de cet État.

— Je note aussi, ne t'inquiète pas, j'ai une bonne idée de la puissance de l'autre parti, et à mon avis, ce sera amplement suffisant.

Sa perplexité était presque palpable. Je terminai par lui enjoindre de se montrer prudent malgré tout, et lui assurer que je le tiendrais au courant à chaque étape. Quand nous nous quittâmes, je pus sentir dans sa voix toute sa fatigue et l'intensité de ses émotions contenues. D'un coup, il sembla crouler sous le poids des années, et sa faiblesse me serra la gorge autant qu'elle attisa ma colère envers Lantz. Et moi, également, de l'avoir mis en danger au passage.

Tout en retournant vers la maison de mon blessé, je commençais à réfléchir aux possibles développements de cette situation. Une vibration soudaine dans ma main droite, toujours serrée sur le téléphone, me fit sursauter. Elle fut presque aussitôt accompagnée d'une atroce sonnerie, aussi hachée que tonitruante. Je décrochai presque par réflexe.

— Allô ?

— Bonsoir, Elin, je suis ravi de t'entendre.

La voix, manifestement masculine et à l'épaisseur de velours, me laissa perplexe un instant, avant que le timbre ne me revienne en mémoire. Je m'arrêtai brutalement en réalisant à qui j'avais affaire. Quand on parlait du loup…

— Ce n'est franchement pas réciproque, Gustaf, j'espère que tu passes de bons moments en compagnie de tes cauchemars.

Oui, d'une façon ou d'une autre, il avait déjà fait le lien entre moi et ce qui lui arrivait, alors autant en profiter. À mon immense satisfaction, j'entendis la légère déglutition qui suivit l'évocation de sa nouvelle phobie lupine.

— À l'heure actuelle, je ne suis en effet malheureusement pas en aussi bonne compagnie que je le souhaiterais. C'est la raison pour laquelle je pense que nous devrions nous voir, une discussion entre nous pourrait s'avérer bénéfique. Pour *toutes* les personnes impliquées.

J'entendis très bien l'intonation appuyée qu'il prit en prononçant « toutes ». Ce fumier parlait de mon père ! Je vis rouge, emportée par ma colère. Oh que oui, je comptais le rencontrer, je m'en allais lui porter des chrysanthèmes maison, à ce con.

— Pauvre de toi, comme je te plains, fis-je avec le ton d'une personne qui fait « oh » devant un chaton mignon, avant de reprendre une voix sèche. Je pense également que ma présence te serait bénéfique, dans un certain sens. Où et quand ?

— Je te rappelle d'ici une heure pour t'indiquer l'endroit où tu devras te rendre. Ne t'inquiète pas, ce ne sera pas très loin, tu n'auras même pas à prendre une voiture. En revanche, quelle que soit la façon dont tu t'y prends, laisse tes loups au garage également. Si j'ai le moindre indice de présence de ces canidés dans les parages, je ne garantis pas ton retour en vie, sans parler du leur, ou de la sécurité de ton paternel.

Une heure. C'était chaud pour avertir les Vargrs qui lui collaient au train de lui laisser de l'espace et de m'entretenir avec la personne dont j'allais chercher le support.

— Plutôt deux heures, et encore je te fais une fleur. J'ai un agenda serré, tu sais ?

Il ne sembla pas s'en offusquer et partit d'un rire chaud qui, en d'autres circonstances, m'aurait probablement paru agréable et tendu une perche pour partir dans une séduction débridée, mais qui là, ne fit que m'ennuyer positivement.

— Je n'en doute pas, convint-il, légèrement grinçant. J'accepte ta « fleur », mais il n'y aura aucune autre concession de faite. À dans deux heures, conclut-il d'une voix suave pleine de promesses.

Je dus me retenir de ne pas jeter le téléphone de toutes mes forces contre un rocher affleurant au sol. Après tout, ce type restait calme quand il menaçait ma famille, lui. J'allais lui faire voir de quel bois je me chauffais, et rajouter un peu de sumac, de curare et même d'aconit sur ses cendres.

Soit dit en passant, il fallait effectivement que je m'équipe, et vite. Il n'avait rien précisé sur la possibilité d'amener des armes, végétales ou non. Ça aussi, je comptais bien m'en servir.

Chapitre 23

Elin

Tu pourrais faire passer le message aux Vargrs qui suivent Lantz en ce moment de lui lâcher un peu les basques, pour, disons, quatre heures ?

Kjell délaissa le plat qu'il était en train de préparer pour se retourner vers moi, l'air suspicieux. Sans en tenir compte, je ne pus pour autant m'empêcher d'être épatée par la physiologie des habitants de Járnviðr. Je lui avais prédit des jours de convalescence, ramenés à des heures parce que c'était lui, et le machin était là, trente minutes plus tard, à faire mumuse devant sa cuisinière, tenant debout sans aide. Si l'humanité voulait trouver un nouveau souffle, celui-ci viendrait forcément des Vargrs.

Ça me donnait presque envie de reprendre les études pour me lancer en médecine et étudier tout ça de plus près. Presque. Considérant que, moi-même, je faisais pousser des plantes qui seraient considérées comme miraculeuses, j'allais en avoir, des choses à cacher. Secouant la tête pour me débarrasser de ces pensées, j'ôtai mes chaussures et enlevai mon manteau avant de le poser sur une patère, sous l'œil circonspect de mon hôte.

— Pourquoi cette question soudaine ? Qu'est-ce que tu as fait ?

— Ce qu'il fallait.

— Intéressant… Je vais avoir besoin d'en savoir plus, je crois, répondit-il en haussant un sourcil.

— Permission refusée. Pour information, je t'en veux toujours, et Lantz a menacé mon père. Ça me fait deux bonnes raisons pour accepter un petit tête-à-tête avec lui.

Les beaux yeux d'un bleu très pâle s'agrandirent sous la surprise, avant de se refermer, comme si Kjell puisait en lui la force nécessaire pour me répondre poliment. Ou peut-être se retenait-il de se jeter sur moi, de me ligoter et de me balancer au fond d'un placard pour que je ne puisse plus jamais en sortir. Considérant son front plissé et ses poings contractés, c'était une option.

— Tu comptes aller lui parler ? Quand ? Et où ? Et comment ça, « menacé ton père » ?

Belle démonstration de self-control, le jury applaudit, la foule est en délire.

— Yup. C'est justement les questions que je lui ai posées, c'est marrant. Et il l'a menacé par le biais d'un couteau enfoncé dans une porte.

Je constatai à son air sombre que ce n'était pas exactement les réponses qu'il attendait. Je pris le temps de soupirer et de lui lancer un lourd regard empli de commisération avant de développer :

— En résumé, nous avons rendez-vous dans un peu moins de deux heures, et probablement dans les environs, il doit m'informer du lieu de notre rencontre. Mais tu connais ces petites choses sensibles et impressionnables, il ne veut pas voir l'ombre d'une touffe de poils de loup pendant notre entrevue. Donc si on pouvait passer le message à ceux qui sont actuellement de garde…

Nous avions mis en place un système de roulement pour que les veilleurs puissent rester frais et ainsi terroriser Lantz au mieux de leurs capacités. L'optimisation des équipes, c'était important. Mais loin de paraître partager mes considérations managériales, Kjell se ferma totalement, son visage prenant une expression sévère.

— Et tu te dis que c'est une bonne idée d'y aller seule et sans back-up ?

Je hochai la tête avec flegme.

— Seule, mais armée. Sans back-up, mais sous la protection d'un groupe important.

— Quel groupe ?

Je soupirai et attaquai le sujet sous un autre angle.

— Ce n'est pas compliqué, a-t-on réellement une autre option ? Tu ne m'as pas dit ce qu'avaient donné les investigations d'Aurora sur l'aspect légal. Les terres vous appartiennent ?

Mon cher et tendre contracta sa splendide mâchoire, à deux doigts de laisser échapper un grognement.

— Il y a une convention relative aux peuples autochtones qui aurait pu nous donner des droits sur nos terres, mais, contrairement à la Norvège voisine, la Suède ne l'a pas ratifiée.

Une sombre histoire d'exploitation des ressources minières sous les pieds des Samis plus au nord, à ce qu'elle disait. Donc, à l'heure actuelle, nous sommes dans une sorte de flou, mais il faut considérer qu'elles appartiennent par défaut au gouvernement suédois. Mais, Elin, de quel groupe tu parles ?

— Normal… Comme quoi nous n'avons pas d'autre choix. Et je crois que j'ai raté le passage où je jurais de justifier chacune de mes actions auprès de toi.

Un grondement sourd monta de sa gorge, grondement qui avait tout intérêt à être involontaire de sa part.

— Elin…

— Fais ce que je te demande, s'il te plaît.

En l'espace d'un clignement de paupières, il apparut devant moi, à une distance qui me parut rudement dangereuse compte tenu de la tension qui passa entre nous. Si je ne me retenais pas, nous allions à nouveau régler ça sur un lit, une table, ou contre un mur. Non que ça me déplaise foncièrement, mais arriver en retard et groggy à mon rendez-vous avec le baron du bois local ne me paraissait pas être une excellente idée pour mener à bien mes menac… négociations. Loin de partager mes pensées, Kjell me fixa, ses yeux lançant des éclairs tandis que sa mâchoire contractée faisait ressortir de nombreux muscles sur son visage. Terriblement canon.

— OK, capitula-t-il. Par contre, je ne te laisserai pas te mettre en danger impunément.

Canon, mais pénible.

— Bravo la confiance. Et moi, je ne te laisserai pas me brider. Attends-toi à des conséquences piquantes si tu tentes quoi que ce soit.

Une interrogation fugace traversa son regard furieux. Ah, oui, il n'était que moyennement conscient au moment où j'avais joué aux fléchettes avec les tireurs. Bah, quelqu'un finirait bien par lui raconter les détails, et je pariai sur Badr. Je profitai de son incertitude pour me glisser sous son bras tendu, appuyé contre le mur dans une vague tentative de me retenir métaphoriquement, du moins je le supposai. Malgré sa vitesse phénoménale, il ne fit rien pour me retenir, et ça méritait le bon point que je lui attribuai mentalement dans la foulée.

— Te brider, non. Te protéger, oui, lâcha-t-il d'une voix dure dans mon dos.

Point sitôt attribué, sitôt retiré. Ce n'était pas comme ça qu'il allait obtenir une image collector. Je ne répondis pas et, attrapant mon manteau, passai la porte à nouveau. Dans les faits, je misais gros sur des bases quelque peu instables. Il fallait que je téléphone à mon contact au plus vite si je voulais avoir une chance d'obtenir ce que je souhaitais à temps pour la rencontre avec Lantz.

Marchant entre les habitations dont les fenêtres découpaient des rectangles de lumière dans l'obscurité naissante, je me dirigeai vers le nord de Járnviðr, où les maisons étaient plus éparses.

Je n'avais pas particulièrement envie que ma conversation soit entendue. Or les Vargrs possédaient une ouïe à toute épreuve, donc autant montrer ostensiblement que je ne souhaitais pas être écoutée. Ainsi, s'il y avait des oreilles qui traînaient, elles n'auraient aucune excuse.

Un flocon de neige passa devant mes yeux, se posant sur mon nez. Je regardai le ciel sans vraiment distinguer grand-chose au sein des nuages, mais tout autour de moi, de légers morceaux de coton blanc vinrent voleter en tous sens. Une légère euphorie gagna mon cœur à la découverte de la première neige de l'année. Doublée de la nostalgie de n'avoir rien préparé cette année pour la venue de l'hiver, contrairement aux précédentes, avec les traditionnelles rentrées de bois de chauffage, le calfeutrage, les dernières vérifications pour ma serre… Mon palpitant se froissa en repensant au carnage qui m'attendait, quand je rentrerai chez moi.

Dès cet instant, je n'aurais même plus le temps d'anticiper quoi que ce soit par rapport à l'hiver, ma maison serait vide, triste, et je n'aurais même pas la possibilité d'engranger du bois pour mon poêle. Il y avait fort à parier que ces flocons annonçaient le retour des jours blancs dès le lendemain, et ce, jusqu'au dégel. J'oscillai entre tristesse et joie, avant de me reprendre. Je n'avais pas de temps à perdre.

Les lumières étaient lointaines, et le froid commençait à m'engourdir les doigts. Ça me paraissait être le bon moment pour m'y mettre. J'enfonçai ma main dans la poche du manteau à la recherche du petit téléphone, quand je me sentis brusquement poussée en avant. Je fus propulsée contre le sol, me rattrapant de justesse sur mon avant-bras libre. Une douleur déchirante parcourut mon coude, comme s'il avait été fait de verre et qu'un morceau venait de se briser. Pas bon, ça. Je gémis en tentant de me redresser, laissant le téléphone à l'abri de ma poche et m'appuyant sur l'autre main. Un soudain poids lourd aux angles contondants dans mon dos m'en empêcha. Un grognement bas me donna la chair de poule.

— Kjell ! Je me suis fait mal, andouille, dégage ta patte !

Les griffes s'enfoncèrent entre mes omoplates, tandis qu'une goutte de ce que je supposais être de la salive s'écrasait sur ma nuque. Le grognement gagna en intensité, parsemé de jappements fébriles. OK, ça, c'était bizarre. Pis encore.

Il y avait urgence.

Ce n'était pas Kjell.

Mon oreille ne me trompait pas, ce n'était pas le bon timbre. Celui-ci paraissait plus haut, presque… féminin. Oh, merde. Je cessai de lutter, utilisant mon bras valide, mais bloqué sous moi, pour aller atteindre la poche du téléphone. Après quelques contorsions, mes doigts touchèrent l'objet que je cherchais et je pris une inspiration. Dans un mouvement hasardeux, j'agrippai la fléchette et la lançai dans mon dos, faisant râler mon épaule par la même occasion. Le cri de surprise qui s'échappa de la gueule de mon assaillante et son sursaut me confirmèrent que j'avais atteint ma cible. Il faudrait que je pense à allumer un cierge dès que j'en trouverais un, tant ça semblait tenir du miracle.

Malheureusement, la pointe n'était pas enduite de curare, je ne pouvais donc compter que sur ma vitesse à présent. Je me redressai aussi vivement que je le pus et réussis l'exploit de me remettre debout sans tenir compte des protestations grinçantes de mon coude malmené. Mes yeux rencontrèrent ceux, fous de rage, du monstre qui se tenait face à moi. Finalement, peut-être que j'aurais dû rester au sol. La neige qui tourbillonnait tout autour nous enveloppait dans son silence cotonneux, seulement troublé par ma respiration et son grognement rauque.

Bien sûr, je n'avais pas ma besace, je n'avais même plus ma fléchette de secours, ma seule arme tenait en un vieux Nokia et un antique bonbon trouvé dans la doublure. Fantastique, pensai-je, dépitée. Avec ça, j'allais conquérir le monde. Restait la négociation. Avec une louve enragée, en proie au syndrome hivernal. Mes chances de survie frôlaient le zéro absolu. Je tâchai de rester immobile sans la fixer du regard, orientant mon corps légèrement en décalé par rapport au sien. Regarde, et si on oubliait l'idée d'une confrontation, hein ?

— Tout va bien, on va te trouver un traitement. Le tien n'a pas marché ?

Tout en parlant, espérant à moitié la calmer et à moitié attirer l'attention d'un Vargr qui passerait dans le coin par chance, je m'interrogeais réellement. Elle n'aurait pas été laissée libre si le gattilier n'avait pas fonctionné, et je n'avais eu que d'excellents retours malgré les quelques effets secondaires prévus, mais vite traités eux aussi. Quelque chose clochait. Et je risquais d'y laisser ma peau sans même savoir quoi, pensée ô combien réjouissante.

Le plus lentement du monde, je sortis mon téléphone dans l'espoir de contacter quelqu'un, n'importe qui, ou de faire assez de bruit pour interpeller un passant. Mais la louve fondit sur moi et avant même que je puisse faire quoi que ce soit, je me retrouvai à nouveau par terre, le dos plaqué au sol, son énorme gueule juste au-dessus de ma tête. Vu ses proportions, j'estimai qu'elle pouvait me dévorer en trois bouchées, et ça ne me réjouissait pas franchement, même si cela me garantissait une mort plutôt rapide. Pour ajouter encore à ma détresse, l'éclat de lumière que fit le téléphone me permit d'apercevoir le vert profond de son regard fou. J'étais définitivement morte.

— Mona, c'est toi ? Hey, reprends-toi, ma vieille, je suis sûre que Kjell n'aimerait pas que tu m'attaques.

Ma voix tremblait. Rien d'étonnant à cela puisque la panique me guettait. Elle posa une lourde patte sur mon torse, me broyant la poitrine. Les vibrations du grognement qui remonta dans sa gorge me firent déglutir, aussi terrorisée qu'un lapin entre les serres implacables d'un rapace. Sur le point de sortir le drapeau blanc et de déconnecter pour de bon, mon cerveau s'activait pour analyser la situation. J'avais le sentiment que la rage de Mona, bien qu'incontrôlée, prenait tout de même sa source dans l'animosité qu'elle ressentait envers moi par rapport à mes fréquentations. Nous n'en avions jamais parlé ensemble, mais j'étais certaine de pouvoir considérer que, de son point de vue, je lui avais volé son partenaire. Et c'était peut-être le cas, mais, à ma décharge, j'avais toujours pensé le lui rendre à un moment, c'était lui qui me collait désormais aux basques.

— Tu sais quoi, si tu y tiens tant que ça, je te le laisse ! Promis, je ne vous embêterai pas.

Le son terrifiant s'amenuisa tangiblement. Et pourtant, en prononçant ces mots sous une impulsion, je réalisai brusquement à quel point ils sonnaient mal. C'était faux. Je venais de mentir, me mentir. Je tenais à mon bougre d'andouille de loup.

— Bon, je me suis trompée, en fait, je le garde, crus-je bon de préciser malgré le contexte. Mais attends, c'est con tout de même ! Si tu veux me tuer, fais-le en pleine possession de tes moyens, ça perd de son intérêt sinon, tu ne trouves pas ?

Elle n'eut pas l'air de trouver. Pas plus que d'apprécier mon revirement. Le blanc de crocs grands comme mes mains accrocha un instant la lumière, avant de fondre sur ma tête. Je fermai les yeux, attendant l'inéluctable.

Le bruit mat d'un corps qui en heurte un autre me fit sursauter, suivi de près par un courant d'air au-dessus de moi et d'une lacération rude qui ripa de mon épaule gauche jusqu'à ma joue. Une lutte s'engagea à quelques mètres de moi, le sol tremblant sous les impacts, entre gémissements et grognements enragés. J'ouvris prudemment une paupière. Ma peau me cuisait aux endroits qui avaient été éraflés, mais seul le ciel noir de nuages me faisait face, les flocons voletant avec une indolence paisible avant de se poser sur le sol. Le contraste ne pouvait pas être plus saisissant avec les mouvements violents que je percevais à ma droite, de deux corps gigantesques qui s'entrechoquaient dans l'herbe et contre les rochers.

Je me redressai, instable, partagée entre précaution et rapidité. Mon coude me lançait, mais je serrai les dents. Devant moi, le combat faisait rage, et je n'avais pas besoin de scruter chaque mouvement discernable pour savoir qu'il était déséquilibré. Kjell, ou quel que soit le loup qui était venu m'aider ne pouvait qu'être désavantagé par le fait de ne pas vouloir tuer Mona. Elle, en revanche, était l'incarnation de la sauvagerie à l'état pur.

Pendant un instant, bref, mais crucial, j'hésitai sur la marche à suivre, restant immobile à deux pas du duel titanesque, incertaine. Et puis soudain, bien trop vite pour que je puisse m'écarter, le combat se rapprocha, ensemble désordonné de dos, pattes et crocs. Une forme à la frontière de mon champ de vision m'avertit d'un problème imminent, à peine une fraction de seconde avant que l'impact ne survienne. Le choc contre ma tempe, ma tête qui part en arrière, et j'allais atterrir dans des bras musclés, un peu sonnée.

— Elin, ça va ?

Mon regard vitreux se posa sur Kjell, ou plutôt son menton, aussi sexy que le reste. Le bougre. Les grognements et cris me parvenaient encore. Aussi une question se fraya un chemin tandis que mes pensées s'échappaient.

— Oui, oui… Mais alors…

Je fermai les yeux.

Chapitre 24

Elin

Comment ça, « évanouie » ? Qui s'est évanouie ? Certainement pas moi.

Ce n'était même pas de la mauvaise foi, j'étais persuadée de ne pas m'être évanouie. J'avais juste du mal à expliquer comment j'avais pu me téléporter jusque chez Kjell en un battement de cils, mais j'allais trouver ! Assurément. Je me redressai avec précaution sur le fauteuil qui était ainsi apparu sous mes fesses et plantai mon regard dans celui de Margit. Celle-ci secoua la tête, avec probablement la même exaspération bienveillante qu'elle aurait eue si j'avais été sa petite-fille. Une grimace de douleur m'échappa quand je m'appuyai sur mon coude. Elle changea aussitôt d'expression.

— Je suis vraiment désolée, ma chère, tout ceci est ma faute, j'en ai peur.

— Ne dis pas de bêtises et fais-moi passer mon onguent, s'il te plaît.

— J'aurais préféré, confessa-t-elle tout en récupérant le pot qui était encore posé près du lit. Mais c'est réellement le cas. Tu m'as laissé différentes poudres pour traiter les effets secondaires du gattilier, et je me suis mélangé les pinceaux.

Ah. Il allait falloir que j'améliore mon système d'étiquetage. Pourtant tout était indiqué sur chaque sachet ou pot, dans le cas des gélules, mais entre le nombre de femmes à traiter et le fait que Margit ne soit pas du métier, j'avais probablement été un peu trop optimiste dans mes plans. Peut-être qu'un bête code couleur pourrait me sauver la vie dans le futur, je ne comptais plus passer à côté.

— Au moins, on peut être sûres que Mona n'aura pas de maux de tête. C'est déjà ça, plaisantai-je.

— Vertiges. Mais c'est bon à prendre, en effet.

Une étincelle amusée s'alluma dans le regard de Margit, dissipant un peu la culpabilité que j'y lisais. Elle m'ouvrit le pot de calendula avec soin. Dans les faits, mis à part ses vertus anti-inflammatoires, je sentais que ma crème n'allait pas me servir à grand-chose. Je pouvais presque voir arriver au galop le besoin de faire une radio, façon cavalier de l'apocalypse inattendu. Enfin, en attendant, j'allais serrer les dents et on verrait bien. Sur un air d'excuse, Margit alla enfiler son manteau et s'éclipsa pour aller voir comment allait Mona, me laissant seule avec mon onguent. Le contact froid du baume clair sous mes doigts me rassura, procurant une sensation de familiarité bienvenue au contact des plantes. Le parfum doux s'enroula autour de moi.

— J'en veux bien aussi, s'il t'en reste.

La voix claire manqua presque de me faire sursauter, ce qui aurait été un sacré mauvais point pour elle. Je n'avais même pas remarqué la présence d'Aurora, pourtant assise sur la banquette à seulement quelques mètres derrière moi. Mes yeux s'écarquillèrent tandis que je découvrais son état, stupéfaite devant toutes les plaies et griffures qui s'étendaient sur sa peau. Les mots s'échappèrent avant même que j'y réfléchisse.

— Waouh, tu as marché sur la queue d'un tigre, ou bien ?

— Pire, d'une louve. Qui t'en voulait, en plus.

Son sourire goguenard acheva de dissiper le brouillard qui pesait sur mon cerveau. Ça alors ! Mon air interloqué la fit rire.

— Mais, je… C'était toi ?

— C'était moi, dit-elle simplement.

La surprise devait se lire clairement dans mon regard, mais je me sentais aussi traversée par un curieux sentiment chaud, à mi-chemin entre l'enthousiasme et la fierté. C'était comme si la certitude qui m'avait poussée à m'attacher aux basques des femmes vargres, qui de toute évidence n'avaient toléré ma présence qu'à contrecœur, se voyait à présent renforcée. Il allait falloir que je reste un tant soit peu prudente : si à présent j'étais récompensée pour faire chier les gens, je n'allais pas tarder à me transformer en petit enfer sur pattes à moi toute seule. Écartant cette idée, je souris à Aurora.

— Merci. Je crois que je t'en dois une.

— Même pas en rêve, nous sommes à peine quittes pour ce que tu as fait dans l'arène, fit-elle tandis que son regard se voilait à la mention de cet événement. Et en plus, maintenant, tu m'évites de « passer l'hiver dans ma cave », alors ne songe même pas à m'être redevable.

Mon petit cœur était touché. Bien plus que je n'aurais su le dire. Faute de mieux, je fis passer dans mes yeux toute la joie que son aide et sa réponse m'apportaient. Elle me le retourna, et quelque chose passa entre nous, une compréhension mutuelle, aussi spontanée qu'inattendue. Scellant notre amitié, je me levai en tanguant et lui donnai l'onguent. En cet instant, j'hésitai presque à le renommer « baume de la sororité », mais il faudrait que j'y réfléchisse à tête reposée, j'avais une petite tendance à tomber dans le drama quand mes émotions étaient chamboulées.

Un claquement retentit dans le silence doux qui s'était posé sur la pièce. Kjell, couvert de neige, referma la porte, se déchaussa et pendit ses affaires avant de nous rejoindre.

— C'est bon, Mona est chez elle, en sécurité et sous forme humaine.

Je n'avais même pas pensé à me demander où il avait disparu pendant mon non-évanouissement. Sans pour autant me flageller à ce propos, après tout, je n'avais pas eu les idées très claires. J'allais me rasseoir sur le fauteuil avec un soulagement évident.

— Tu as pu lui donner son traitement ? demandai-je tandis qu'il m'auscultait du regard.

Ses yeux bleus reflétaient sa colère de me voir ainsi vaseuse. Un coup d'œil à la vitre me confirma que mon coude n'était pas le seul à être touché, j'avais également de jolies ecchymoses sur le cou, mais rien de trop grave néanmoins. Je penchai la tête d'un air interrogateur pour appuyer ma question et le sortir de son examen grognon.

— Oui, c'est fait.

— Parfait.

— Comment tu te sens ?

— Moi ça va, mon coude, pas terrible, mais on va faire avec.

À propos de faire avec, une brutale prise de conscience percuta mes pensées.

— Merde, Lantz !

La tension de Kjell, sur son visage comme dans sa posture, se fit visible.

— Combien de temps il me reste ? demandai-je en cherchant du regard mon téléphone, ou ma besace, ou n'importe quel endroit susceptible de l'abriter.

Mon ronchon préféré soupira, affichant une expression curieuse : sombre, mais soulagée. Oh, ça ne sentait pas bon, ça.

— Il ne t'en reste pas, tu es censée être avec lui en ce moment même.

Je me figeai, interdite. Cette révélation percuta mon cerveau qui se jetait déjà à la recherche de solutions. Manque de chance, la seule qui me venait était un coup de fil à Lantz. Je déglutis et finis par mettre la main sur le téléphone qui dépassait de la besace posée à côté de moi. Kjell m'intercepta d'un geste.

— Tu n'as pas besoin de t'en faire, j'ai envoyé Jan et Nikolaï monter la garde autour de chez Erik. Nous sommes la cause de cette situation, après tout.

Une longue expiration m'échappa, sans que j'aie été consciente d'avoir retenu mon souffle. Bon, j'avouais ne pas être parfaitement rassurée par son choix d'y envoyer le Russe, mais avec Jan, ça devrait aller. D'autant que, ce faisant, ils se séparaient de deux guerriers, ce n'était pas rien. Sans être pleinement rassurée, je me détendis et laissai retomber ma main sur la table. J'en vins même à gratifier mon interlocuteur d'un sourire.

— Bien vu, merci.

Son regard s'éclaira, et je tâchai d'éviter de trop le regarder pour m'épargner l'aura de contentement sexy qui l'entourait.

— Et alors, comment allait Mona ? repris-je d'un ton dégagé.

Dans toute autre circonstance, je lui aurais posé cette question pour le plaisir de l'embêter, lui qui ne jurait que par la monogamie et qui se trouvait convoité par une autre que celle qu'il s'était manifestement choisie. Une personne de qualité, soit dit en passant. Mais dans le cas présent, je m'interrogeais bel et bien sur son état. Oh, je ne compatissais pas tout à fait non plus, elle venait juste de manquer de me tuer plus ou moins volontairement, mais je m'interrogeais sur la gravité des blessures qu'elle avait pu récolter. J'espérais secrètement qu'elles soient plus importantes que celles d'Aurora, et à la fois je ne le lui souhaitais pas, surtout si ça voulait dire que c'était à moi de la soigner.

Je coulai un regard discret vers l'autre duelliste derrière moi, qui ne paraissait pas le moins du monde partager mon léger ressentiment et attendait la réponse de Kjell avec un intérêt non feint. La mâchoire de ce dernier se contracta tandis qu'il serrait les dents.

— Bien. Des plaies et des bleus, mais que du superficiel. Aurora l'a bien maîtrisée.

Je ne sus si je devais être soulagée ou boudeuse, compte tenu de mon propre état, mais je captai un fugitif éclat de fierté dans le regard d'Aurora. Comme quoi, elle n'était pas si désintéressée que ça non plus, ma nouvelle amie. En même temps, se faire féliciter par le Sköll ne devait pas arriver tous les quatre matins, connaissant la bête. Et c'était sûrement encore plus rare pour une femme. J'espérais bien remédier à ça, tant qu'elle n'avait pas de vues sur celui qui, je le comprenais enfin, avait toute mon attention pour un temps indéfini.

— Eh bien, je suis contente que vous ayez pu intervenir à temps. Je dois avouer qu'un instant, ça m'a fait reconsidérer ma décision de ne pas avoir fait pousser de rhodiole… pour de la légitime défense ! ajoutai-je très vite face au regard scandalisé de Kjell. Oh, mais d'ailleurs, que fait-on pour la petite vieille qui a donné l'info à Lantz ? Et toutes les personnes informées qui en ont découlé, j'imagine… Aurora, fis-je en me tournant vers elle, tu peux peut-être nous faire des accords de secret en béton, non ? Avec un peu d'aide, je suis sûre qu'ils pourront être signés.

Ma complice nouvellement attitrée me jeta un regard ambigu.

— Je peux totalement le faire, mais… hésita-t-elle en jetant un coup d'œil à Kjell.

— C'est une décision qui doit être collégiale. Elle est en suspens, pour le moment, conclut-il.

— La décision, n'est-ce pas, et non la vie de la mamie ? sondai-je avec une pointe de méfiance. On est bien d'accord que ce serait exclu, qu'il y a bien d'autres façons de faire taire quelqu'un ? Ne me fais pas regretter de t'avoir aidé à obtenir son adresse.

— J'aurais fini par la trouver, de toute façon. Et oui, la décision.

J'ouvrai la bouche pour pousser mes investigations un peu plus loin, mais un léger vrombissement s'éleva face à moi et l'objet de mes pensées récupéra son portable dans l'une de ses poches. Je me plus à détailler ses traits tandis qu'il parcourait des yeux le message qu'il venait de recevoir, contemplant rêveusement les muscles de sa mâchoire qui saillaient, glissant le long de l'arête de son nez pour observer son front large, plissé d'un froncement de sourcils… et de comprendre que ces signes hautement stimulants n'étaient pas du tout de bon augure.

— C'est Jan, ils viennent d'arriver sur place. Ton père n'est plus chez lui, mais sa voiture est encore là. Il n'y a pas de traces de lutte, lut-il d'un air grave.

Et merde.

— Il y a des traces d'odeurs d'autres humains autour de sa maison, continua-t-il.

— C'est normal, il m'avait dit que des gens étaient venus pour le menacer.

— Fraîches.

Double merde.

Sans même me voir, je sus que mon visage avait perdu une dizaine de teintes et qu'en cet instant, même un évier devait paraître bronzé par rapport à moi. Mon cœur se mit à tambouriner dans ma poitrine alors que j'assimilais les événements. D'un, Lantz menace mon père. Deux, on se prévoit un rendez-vous pour en discuter. Trois, je rate le rendez-vous à cause d'un coup de louve mythique mal embouchée. Quatre, mon père disparaît. Les chances pour qu'il soit ailleurs qu'avec Lantz étaient aussi réduites que celles qu'avait Mona avec Kjell. Je me redressai brusquement, faisant à peine attention au monde qui tanguait suite à mon mouvement trop rapide pour ma tête malmenée, et frappai la table du plat de la main.

— Je vais le tuer !

À travers le voile d'angoisse et de fureur qui s'était posé sur mes pensées, je vis les traits de Kjell s'empreindre d'un sérieux mortel.

— Ça ne va pas être pratique pour les Vargrs, mais je te suis.

Sa réaction me surprit tellement que le tumulte de mes émotions s'apaisa un instant. J'envisageais assez sérieusement de torturer Gustaf Lantz par des moyens qui seraient sans nul doute interdits par la convention de Genève, mais quant à le tuer… c'était un simple cri du cœur.

— C'est mignon, m'attendris-je. Mais à la réflexion, on va commencer par sauver mon père. On verra ensuite ce qu'on fait de lui.

Mon propre téléphone vibra, comme pour m'apporter une réponse. Réponse qui se résumerait à « probablement du purin ». Je pinçai les lèvres tout en lisant le message que je venais de recevoir.

« Je suis attristé de constater qu'il vous faut une motivation supplémentaire pour accepter de me voir. Aussi, ce sera ma dernière offre. Mon domaine vous est ouvert, vous avez trente minutes. »

Du purin, vraiment ? Je craignais même qu'il contamine la terre avec sa chair répugnante. Je ne donnerais certainement pas ça à manger à mes plantes, merci bien. Face à moi, Kjell me considérait, incertain.

— Que comptes-tu faire ? m'interrogea-t-il, une légère note suspicieuse dans la voix.

Je me retins avec difficulté de lui répondre « tenter de conquérir le monde ». Même pour moi, l'heure était trop grave pour ça.

— Obtenir un moyen de pression, annonçai-je donc sagement.

— Lequel ?

Ses beaux yeux bleus se plissèrent, je pouvais voir qu'il s'attendait à tout, et surtout au pire. Oh, tout de suite.

— La mafia chinoise, pardi !

À la surprise qui le saisit, je vis qu'il ne s'était pourtant pas attendu à cette annonce. Mon sourire s'agrandit, sans joie pourtant. Lantz allait regretter d'avoir menacé mon père.

— Tu te souviens, quand je t'ai dit que l'argent ne m'intéressait pas ? C'est parce que je n'en ai aucun besoin. J'ai de très bonnes relations avec un des représentants de la mafia, je vends mes plantes en Asie, surtout celles aux vertus aphrodisiaques, très recherchées. Que veux-tu, *business is business*, fis-je en réponse à son air interloqué. Si ça peut me rapporter, leur éviter de buter des animaux en voie de disparition et apporter des remèdes vraiment efficaces, moi je dis, pourquoi se priver ? Toujours est-il que je suis en contact avec la pègre chinoise. Je comptais me procurer des armes, mais compte tenu de mon état et du temps qu'il me reste, ça va être serré, donc je vais me contenter de demander leur protection sur parole.

Mon plan sembla glisser sur un Kjell médusé sans jamais l'imprégner. J'attendis, faisant montre d'une prodigieuse patience que je ne possédais pourtant pas. Oui, il se pourrait que je mouille dans un petit trafic qui ne regardait que moi, passe au-dessus mon grand, il faut avancer !

— Mais, ce contact, toi et eux… Comment ?

— Au tout début de mon installation, j'ai vendu mes plantes à un touriste. C'était avant que je mette en place ma politique de ne vendre qu'à des gens de la région, ou que je connaissais déjà, et c'est ce qui me l'a inspiré d'ailleurs. Bref, ce touriste était monsieur Feng, il est revenu me trouver plus tard, et nous avons… beaucoup parlé. Je les vois, lui et son groupe, comme une source financière, mais surtout comme une protection au cas où mes pouvoirs exploseraient à la figure de quelqu'un et que des industriels souhaiteraient me mettre la main dessus. Feng ne me demande rien d'autre que de lui envoyer des plantes et assure une absolue discrétion sur leur provenance, nous travaillons ensemble depuis… eh bien, presque trois ans maintenant.

Sans attendre sa réaction, je repris mon téléphone et me tournai vers la fenêtre à côté de moi. Mon reflet me dévisagea un instant, frêle forme en train de se battre avec son fidèle rebut de tiroir pour composer un bête numéro.

Dehors, la neige tourbillonnait.

— Allô, monsieur Feng ?

Chapitre 25

Elin

Les hautes grilles en fer forgé s'ouvrirent sans un bruit devant les phares de ma voiture. Comme je m'y étais attendue, Lantz avait donné des ordres, car je n'avais croisé aucun timbré à fusil sur ma route depuis Járnviðr. Ça avait été d'une difficulté sans nom de me dépatouiller de Kjell, je ne devais ma réussite qu'à une négociation serrée et à l'usage de la force question affection.

Je pouvais encore sentir le contact de ses lèvres sur les miennes. C'est qu'il avait tenté de me retenir par des méthodes inavouables, le fourbe. La scène ne cessait de se jouer devant mes yeux, tant elle avait été soudaine et imprévue. Intense.

— Elin, je t'aime.

Sa main entourant mon poignet pour m'enjoindre de ne pas y aller, et ces mots, lancés presque comme un lasso. Était-ce un cri du cœur, avait-il essayé de me retenir ou de me troubler ? Quelle qu'eût été son intention, consciente ou inconsciente, à n'importe quel autre moment, ça aurait fonctionné. Je me serais enfuie ou écroulée, mais je n'aurais pas poursuivi ma route. Mais ces dérobades ne pouvaient pas arriver, pas après tout ce que j'avais récemment réalisé. Aussi avais-je soupiré, avant de lui retourner :

— Moi aussi, je pense. Et crois bien que ça ne m'arrange pas.

Je crois qu'il ne s'était pas attendu à ma réponse, ou bien à mon ton bourru. Mais après tout, c'était lui qui avait commencé. Kjell était resté immobile, manifestement en proie à des émotions contradictoires, et j'en avais profité pour m'échapper, sur un joyeux « OK, on se voit plus tard ! ». Soulagée, et plus libre encore que je ne l'avais jamais été.

J'avais reconnu les sentiments que j'éprouvais pour lui, et bien qu'ils me missent encore mal à l'aise, ces mots jetés à haute voix étaient rédempteurs. J'avais encore du travail, question romantisme, je lui préférerais toujours la séduction débridée, mais c'était un sacré pas.

Penser à ça m'évitait d'envisager la suite, ce futur proche qui paraissait placé sous des augures plutôt mitigés. Je roulais au pas en remontant ce qui devait être une immense allée, suivie de deux véhicules qui avaient attendu que je franchisse le portail pour s'engager derrière moi, me coupant ainsi toute retraite. C'était d'un mélodramatique, soupirai-je mentalement avec une petite pointe d'anxiété tout de même. En même temps, Lantz pensait quoi, que j'allais faire demi-tour dans son allée après être venue jusqu'ici ?

Non, c'était probablement juste pour le plaisir de m'intimider, à tous les coups. Et je devais bien avouer que ça marchait un peu. Surtout parce que ça s'ajoutait à un fait qui, lui, m'angoissait déjà au plus haut point : je n'avais pas de plan. En revanche, j'avais une assurance vie, en la personne de Feng. J'étais contente de l'avoir appelé, il m'avait garanti son soutien et la protection de son organisation, faute de pouvoir m'apporter plus d'aide matérielle compte tenu du temps limité que j'avais.

Mais maintenant, la seule esquisse de programme que j'avais reposait sur ce support, en espérant que cela intimide assez Lantz pour qu'il libère mon père sans faire d'histoires, qu'il me laisse gentiment repartir moi aussi, et qu'il cesse de chercher des noises aux Vargrs. Ah, et même qu'il paie pour eux. Mouais, je misais beaucoup sur une seule carte. Il manquait encore des bouts à mon plan, et je n'étais pas sûre que surfer sur la discussion avec Gustaf en comptant sur ma gouaille allait énormément aider.

Après un dernier virage, les bouleaux s'écartèrent pour révéler une demeure comme il y en avait peu dans la région, peut-être même dans le pays tout entier. À mi-chemin entre un manoir et un petit château, avec ses toits pointus qui rappelaient des tours et son ancien bardage en bois verni, la bâtisse était le joyau du parc. Nous n'avons pas les mêmes valeurs, comme dirait l'autre. Je me garai en vrac au milieu du large emplacement qui faisait face à la porte d'entrée, repérant l'air de rien les environs. En dehors des deux voitures derrière moi, tout paraissait calme dans le silence neigeux, il n'y avait ni loup ni Erik à l'horizon. Un mouvement derrière les fenêtres attira mon attention, une silhouette apparut, découpée en mosaïque par les multiples carreaux de l'ouverture, avant de disparaître et de se présenter quelques instants plus tard au niveau du porche. Je débouclai ma ceinture en soupirant, Gustaf m'attendait.

— Je suis content que tu aies pu venir, malgré le rendez-vous manqué de tout à l'heure. Je désespérais de te voir.

Le sourire prédateur qu'il avait plaqué sur son visage me paraissait être d'un augure tout relatif. Il allait falloir qu'il se calme s'il voulait rester en vie, sans cloque et sans paralysie. Entre autres.

— Tu m'en diras tant.

— Je suis sincère, j'en étais presque venu à oublier ta beauté. C'est réellement dommage que tu poses tant de problèmes.

— Pour les problèmes, c'est une question de point de vue, Lantz.

Question beauté, en revanche, je ne comptais pas lui donner tort. Après tout, il avait le droit d'avoir du goût. Mais je n'allais pas l'encourager non plus. Si, quelques mois auparavant, je m'imaginais très sérieusement me faire plaisir avec la gourmandise visuelle qu'il constituait lui-même, le mood était parti depuis bien longtemps. Déjà, je ne le trouvais plus intéressant, attaque de voiture, ravage de jardin, guet-apens, fusillades et enlèvement de mon père mis à part, alors si je devais faire la somme, il sombrait loin dans le négatif sur mon échelle d'intérêt. Car j'avais bien un problème, mon échelle ne comptait en cet instant qu'un seul barreau en positif, et ce barreau, c'était Kjell. Mais je m'en étonnerais plus tard, car mon hôte plus ou moins imposé m'invita à le suivre.

Du coin de l'œil, j'aperçus deux silhouettes derrière moi, sur le parking. L'une d'entre elles se dirigea vers la voiture qui m'avait été prêtée par les Vargrs, je ne voulais même pas savoir ce qu'il comptait en faire, mais je supposai qu'il voulait vérifier qu'elle n'était pas piégée. Ça, ou briser les freins, trafiquer le moteur, crever les pneus… OK ! J'avais dit que je ne voulais pas imaginer, me morigénai-je. L'autre forme se précisa en arrivant dans la lumière, un grand homme à la peau claire, habillé de noir, grand et costaud comme le bon garde du corps qu'il devait être. Une vraie caricature, s'il voulait mon avis. Mais il y avait des chances qu'il ne le veuille pas, alors je détournai les yeux et passai la porte à la suite de Lantz.

Une odeur indéfinissable, typique des anciens bâtiments d'exception, mêlant l'antiquité au luxe, m'assaillit dès mon entrée. Le vieux parquet craquait sous mes pas, vite remplacé par le silence étouffé des tapis persans jetés çà et là sur le sol du salon. De généreux fauteuils en cuir occupaient à eux seuls une bonne partie du volume de la pièce, pourtant vaste. Les yeux morts d'une antilope me rendirent mon regard, et je le détournai bien vite du trophée au mur, pour rencontrer ceux de tous ses compatriotes disséminés dans la pièce. Un imposant lustre éclairait les têtes d'animaux qui sortaient du mur d'une vive lumière. Mention spéciale pour la peau de renard posée négligemment sur un coffre en bois travaillé et peint juste en face de l'entrée. À mon grand soulagement, nous passâmes devant sans nous arrêter. D'un geste obséquieux de la main, Lantz me fit entrer dans ce qui devait être son bureau, bien que la pièce fît probablement la taille de mon séjour. Le bureau qui trônait en son centre, en bois verni et marqueté, se détachait de la bibliothèque dont les étagères tapissaient le mur aux tons vert anis, et paraissait vouloir écraser le moindre humain ayant l'audace de s'en approcher. Malgré cette menace certaine, la pièce trouvait bien plus grâce à mes yeux que la précédente : les cadres d'or représentant des chevaux racés, chiens, et scènes de chasse passaient bien mieux que la déco du salon.

Dans un froissement de tissu, Lantz vint prendre place derrière le meuble en bois sombre, y posant les coudes pour croiser les mains sous son menton et me dévisager avec la sinistre curiosité d'un prédateur qui a acculé sa proie et se demande s'il doit jouer avec ou la manger. Je m'assis sur le fauteuil en face de lui sans tenir compte de sa satisfaction évidente. S'il croyait avoir gagné, il vendait la peau de l'ours avant de l'avoir tué. Les négociations commençaient tout juste.

— Vraiment délicieuse sous une lumière digne de ce nom, soupira-t-il en me déshabillant du regard.

Je levai un sourcil blasé. En plus du reste, il ne comptait quand même pas se transformer en gros lourd ?

— Ah, quel dommage, reprit-il. Mais tu devrais y réfléchir. En attendant, j'aimerais que tu me parles de ce loup en compagnie duquel des amis à moi t'ont aperçue. C'est toi qui dresses ces bêtes ?

Je haussai les épaules, évasive.

— Pourquoi, tu veux te lancer dans le business ? C'est pas une mauvaise idée, je crois que celui d'éducateur canin est saturé en ce moment, mais pour les loups, il faut voir. Par contre, je ne prends pas de stagiaire.

Un sourire aiguisé naquit au coin de ses lèvres.

— J'en viens presque à regretter d'avoir choisi de discuter avec toi entre personnes civilisées. Rolf !

Il n'avait même pas eu à élever la voix. Un gorille fit aussitôt irruption dans le bureau, me targuant de toute sa hauteur de personne debout et massive. Ah. Et armée. Une poigne dure me saisit par le bras et me tira vers le haut pour me relever. Paré à m'amener en des lieux sûrement plus appropriés sur ordre de son employeur. Dédaignant le visage impassible, je gardai mon regard rivé sur Lantz.

— Parce qu'il est civilisé de menacer puis d'enlever mon père pour obtenir un échange ?

Lantz leva les mains en signe d'impuissance désabusée, mais je ne le laissai pas répondre.

— Je suis venue à la connaissance et sous la protection de monsieur Feng, de la Loge du Lotus de Jade. Tu seras tenu pour responsable de tout ce qui pourra se produire ici à l'encontre de leur « honorable fournisseuse ».

Son sourire se crispa, puis fana. J'aurai juré le voir pâlir, ce qui me fit penser qu'il avait déjà rencontré Feng, peut-être que le déplacement de celui-ci en Suède n'avait pas été qu'une simple question de tourisme, finalement. D'un hochement sec de la tête, le maître des lieux congédia son garde du corps. Je regardai cet homme à la silhouette imposante passer la porte et la refermer derrière lui en le fusillant généreusement du regard. Si on m'avait dit que mon appât du gain me sauverait un jour la vie… Mon attention se reporta sur Gustaf, toujours assis tandis que je le narguais de toute ma hauteur à mon tour. Malgré mon envie de me masser mon bras endolori, je me retins et les croisai, pour plus d'effet.

— Je peux dédommager la Loge, tu sais ?

— En fait, non, tu ne le peux pas. Contrairement à d'autres, nous travaillons en bonne intelligence, la Triade et moi, et mes services sont bien trop précieux pour eux. Mes plantes sont uniques, tes larbins l'auront sûrement remarqué.

Une étincelle brilla dans ses yeux.

— Justement, mes hommes ont déclenché des réactions étonnantes au contact de tes plantes. Je me suis permis de faire analyser des résidus, et il n'en ressort rien de normal. Tu m'expliques ?

— C'est chou. Comme si tu pouvais négocier.

Il pencha la tête sur le côté, le requin à l'intérieur de lui ne s'était pas évanoui longtemps.

— Le fait est que je le peux. Malgré ton « appui », certes considérable, ton père est tout de même entre des mains inconnues, il risque un « malheureux incident » à chaque instant.

Je serrai les poings et m'adossai à la fenêtre derrière moi, affectant une nonchalance que j'étais loin de ressentir.

— Puisque tu en parles, je veux que tu le libères, maintenant.

— On va faire ça dans l'autre sens, ma belle. Tu réponds à mes questions, et je vois ce que je peux faire pour lui permettre de rentrer chez lui sans anicroches.

Il se leva et contourna son large bureau pour venir se planter face à moi. Beaucoup, beaucoup trop près. Son sourire ne me disait rien qui vaille.

— Je prends ce silence pour un assentiment. Alors, commençons par ces bestioles. Tu domptes les loups ? Où as-tu obtenu pareils spécimens ? On me les a décrits comme impossiblement grands.

— OK, si ça te fait plaisir, je dompte des loups à mes heures perdues, et alors ?

Une fugace image de moi, Kjell et un fouet dans une situation hautement compromettante me traversa l'esprit. Je notai pour plus tard.

— Quant à la taille, repris-je, tes gars ont halluciné, j'ai des plantes pour ça. Je crois que ça te dit quelque chose d'ailleurs.

Mon sourire en coin ne fit que renforcer son air menaçant. Chic. A posteriori, ce n'était pas une idée terrible que de le chambrer avec ses cauchemars tout en en avouant la responsabilité.

— Intéressant. Mais passons sur ces plantes, je les ai vus moi-même, et je n'ai pas halluciné, quoi que tu aies pu faire.

Arf. Autant pour la discrétion des loups. Ceci étant, vu la fréquence avec laquelle ils tournaient autour de Lantz ces derniers mois, il était logique qu'il finisse par en apercevoir un ou deux.

— D'où viennent-ils ? Ont-ils un lien avec les Vargrs ?

Je me contentai de le regarder, lèvres serrées, incapable d'imaginer une réponse à lui faire. Je ne pouvais tout simplement pas dire la vérité, la seule mention des Vargrs constituait déjà un terrain miné. Gustaf se pencha vers moi, sa bouche à un souffle de mon visage.

— Pour rappel, un seul ordre de ma part suffit. Je. Rendrai. Coup. Pour. Coup.

Il leva la main, ses doigts glissant sur la peau fine de ma joue en une caresse glaçante. J'étais pétrifiée. Une boule de rage enchaînée autour d'un cœur qui battait la chamade. Il serait mort cent fois si j'avais été sûre que mon père, où qu'il fût retenu, ne serait pas blessé en retour. Mes ongles s'enfoncèrent dans mes paumes tandis que je fixais Lantz, perdue dans une frénétique recherche de solution. Lui affichait son détestable sourire, un feu violent dansant dans ses yeux. Un feu… vert ? Je ne pouvais pas me retourner, mais je sus aussitôt qu'à travers la fenêtre dans mon dos, dans le ciel du nord, brillaient des stries de couleur. Une aurore boréale. Une idée m'électrisa, probablement aussi folle que moi. Quel était le pourcentage de chances pour que ça fonctionne ? Le dernier géant datait. Il y avait fort à parier que l'un d'entre eux tenterait sa chance ce soir. Je redressai le menton, laissant mes lèvres s'étirer en un sourire féroce. Presque enjoué. Oh que oui, j'allais tenter ma chance !

— À propos des Vargrs, que dirais-tu d'entrer dans Járnviðr ? Voir les sources que tu convoites ? En toute franchise, je suis persuadée que tu n'en auras plus envie une fois que tu y auras mis les pieds.

Une étincelle. Du doute. Deux étincelles. De l'incrédulité. Je franchis les derniers centimètres qui nous séparaient, obliquant au dernier moment dans une infime provocation, pour souffler à son oreille :

— Suis-moi maintenant. Tant que tu m'assures que rien ne sera fait à mon père, je t'y amène. Tu n'auras qu'à m'emboîter le pas. Cette occasion ne se représentera pas.

Il fit un pas en arrière, surpris, avant de m'empoigner par les bras, son regard scrutant le mien. Aïe. Avec une grimace de douleur, je me dégageai d'une de ses prises qui se superposait bien trop à la précédente. Il me laissa faire, plongé dans ses pensées. Je pouvais presque sentir le bouillonnement qui l'agitait, entre défiance et excitation. De mon côté, je jouai l'ingénue. Comme si je ne me doutais pas qu'il se voyait déjà débarquer avec des hommes armés et vider Járnviðr de ses habitants.

Dans les faits, je risquais gros. Si aucun géant ne se pointait… mais quelque chose en moi m'assurait qu'il y en aurait un. Mon nez d'humaine ne sentait pas les indices que percevaient probablement les Vargrs. Mais il y avait un frémissement dans l'air, contre ma peau, comme un voile qui se distend. Oh oui, il y en aurait un. En revanche, pire encore que l'absence d'un géant, l'angoisse qui m'étreignait en cet instant reposait sur la réaction des Vargrs. J'allais non seulement faire débarquer un ennemi dans Járnviðr, ce qui en soit était déjà probablement passible de mort pour moi comme pour lui, connaissant leur côté tatillon sur le sujet, mais aussi, et là je n'étais vraiment pas sereine, leur demander de retarder l'attaque du géant. Je ne voulais surtout pas révéler leur secret de métamorphose, il allait donc falloir qu'ils perdent quelques précieuses secondes quand le géant émergerait. C'était leur faire courir un risque supplémentaire, à eux comme à leur mission sacrée. La gorge nouée, je décidai de m'en remettre à eux, espérant qu'ils me feraient assez confiance pour me permettre cette entorse aux règles. Ma vie, celle de Lantz, la leur, et donc celle de Járnviðr tout entier reposaient sur ce pari que je n'aurais jamais osé faire avant de les avoir rencontrés. En somme, pour l'individualiste que j'étais, il s'agissait d'un véritable acte de foi.

Inconscient de mes pensées, ou en devinant peut-être la teneur à son petit sourire satisfait, Lantz me lâcha pour se frotter les mains.

— Qu'attend-on ?

Chapitre 26

Kjell

— Aucun.

— Un.

— … Va pour un garde du corps. Mais, pense bien que si tu ne tiens pas parole, mes loups ne se contenteront pas de hurler à la lune dans ton jardin. Je te promets quelque chose de plus… définitif. Et en échange, je préviens les Vargrs de notre arrivée, ce n'est pas comme si ça changeait quelque chose, de toute façon.

La voix d'Elin grésilla, il devenait de plus en plus difficile de l'entendre, comme si elle s'éloignait du micro dissimulé dans le bureau. La lumière s'éteignit dans la pièce tandis que les silhouettes d'Elin et de Lantz en sortaient pour traverser ce qui devait être le salon. Je devais lutter pour réprimer la colère sourde que toute cette situation m'inspirait. Mes griffes labourèrent le sol. À l'abri des regards, à la lisière du bois qui entourait la demeure, j'assistais à la sortie du dangereux duo.

Partagé sur la conduite à tenir, ravagé par des émotions contradictoires.

Entre l'arrivée imminente du géant, qu'Elin ne pouvait pas avoir manquée, la venue de Lantz et d'un type armé au village, et ce, avec Elin et son père retenus en otages, la situation me paraissait dangereusement inextricable. Un claquement de portière plus tard, et elle s'engouffrait dans la voiture pour disparaître de ma vue, en compagnie du garde. Gustaf Lantz prit son temps pour faire le tour du véhicule, excuse au chuchotement qu'il lança à son téléphone.

— Groupe de six en deux voitures derrière nous, le reste se tient en poste au manoir. Discrètes, les voitures. Restez indétectables jusqu'à mon signal.

Un homme d'honneur, il n'y avait pas à dire. Bordel.

Au-dessus de nos têtes, les vents solaires embrasaient la nuit dans une bataille au silence impossible. Je me tournai vers Gunnar, qui se tenait un peu plus loin dans les ombres. Je pouvais sentir son malaise à se trouver si loin de Járnviðr à un moment aussi critique. Il nous manquait déjà un guerrier, je ne pouvais pas me permettre de nous priver d'un second, sachant que le troisième que je constituais risquait, en plus, d'arriver tardivement. D'un signe du museau, je lui indiquai de filer. L'incertitude dans son regard s'envola vite, et il disparut en une fraction de seconde.

De mon côté, j'allais prendre les problèmes les uns après les autres.

Sous réserve que ce soit possible.

Des pas étouffés, bientôt suivis de formes mouvantes aux fenêtres du salon, m'indiquèrent que les hommes de Lantz se rassemblaient. En revanche, le père d'Elin n'était nulle part en vue.

J'avisai les véhicules devant le manoir et humai l'air glacé autour de moi. Il ne m'était pas possible de les confronter ouvertement. Sans parler des armes qu'ils porteraient, je ne voulais pas leur laisser la possibilité de communiquer avec l'autre groupe et ainsi mettre Elin ou son père plus en danger qu'ils ne l'étaient déjà. Pour toujours plus de simplicité.

Tout en restant sous le couvert des arbres, je me glissai en direction des voitures que les employés, ou mercenaires, de Lantz, ne manqueraient pas d'utiliser. Mes crocs traversèrent la matière comme si elle n'avait pas été plus épaisse qu'un film plastique, et les pneus rendirent l'âme dans une lourde expiration. Les voitures s'affaissèrent les unes après les autres sur mon passage, et j'infligeai le même sort à celle qu'Elin nous avait empruntée pour venir, par précaution. Par rapport à ce qui se jouait ce soir, ce n'était rien, et je serais le premier heureux qu'on en reste à une voiture en perte. J'allais tout faire pour que ce soit le cas.

Je rejoignis le côté est de la bâtisse, celui où les arbres s'approchaient le plus de la porte, et, tapi, j'attendis mes futures proies.

Les feuilles frissonnaient dans la nuit, les effluves me parvenaient en fines bourrasques, confortant mes impressions. Puis, le clic d'une poignée activée, le battant de bois poussé, le lourd contact des chaussures renforcées sur le porche. Trois hommes. Un bon début pour se mettre en jambes/pattes. Je me campai sur mes appuis, prêt à bondir. Surtout, ne pas les tuer. Ce serait peut-être le plus difficile, tout habitué que j'étais au cuir épais et à la démesure des géants. Fragiles et ennuyeux crétins. Les feux de la voiture la plus éloignée clignotèrent quand l'un d'entre eux la déverrouilla à distance. Je m'élançai sans un bruit. Ma mâchoire cueillit l'homme, et je l'emportai dans mon élan jusqu'au couvert des arbres en face. Un simple coup de menton suffit à l'envoyer dans les pommes. Il n'eut pas le temps de crier. Sans m'arrêter, je pivotai souplement sur mes pattes postérieures et m'élançai à nouveau en direction de la zone découverte.

Je fauchai le second, puis le troisième de la même façon. Avant même qu'ils n'aient pu se rendre compte de quoi que ce soit, ils étaient déjà assommés. Je venais de me faire trois hommes armés sans autre bruit que le cri indigné d'une chouette non loin avant qu'elle choisisse d'aller chasser ailleurs.

Leurs comparses ne tardèrent pas à se montrer. Je souris, dévoilant mes canines. Trois de plus. En train de s'alarmer de l'absence de leurs collègues. Dont un avec une lampe torche allumée.

Facile.

— Eh bien, Erik, tu t'es choisi un meilleur gendre ?

Sous les sourcils broussailleux, les yeux vifs du père d'Elin se braquèrent sur moi, avant de s'écarquiller. Le corps inconscient du garde, la faute à un poing ayant rencontré une mandibule avec trop d'enthousiasme, s'effondra au sol dans un bruit mat. Pour éviter les problèmes avec Erik, et parce que ma forme de loup n'était pas pratique en intérieur, ne serait-ce que pour passer les portes, j'avais repris ma forme humaine une fois les ex-accompagnateurs de Lantz neutralisés. Là, il ne m'avait fallu qu'une petite distraction pour en faire sortir deux au compte-gouttes, et je venais de me faire les deux derniers, jaillissant depuis l'arrière de la porte où je m'étais abrité.

— Kjell ? Mais qu'est-ce que… Pourquoi es-tu…

— Venu t'aider, longue histoire. Et donc ?

C'était une vague tentative de le distraire de ma nudité pendant que je m'occupais des câbles qui recouvraient son torse. Les liens cédèrent comme de la ficelle entre mes mains. Le vieil homme hébété se reprit à peine assez pour me répondre :

— À moins que tu n'aies prévu de me capturer pour faire chanter ma fille, tu restes mon préféré.

— À la bonne heure.

Il se redressa avec précaution et massa ses bras endoloris. Son odeur était normale, il ne semblait pas davantage blessé, pas d'hématome en vue ou de coagulation de sang dans l'air. Quant au reste… Le regard plein de colère, Erik brandit le poing en direction de l'escalier qui reliait le sous-sol au reste de la demeure.

— Où est cette enflure ? Tu t'en es occupé ? J'espère que tu m'en as laissé un peu !

Mais oui, papi. Ou plutôt, non. Et il fallait que je me dépêche de le retrouver. Lui, et celle qui l'accompagnait jusque chez moi. Il fallait que je m'occupe d'un géant, aussi. Bordel, Elin, mais quelle idée de merde.

— Lantz est parti pour Járnviðr, il a emmené Elin. Je vais aller les retrouver, mais avant…

Il fallait que je trouve un moyen de permettre à Erik d'évacuer le domaine. Or, j'avais été atrocement exhaustif dans mon mâchouillage de pneus. Un léger bruit à l'étage me fit aussitôt me retourner vers l'escalier. Tant d'odeurs individuelles différentes dans un espace aussi restreint que celui d'une maison avaient tendance à m'embrouiller, j'espérais que je n'avais manqué qu'un garde, et pas davantage. Je commençais à saturer d'assommer des gens à la chaîne et en furtif. Surtout qu'après m'être occupé du père d'Elin, je devrais encore rattraper la voiture de Lantz jusqu'à Járnviðr, je n'avais pas de temps à perdre.

Curieusement, le déplacement feutré que je percevais ne collait pas avec les pas efficaces des paramilitaires, on aurait plutôt dit… Ah. Voilà qui allait nous aider. D'un geste, j'indiquai à Erik de ne plus faire de bruit et grimpai les marches quatre à quatre. Je me collai contre l'embrasure, récupérant dans l'air les informations dont j'avais besoin. Café contre porcelaine, une légère odeur de savon sur la peau, tissu soigneusement repassé. L'aide de Lantz. Il était seul, malgré une autre odeur qui s'accrochait à lui. La cuisinière avait dû partir plus tôt dans la soirée. Quelle bonne idée.

La vaisselle explosa à terre quand je surgis pour le plaquer au mur, juste à côté d'une tête d'antilope.

— Réponds-moi et tout se passera bien pour toi.

La lueur affolée dans les yeux du jeune homme confirma sa bonne disposition à mon égard. Bien.

La couverture glissa sur le métal brillant, révélant une voiture de collection aux allures sportives. Rouge, bien sûr. Sûrement pour aller plus vite encore. Bah. Tant qu'elle était en état de marche, un moteur, un frein, un volant et quatre pneus intacts, ça ferait l'affaire.

— Voilà.

La voix agitée de légers tremblements, l'aide de Lantz se retourna vers moi, me tendant les clés. À côté de nous, les portes électriques du garage finissaient de s'ouvrir. Je fis un signe de dénégation pour désigner Erik. Celui-ci, subjugué, avait les yeux braqués sur la voiture. On aurait dit qu'il venait d'apercevoir une licorne. Ou un anneau pour tous les contrôler.

— Une Dodge Viper RT-10 !

Je haussai les épaules. Ça, ou n'importe quoi d'autre, tant que ça lui permettait de regagner un endroit sûr le temps que le problème Lantz soit réglé. Avec les gardes juste assommés, sa présence ici ne pouvait pas s'éterniser.

— Il ne m'en voudra pas de la lui emprunter, reprit-il.

— Aucune chance, confirmai-je.

Muet comme une carpe et pâle à mourir, l'employé de Lantz lui remit les clés sans me quitter des yeux. Le père d'Elin s'en empara et se rua dans la voiture avec une vivacité étonnante pour son âge. Il fit rugir le moteur et me dévisagea gravement.

— Allons-y ensemble. J'aimerais en être.

Je reconnaissais la détermination dans son regard, sa posture droite, et ses poings serrés sur le volant, comme pleinement opérationnels. Mais lui et moi savions que c'était hors de question. Sans même parler des secrets vargrs, il constituerait à nouveau un otage potentiel qu'il faudrait que je surveille, nous ne pouvions pas nous le permettre.

— Je comprends, mais c'est non. Au contraire, je compte sur vous pour aller dans la direction opposée, en sécurité sans pour autant rentrer chez vous.

Il se mordit les lèvres, luttant contre lui-même un instant avant de se résigner et de hocher la tête avec fermeté.

— Je compte sur vous.

J'acquiesçai à mon tour.

— Bien, je suppose que tu sais ce que tu as à faire ? demandai-je en me retournant vers l'employé.

— Oui, monsieur.

Il lui en faudrait peu pour s'évanouir. Probablement un simple « bouh » à la Elin, mais j'avais vraiment assez assommé ce soir. Sous ma supervision, l'aide partit s'enfermer dans le bureau sans moyens de communication. Parfait. Et maintenant, la course.

Je ressortis et fis signe au père d'Elin d'y aller. La petite voiture émergea du garage et partit dans un tintamarre agressif, le vrombissement sûrement audible à plusieurs kilomètres. Me glissant dans ma forme lupine, je le suivis discrètement, le temps de vérifier que, à la sortie de l'allée, il ne prenait pas la même route que moi et qu'il partait bien en direction de la ville. Il avait eu la présence d'esprit de ne pas poser de questions sur mes méthodes, je reconnaissais là l'efficacité d'un ancien policier.

Sans plus m'inquiéter à son sujet, je m'élançai en direction de Járnviðr.

Je retrouvai la voiture de Lantz in extremis devant les portes extérieures. Elin était sortie, debout sous la neige, plantée face à la vigie avec les mains sur les hanches, et l'admonestait, au vu des éclats de voix qui me parvenaient.

— Comme je l'ai déjà dit à Kjell, Aurora, Badr et Margit plus tôt par SMS, oui, j'emmène deux invités. Et comme je l'ai dit également, il vaudrait mieux que personne ici ne les croise.

Depuis la voiture, Lantz et son garde patientaient, et je pouvais deviner qu'ils étaient prêts à intervenir au moindre signe de fuite de la part d'Elin. Si j'en croyais son message, celle-ci comptait sur le géant pour calmer les vues du baron du bois sur Járnviðr. Néanmoins, c'était un plan risqué. Et passablement fou. Si Lantz ne s'en sortait pas, nous étions dans un sacré pétrin, autant que s'il s'en sortait.

Je l'aimais. Mais qu'est-ce qu'elle était tarée.

Et, ainsi, elle me plaisait davantage encore. Moi aussi, je devais avoir mon petit niveau.

Je me rapprochai, restant sous le couvert des arbres pour observer la scène et guetter une ouverture. Il semblait que des remous agitaient la voiture. La voix de Lantz se fit entendre et un bruit de chargeur retentit. Le garde du corps venait de braquer Elin. Celle-ci se retourna vers lui, manifestement plus agacée qu'effrayée.

— C'est bon, pas la peine de verser dans le dramatique, ils vont nous ouvrir.

Gustaf Lantz ouvrit la portière, furieux.

— Tu m'as trompé, il y a un problème avec mes gardes, je n'ai plus aucune réponse du manoir !

Elin se retourna vers lui et haussa les épaules.

— Non, je n'ai rien fait, je suis avec toi et ton gorille depuis tout à l'heure, pour rappel. Maintenant, c'est important que tu voies pour de vrai ce que tu vises, alors prends tes dispositions, fais appel à un ami, dis à la Terre entière que tu es chez les Vargrs si tu veux, mais ne fais pas ta chochotte. Tu es venu jusqu'ici, alors assume.

Tout en douceur.

— Tu reculerais face à un défi, finalement ? reprit-elle, impitoyable.

Malgré l'éloignement, je vis la mâchoire de Lantz se contracter. Il lui jeta un regard plein de rage, avant que l'orgueil ne le dévore. Je ne savais pas où Elin était allée pêcher cette faiblesse chez lui, mais quoi qu'il en soit, ça fonctionnait mieux qu'un uppercut. Exploitant le répit gagné, ma partenaire reporta son attention sur la vigie. Pauvre Holmfrid.

D'un pas délibéré sur un branchage, j'attirai l'attention de mon congénère estomaqué. Trop loin pour être perçu d'humains normaux, mais tout à fait à la portée d'un des meilleurs chasseurs du clan. Depuis le couvert des arbres, j'approuvai les demandes d'Elin d'un hochement de tête. Que les habitants se dissimulent, et que les guerriers restent hors de vue et n'interviennent pas tant que les intrus seraient à proximité.

Je n'étais pas convaincu par son plan, si tant est qu'elle en eût réellement un en dehors de jeter Lantz et son employé dans les bras d'un géant, mais je lui devais la vie. Et c'était le cas de bien d'autres au village. Alors le moins que je puisse faire était de lui accorder ma confiance, malgré des conditions critiques.

L'objet de mes pensées toisa fièrement Holmfrid en rejetant sa pâle chevelure en arrière d'un geste souple. Si on s'en sortait, quelque chose me disait que je ferais mieux de ne jamais avouer à ma partenaire qu'il avait ouvert à cause de moi plutôt que par obéissance envers elle.

Les lourds panneaux de bois coulissèrent. Lantz et son comparse sortirent de la voiture, sur leurs gardes. D'un mouvement leste, le baron du bois se colla à Elin, la braquant ostensiblement. Celle-ci rajusta son manteau comme si de rien n'était, époussetant les flocons qui s'y accrochaient, mais sa respiration était légèrement hachée. Une nappe de buée se forma devant eux quand Gustaf lui lança :

— Simple précaution d'usage, tu ne m'en voudras pas.

— Au contraire, ça me paraît honnête. Gaffe avec ton arme quand même, je ne te garantis pas un bonheur éternel si tu te rates.

Je vis la malice briller dans ses yeux, en totale contradiction avec l'emballement de son cœur et le port de reine qu'elle arborait.

— Estimé invité, voici Járnviðr. Fais comme chez toi, surtout.

Un brusque coup de canon dans son dos la poussa à avancer. Je ne voyais plus son visage, mais j'aurais juré qu'elle levait les yeux au ciel en cet instant. Le cortège franchit les portes, Elin en tête, Lantz derrière elle, et le garde du corps fermait la marche. Il faudrait y faire attention, si je devais les attaquer. Ma cible serait Lantz, mais il serait difficile en même temps de me défendre du dernier de file.

Entre le froid et l'arrivée imminente du géant, ma partenaire avançait d'un bon pas, franchissant la petite place à l'entrée pour se diriger directement sur le chemin qui serpentait entre les maisons, direction l'arène. Profitant d'une lente, et probablement délibérée, fermeture des portes, je me glissai derrière eux, les filant à bonne distance.

Je n'étais que trop conscient des risques si Lantz ou l'autre m'apercevaient, pour Elin, le village, et le combat à venir. Faisant attention à ne pas faire crisser la couche de neige sous mes pattes, je me faufilai à leur suite entre les habitations, entrevoyant çà et là des visages sombres aux fenêtres. De façon surprenante, je croisai beaucoup de regards féminins, occupés à toiser les deux intrus avec une bonne dose d'animosité. Même Ingrid, qui ne m'avait pas paru porter Elin dans son cœur, sentait la frustration et l'outrage à pleine truffe, au travers de sa porte. Le mot était passé, personne ne sortait ou ne restait en vue, mais que Lantz bouge ne serait-ce qu'un orteil, et il allait se faire massacrer. Et nous nous retrouverions alors dans une merde noire.

Sans sourciller, Elin les conduisit jusqu'aux battants de la fortification intérieure. Lantz ne marqua pas d'étonnement face à la configuration du village, probablement à cause des vues aériennes qu'il avait sans nul doute eues à notre insu, et fit signe à son employé lorsqu'ils s'arrêtèrent devant les portes.

Elin ayant officiellement congédié tout le monde, le poste de vigie côté Hati était vide. L'employé de Lantz agrippa la lourde poutre qui barrait l'ouverture et tira, bandant ses muscles pour tenter de la soulever. À défaut, il parvint à la faire tomber avec lourdeur, puis à la pousser du passage.

Aucun autre son n'était perceptible en dehors de ceux, étouffés, qui provenaient des maisons et de la petite troupe devant moi. Cette fois-ci, pas de tempête : la nuit était froide et calme, et l'aurore boréale paraissait sur le point de s'éteindre. L'air charriait les habituels relents des mondes qui se distendaient, il n'y en avait plus pour longtemps. Je jetai un coup d'œil derrière moi, indiquant l'arène d'un geste du museau, appuyé d'un léger grognement.

Même s'ils ne pouvaient pas me voir, les guerriers dans mon dos sauraient ainsi à quoi s'en tenir. Nous devions nous préparer à intervenir à tout moment, si ce n'était contre Lantz, au moins contre le géant.

L'improbable trio s'engouffra à l'intérieur. Je me postai à la lisière des portes, observant les événements, attendant que le plan d'Elin se déroule. Le garde fouilla du regard l'entièreté du périmètre, concluant, à son odeur de stress moins notable, à l'absence de danger à l'intérieur. Assurément. Il dut même estimer que les miradors et la porte représentaient le risque principal, aussi fit-il de son mieux pour les garder en visuel. Je me tapis un peu plus dans l'embrasure.

— Alors ? Que voulais-tu me montrer de si important, que je n'aurais pas vu depuis les airs ?

Elin resta silencieuse, comme à l'écoute. Je me demandais un instant si elle ne percevait pas elle aussi la venue du géant. Ça n'aurait pas dû être possible. Mais comme beaucoup de choses avec elle, le mot se libérait de ses limites. Gustaf Lantz porta sa main libre à son nez, avec une grimace de dégoût.

— Enfin, mis à part l'odeur. Mais elle était attendue.

De la fumée s'échappait de la terre en nappes brumeuses, s'étalant avec indolence au-dessus de l'eau. Les vapeurs de soufre se faisaient plus prégnantes. Il n'y avait pas de doute…

Dans une prodigieuse poussée accompagnée d'éclaboussures, une main jaillit à l'assaut du ciel.

Surpris, Lantz et son garde sursautèrent, avant de braquer leurs armes vers le bout de géant en devenir.

— Ça, dit Elin. Ça pope à peu près tous les mois, et la fréquence va en s'accélérant. On en voit qu'un bout, mais y a une bestiole tout entière accrochée à cette main. Les Vargrs protègent la région, le pays, et probablement le monde, en réduisant ces monstres en charpie.

L'homme était tétanisé, assistant bouche bée à l'apparition du poignet, suivi du bras, et à l'émergence de l'autre main. Elin poursuivit, sur un ton blasé, comme si elle était en visite guidée :

— Tu me pardonneras juste de ne pas te dire comment, secret des affaires oblige. Mais si tu veux tester la réalité de ce géant, fonce, n'hésite pas à tâter tant que c'est pas encore complètement émergé. Après, je ne peux pas garantir que tu n'y restes pas.

Médusé, Lantz vit l'apparition d'un coude, et d'un crâne. Son visage était d'une pâleur extrême, l'odeur aigre de sa peur m'arrivait à plusieurs centaines de mètres tant elle était concentrée. Il allait falloir qu'on agisse, et vite. Sans lui laisser le moindre répit, Elin enchaîna :

— Alors, tu penses pouvoir te charger des sources si les Vargrs te les donnent ? Je vois bien les clients de ton hôtel de luxe fuir dans tous les sens avec les bras en l'air. Pas hyper détente, ce séjour. Ah, et puis l'armée intervenir et boucler le périmètre sans pouvoir faire quoi que ce soit par rapport aux géants qui vont apparaître et s'accumuler jusqu'à prendre d'assaut notre petit monde civilisé. Dans tous les cas, j'ai bien peur que les touristes ne se pressent pas au portillon.

La tête du géant apparut, ses yeux perçants et luisants de soif de sang. Ils tombèrent sur Lantz, et le monstre verrouilla sa cible avant même d'être entièrement sorti. Il s'appuya sur ses mains pour hisser son torse, avant d'émerger, à genoux, culminant déjà à plusieurs mètres. Heureusement, il n'avait pas l'air particulièrement grand, bien que Lantz eût pu facilement lui servir de cure-dent. L'affronter en temps normal n'aurait pas été un problème, mais avec un guerrier manquant, ça n'allait pas être du gâteau.

L'employé de Lantz était loin de partager ces considérations. Sur un geste menaçant du géant, il se rapprocha des deux autres et brandit son arme, ouvrant le feu. Merde.

Les balles ricochèrent sur le cuir épais du géant, qui esquissa un monstrueux sourire en retour. La voix d'Elin claqua tel un fouet.

— Arrête immédiatement ou on y passe tous ! Baisse-moi ça et sortons, vite.

Les tirs cessèrent. Le géant sembla enfin prendre conscience de la présence d'Elin, et changea soudain d'expression. Sur ses traits grossiers s'afficha une gravité insondable, empreinte d'une terreur viscérale. Il eut un mouvement de recul, tel un édifice chancelant en arrière, et, d'un ample geste de la main, la pointa du doigt. Sa voix aussi profonde que rocailleuse fit vibrer l'air.

— Y… Yggdrasil !

Le mot tomba comme une malédiction, chargé d'une angoisse pénétrante. Une lueur effrayée passa dans les yeux d'Elin, incertaine devant ce géant plus entreprenant que les autres. Elle exhorta ses compagnons à sortir. Ni Lantz ni son homme ne répondirent, mais si Rolf obéit et commença à la suivre, ce ne fut pas le cas de son employeur, tétanisé. Dans un soupir pressé, elle fit demi-tour pour aller saisir le poignet du baron du bois, sonné face à l'énormité du géant, le gratifia d'une belle secousse et le tira en direction de la sortie, pour une évacuation à peu près réussie. Juste avant d'arriver au niveau des portes, Elin lança à haute voix :

— Merci pour votre confiance, on vous le laisse.

Sans pour autant s'embêter à remettre la poutre en place, elle se retourna pour repousser les battants et dissimuler les guerriers déjà sur le point d'entrer de la vue des deux hommes. Je m'en allai aussitôt, la laissant gérer la suite tout en reprenant mon rôle.

Je fonçai en direction de la porte nord, la plus proche de moi, et eus la surprise de voir un loup galoper en parallèle, se ruant vers la même entrée. Non. Pas un loup. Une louve.

Aurora.

Je poussai un soupir frustré en me retrouvant face au géant. Ainsi soit-il.

Chapitre 27

Elin

— Bien, alors on fait quoi ? On continue à menacer tout le monde d'une balle dans le crâne, ou on se pose et on discute ?

Je n'en laissais rien paraître, mais intérieurement, j'étais transportée. Entre l'adrénaline face au géant et l'incroyable cadeau que les Vargrs venaient de m'offrir en m'accordant cet essai, mes émotions jouaient les feux d'artifice, j'étais bouleversée. Il me tardait d'organiser un énorme câlin collectif, ou quelque chose d'approchant et peut-être moins extrême le moment venu, mais d'abord, je devais conserver un semblant de sang-froid. Rien n'était fini.

Nous étions sortis de Járnviðr et nous tenions à cet instant à côté de la voiture de Lantz, entre les portes de la palissade extérieure et le bois. Je sentais que Gustaf avait besoin d'un repère de réalité pour ne pas exploser immédiatement, et en plus, je préférais les éloigner des Vargrs en plein combat.

Lui dévoiler l'existence des géants était suffisant, et moins problématique pour les Vargrs, car non associé à leur véritable nature. Ce serait une autre paire de manches, et de toutes autres implications, que de lui apprendre que les habitants du village dont il venait de sortir pouvaient se transformer en loups gigantesques, pour combattre lesdits géants, et que c'étaient eux qui lui avaient directement pourri la vie ces derniers mois, à coup d'intrusions sur sa propriété privée, de harcèlement, et de sens incroyablement aiguisés.

Même en comptant un léger empoisonnement à la mandragore, le fait est que ça ne valait toujours pas les attaques armées de Lantz, mais je ne comptais pas pour autant tendre le bâton pour me faire battre. Le secret des Vargrs leur appartenait.

Le garde du corps rengaina finalement son arme, les mains tremblantes et l'air aussi pâle qu'un revenant. Et pas frais, le revenant. Incertain sur son droit à me répondre, il jeta un coup d'œil à son chef, pas beaucoup mieux loti que lui. Affichant une dignité de façade, Lantz s'éclaircit la gorge. Jusque-là, son comportement me donnait raison, mon plan totalement réfléchi et absolument pas spontané portait ses fruits.

— Ahem. Je suppose qu'une discussion est appropriée.

Dans mon dos, un rugissement de géant manifestement en colère retentit. Les deux énergumènes devant moi frémirent. J'allais me retenir de rire et de leur lancer le plus énorme « je vous l'avais bien dit » au monde, parce que j'étais forte, et puis parce que je m'inquiétais un peu de la situation côté loups. J'aurais bien aimé pouvoir revenir les aider, mais pour ça, il fallait que j'expédie mon problème principal, pas encore réglé.

Après avoir balayé de la main la neige qui s'y était accumulée, je m'appuyai contre le métal glacé du capot, me posant en négociatrice et maîtresse de la conversation.

— Tout d'abord, je tiens à vous prévenir une nouvelle fois, il va falloir accepter de ne pas tout savoir. Vous n'auriez déjà jamais dû voir ça. Mais j'ai cru comprendre que je ne pourrais pas faire autrement pour te détourner de ton obsession, fis-je d'un air sévère en braquant mes yeux sur Lantz.

Celui-ci se reprenait peu à peu depuis que nous étions sortis, il ne tressaillit même pas sous le poids de mon regard. Mince. Il faisait preuve d'un bel aplomb, le fourbe.

— Je dois bien le reconnaître. Je n'ai pas pour habitude de revenir sur mes décisions, tradition familiale oblige. Mais je ne serais pas un bon entrepreneur si je ne savais pas m'adapter.

Nouveau cri de géant. Aux accents de douleur qui l'accompagnaient – je commençais à les reconnaître –, j'en déduisis que les loups ne s'en sortaient pas si mal. Lantz eut un tressaillement doublé d'une grimace.

— Maintenant que je l'ai vu, je veux que tu m'expliques. Ce monstre…

— Géant, corrigeai-je gentiment.

Sa voix resta bloquée dans sa gorge. Mouais, on faisait ce qu'on pouvait en matière d'aplomb, tout de même.

— Fais libérer mon père dans la minute, renonce à tout jamais à emmerder les Vargrs, et on en reparle.

Son front se plissa et il vérifia l'écran de son téléphone avant de reporter son attention sur moi.

— Comme je te le disais tout à l'heure, je n'ai pas de nouvelles de mes gardes restés au manoir. Et oui, à l'évidence, les sources n'ont plus le même intérêt à mes yeux. Ce… géant, ils vont le tuer ?

En voilà une réponse qui ne me convenait pas. Je fermai les yeux et comptai jusqu'à dix pour tenter de me calmer. Ça n'eut absolument aucun effet.

— Qu'est-ce que ça veut dire, pas de nouvelles ? Je me fiche que tu aies un souci de réseau, ou qu'ils soient tous décédés d'un arrêt cardiaque, envoie ton assistant le chercher sur le champ. Et oui, bien sûr qu'ils vont le tuer, tu croyais quoi ? Qu'ils allaient l'inviter pour une partie de Cluedo endiablée ? Je te l'ai dit, les Vargrs se font un devoir de défoncer chaque géant à mesure qu'ils apparaissent.

— Mais comment ?

Mon regard furieux le convainquit d'envoyer illico son garde du corps au manoir. Je m'écartai quand le moteur démarra, le garde partant sur les chapeaux de roue. Il faudrait que je m'assure du silence de ce second témoin. Je jetai un regard équivoque à Lantz, qui comprit tout de suite et acquiesça.

— Je m'en occupe, Rolf est sous ma responsabilité.

— Ça, c'est une idée qu'elle est bonne.

— Alors, comment est-ce que…

Je levai la main pour l'arrêter.

— C'est le genre de chose qu'il faudra accepter d'ignorer.

— Mais…

— Ne me fais pas regretter d'avoir choisi de t'éclairer sur la situation pour qu'on puisse parler en adultes informés. Allez, il est où mon businessman déterminé à l'intelligence acérée, là ? Si tu es un tant soit peu perspicace, tu admets, tu laisses tomber et tu gardes le secret.

Je le vis hésiter, comme pesant le pour et le contre. Dans le doute, je fis le calcul à sa place à voix haute. Toujours prête à aider, c'était tout moi.

— De toute façon, tu veux faire quoi d'autre ? Révéler l'existence des géants au monde, quitte à passer pour un taré, un complotiste mystificateur ? Tu vas y perdre en crédibilité et en argent. Et quand bien même on te croirait, la région passerait sous surveillance militaire et tu n'y gagnerais rien. Tu sais qu'il y a tout simplement des choses qu'on ne dit pas, au sein des triades comme au sein de ta famille, je suppose. Considère-toi comme membre honoraire du club en ce qui concerne les Vargrs, et passe ton chemin.

Je me campai face à lui, poings sur les hanches, mes yeux fixés dans les siens. J'y croyais. J'espérais pouvoir y croire. Pourtant, intérieurement, je n'en menais pas large, j'avais tout misé sur le fait que Lantz soit, en plus d'un connard, quelqu'un d'intelligent, et éventuellement un peu impressionnable.

Il soutint un instant mon regard, puis soupira.

— Tu n'as pas tort.

Oui, j'aurais même dit que j'avais carrément raison, mais bon. Mon soulagement à constater que je ne m'étais pas trompée suffirait à satisfaire mon ego. Lantz reprit, l'air pensif :

— Je crois que je vais devoir changer de plans. Celui-ci ne…

Un mini tremblement de terre nous secoua un bref instant. Gustaf se tendit, tandis que je me retournais machinalement pour jeter un coup d'œil en direction du village derrière moi. Tiens, les loups ne devaient pas être loin de finir, ça sentait le géant au tapis, cette histoire.

Une sonnerie de téléphone retentit sur ces entrefaites. Le baron du bois face à moi décrocha.

— Oui ?

De drôles d'émotions traversèrent son visage tandis qu'il écoutait en silence. Il me jeta un bref coup d'œil, avant de mettre le haut-parleur. Je croisai les bras sur ma poitrine en soupirant.

— Répète, Rolf, je te prie.

— Euh, d'accord. Les gardes ont été assommés, le majordome est enfermé, et le… « l'invité » a disparu.

La voix de son garde du corps s'était faite incertaine à la mention de mon père. Il devait se douter que j'écoutais, et que son chef était présentement désarmé et seul au pied de Járnviðr. Pareilles conditions avaient tendance à réduire les pires gros bras à la diplomatie la plus fine.

— Comment ça, « disparu » ? exigeai-je de savoir. S'il s'est enfui et qu'il erre seul sous la neige, je te préviens…

— Non, madame, il y a des traces de pneus plus fraîches que les autres, et le garage est ouvert, la voiture manque. Il a dû…

Une toux derrière moi me fit sursauter. Je me retournai, rageant de subir ça alors qu'un géant qui s'écrase ne me provoquait aucun réflexe de peur. C'était tout moi. Je foudroyai Kjell du regard, bien que contente de le voir en un seul morceau. Il devait avoir enfilé des vêtements à la hâte et, aux taches sombres qui les maculaient, je devinai la présence de sang collant le tissu propre contre son torse.

— Ton père est en train de parcourir le pays au volant d'une voiture de sport. Un prêt bien mérité, assena-t-il en fixant Lantz. Il attend ton appel.

Le soulagement me transporta. J'expirai un air que j'ignorais retenir, mais qui m'allégea considérablement l'esprit, les épaules, les poumons, enfin, tout ce qui pouvait l'être. Néanmoins, une pointe d'inquiétude me poussa à l'interroger :

— Bien, tant qu'il s'arrête avant que la neige ne soit trop épaisse, ça devrait le faire. Mais, rassure-moi, ce n'est pas ton sang ? fis-je en montrant sa chemise du doigt.

Il fit non de la tête. Plus un point de soulagement, bonus ! Je reportai mon attention sur Lantz, toujours imperturbable face à mon Kjell ensanglanté et menaçant à ses heures perdues.

— Je suppose que nous pouvons tous en rester là, en ce cas. Kjell, après étude du terrain, Gustaf renonce à planter un hôtel avec vue sur les sources. De notre côté, je suppose que nous pouvons abandonner toute velléité de vengeance et vivre en bonne intelligence dans le meilleur des mondes, selon la compensation accordée à mon père, bien entendu.

— Il peut conserver la voiture, et j'irai lui parler, des excuses sont de rigueur.

Wahou, c'est qu'il remontait sévèrement dans mon estime, le baron du bois.

— Vendu pour moi. Kjell ?

Mon taciturne préféré le toisa, entre regard noir et lassitude.

— Faisons ça.

À l'intérieur de moi, une danseuse hawaïenne exécutait une danse de la victoire.

Lantz demanda à son employé de venir le récupérer. Je n'allais pas non plus lui proposer un chocolat chaud en attendant, mais c'était néanmoins une affaire rondement menée, j'étais particulièrement fière de moi. Joie que ne semblait pas tant que ça partager Kjell.

— Bien. J'y retourne.

— Conseil post-bataille oblige ?

Il opina et sans rien ajouter, repartit en direction des portes. J'adressai un léger sourire à Lantz en guise d'au revoir, et le plantai là, seul sous la neige tourbillonnante, pour suivre Kjell. Culpabiliser, moi ? Ce serait mal me connaître.

Chapitre 28

Elin

Un petit attroupement s'était formé devant chez Jan. Aux éclats de voix, il semblait y avoir des dissensions au sein des Vargrs. J'emboîtai le pas de Kjell sans pour autant le rattraper, le fourbe n'avait même pas fait mine de m'attendre. Son comportement m'étonnait. La grosse voix de Jan se fit entendre au-dessus des conversations animées.

— Faire partie du Conseil ne vous a jamais intéressées avant.

Oh, voilà qui était prometteur. Façon requin flairant le sang, je me rapprochai de la foule.

— Et maintenant que c'est le cas, on peut y entrer ?

Ingrid, si discrète, qui parlait publiquement face à son mari ? Le géant avait dû toucher aux pôles magnétiques et les inverser trois fois en vue d'une apocalypse prochaine pour qu'une chose pareille arrive. J'allais guetter les nuées de sauterelles, au cas où. La fin du monde, OK, mais la dévastation de mes plantes, ça non.

— Je, euh, il faut qu'on vote…

— Voter sans nous sur nous ? Vous avez intérêt à ne pas vous tromper.

Il lui répondit sans que je puisse l'entendre avant de se retourner. La lumière de l'intérieur éclaira un instant le visage fermé du chef vargr, qui passa le seuil d'un pas lourd. Plusieurs autres personnes le suivirent, les membres habituels, compris-je en les distinguant à mesure qu'ils entraient. Kjell les rejoignit. Interdite, je le considérai de toute ma perplexité. Comme s'il n'avait pas entendu que j'étais derrière lui jusque-là, ou senti, ou que sais-je encore.

— Elin !

Une Aurora à peu près aussi couverte de sang que Kjell me faisait signe, en me souriant largement. Je la rejoignis en contournant la foule, sans prêter attention aux regards mitigés dont je faisais l'objet. Je la suivis tandis que nous contournions la maison abritant le Conseil.

— Ça s'est bien passé avec l'autre ordure ?

— On dirait bien, il semble qu'il ait changé de cap.

— Si tu as son numéro, je m'occuperai des formalités avec notre nouvel ami pour garantir la confidentialité de cette affaire.

Je le lui donnai, ravie de ne pas être à la place de Lantz au vu des expressions prédatrices d'Aurora. Une porte s'ouvrit face à nous, Ingrid nous fit entrer dans ce qui devait être l'arrière-cuisine. Pas mal, ce passe-droit ! Une fois les chaussures enlevées, nous allâmes nous asseoir dans le petit salon qui devait jouxter celui où se tenaient les discussions. Encore une fois, j'avais un peu l'impression d'être assise à la table des enfants, en train d'écouter les « adultes » en douce, et ça ne m'allait que très peu, mais c'était toujours mieux que d'espionner depuis dehors avec le froid qu'il faisait.

Contrairement à mes deux acolytes, je n'étais pas certaine de saisir toutes les nuances de la conversation qui traversait la cloison de bois, mais je n'avais aucun mal à percevoir la voix grave et chargée de Jan.

— Il nous faut envisager une réorganisation drastique. Je propose de temporiser. Avec le prochain Concile, nous devrons de toute façon nous y mettre, autant faire d'une pierre deux coups.

Je crus discerner des sons approbateurs et me rapprochai un peu de la séparation pour mieux entendre.

— En plus de l'inclusion de potentiels nouveaux membres au Conseil, il faudra aussi trancher sur le rôle d'Aurora. On ne peut pas se permettre de la voir débarquer sans prévenir dans les combats.

Je vis la concernée serrer les mâchoires. Décidément, Nikolaï avait l'art de se faire des amies.

— Oui, il faudra éclaircir ce point. D'autant que deux nouveaux guerriers sont déjà en route pour suppléer à notre récente perte, et nous permettre de faire face aux apparitions de plus en plus nombreuses.

— Alors, statuons tout de suite et relevons-la de ce droit qu'elle s'est octroyé.

Un soupir rauque. J'imaginais que le représentant du Clan de Sibérie venait de déclencher un bon nombre d'yeux au ciel. En tout cas, je l'espérais, c'était le minimum syndical.

— Rassure-moi, tu as bien noté que Járnviðr faisait face à des changements ? Nous nous devons de nous réorganiser pour assurer notre mission au mieux. L'efficacité doit primer.

Kjell. Il avait retrouvé sa voix, ça alors !

— Son partenaire vient de disparaître, tombé au combat. Sa motivation est largement fondée, ajouta Badr. Et ses performances sont tout à fait correctes, elle manque de technique et d'entraînement, mais rien qui ne puisse s'acquérir rapidement.

À côté de moi, je vis les yeux d'Aurora briller. Mais pas de tristesse, plutôt d'une fierté sauvage. Quelque chose me disait que Badr, lui, s'était fait une amie.

— Et alors, moi aussi j'aurais pu…

— Tu as eu la vie sauve. Grâce à Elin, d'ailleurs.

J'hésitais entre féliciter chaudement le Hati de ce bel envoi, et lui demander de ne pas m'impliquer dans cette conversation, qui, je le sentais, n'était pas de bon augure pour moi.

— Parlons-en, d'Elin, elle…

— Oui, Nikolaï. Plus que le géant, c'est le sujet de ce Conseil. En attendant de voir quelle sera la dynamique adoptée entre nous, il nous faut résoudre ce problème. Sköll, fais-nous un rapport sur la situation.

Chic. Voilà qui partait bien. Allez, Kjell, dis-leur à quel point j'ai assuré et réglé le problème avec efficacité, ainsi qu'avec un certain panache. Sauve mes fesses de ce tas d'hommes récalcitrants et aigris. Le monde compte sur toi.

— Les faits : Lantz a menacé Elin en kidnappant son père. Elle est allée négocier chez lui et a choisi sur un coup de tête de le faire venir jusqu'ici, sachant qu'un géant était sur le point d'arriver.

Ouais ! Badass, ou bien ? La mine sombre d'Ingrid me fit penser que ce n'était pas un excellent palmarès en soi. Kjell parut faire une pause, peut-être pour soupirer, mais j'entendis de nouveau sa voix juste après. Posée, ferme… neutre.

— Il en résulte que Lantz et son employé ont vu le géant. Et Elin a obtenu sa parole qu'il ne chercherait plus à nous nuire et qu'il tairait leur existence, se portant garant de son employé.

Allez, et là alors ? Toujours pas ? À quel moment comptaient-ils applaudir et venir me chercher pour me porter aux nues ?

Le silence qui suivit son rapport sommaire me parut interminable, et de fort mauvais augure. La main douce et chaude qui se posa sur la mienne me surprit. Sans m'en rendre compte, je m'étais tendue.

— En d'autres termes, pour un résultat qui n'est pas assuré, malgré une intention que nous pouvons supposer bonne, compte tenu de ses actions passées, elle a trahi notre secret et a exposé l'existence des géants à d'autres humains. Humains avec lesquels nous sommes en conflit, avec ça. Elle a également compromis notre mission sacrée en retardant notre riposte face au géant.

Mes yeux s'écarquillèrent au résumé sommaire de Jan. Je me serais redressée et aurais fait irruption pour plaider ma cause si Aurora n'avait pas été là. En tout état de cause, je comptais sur Kjell pour le faire.

— Il ne veut pas empirer les choses pour toi, me chuchota Aurora à l'oreille. Il ne dira rien de plus que les faits.

Était-elle télépathe, ou est-ce que mon insécurité était gravée en traits douloureux sur mon visage ? Ingrid plissa les lèvres, approuvant en silence les murmures de mon amie.

— Nous avons été trop laxistes, nous ne pourrons pas échapper à un Concile difficile auprès des autres Clans. Même l'exil me semble très léger. Les choses ont pris beaucoup trop d'ampleur.

Frisson chez Aurora, cette seule idée lui était difficile à envisager. On avait beau dire, ils étaient très liés, tous ces loups. Quant à moi, je commençais à penser que j'avais bien fait de révéler mes liens avec la Triade, sinon ils seraient déjà repartis sur la pente glissante de leur premier Conseil, à base de questions pratiques sur la dissimulation d'un corps. Le mien. Je m'étais réjouie trop tôt de leur confiance et regrettais d'y avoir cru.

— Entre ça et la femme qui a diffusé notre secret auprès de Lantz et de ses sbires… déplora Nikolaï.

— Il s'agissait d'une erreur de l'équipe de l'époque, la vôtre, qui n'a rien à voir avec Elin, recadra Kjell.

— C'est pourtant de là que Lantz a tiré notre faiblesse à la rhodiole… Combien de vies auraient pu être prises ?

— Et sauvées, grâce à Elin, rétorqua Badr, sa voix couvrant la masse grommelante.

— D'autant que le problème a été définitivement réglé.

La voix de Kjell, ferme, trancha la conversation avec la délicatesse d'une hache dans une bûche de chauffage.

Comment ça, « réglé » ? Surprise, je me tournai vers Aurora, l'interrogeant du regard. Celle-ci haussa les épaules en signe d'ignorance.

Jan soupira, entre lassitude et mécontentement.

— Certes. Mais revenons au problème actuel. Kjell, quand bien même vous vous seriez Choisis, elle a trahi le secret, nous a tous exposés à l'ennemi.

— Tel que je le vois, elle a plutôt exposé l'ennemi à l'ennemi, le coupa mon « Choisi ».

— … en nous mettant en danger, reprit Jan sans faire cas de l'interruption. Le secret est brisé, que va-t-il advenir de notre Clan ? De notre mission ? S'il y a bien des Vargrs qui ne peuvent pas se permettre de faiblir, tu sais que c'est nous, les Primordiaux.

— À voir même si la position de Sköll peut rester tienne, je crains qu'un conflit d'intérêts n'altère ton jugement. Il va falloir que tu choisisses, au moins le temps que les remplaçants potentiels n'arrivent, renchérit Nikolaï, hautain.

Le représentant du Clan de Sibérie était d'une belle hypocrisie, considérant qu'il avait lui-même déjà proposé d'exposer Lantz à leurs secrets. Mais à ne rien entendre en réponse, je devinai qu'ils étaient en train d'approuver.

— Je dois reconnaître que l'idée de faire disparaître les personnes au courant pour la rhodiole à coup d'arrêts cardiaques s'est révélée particulièrement efficace, mais il va nous falloir plus que les plantes d'Elin pour régler les problèmes qui nous restent sur les bras. Nous ne pouvons pas faire de même avec Lantz, car sa mort attirerait trop l'attention, et les ressources nécessaires pour une surveillance constante vont s'avérer…

Un bruit blanc emplissait mes oreilles, je n'entendais plus rien de la conversation. Mon cœur cognant contre ma poitrine était la seule vibration dont j'avais conscience, et il le resta le temps que mon cerveau récalcitrant remette les pièces du puzzle en place. La vieille de la rhodiole était morte. Elle et d'autres, si j'avais bien compris. Non seulement ça, mais elle était morte d'un arrêt cardiaque, par mes plantes… Je pus sentir physiquement mon visage perdre ses couleurs quand je compris.

Kjell.

Je lui avais parlé des effets de la digitale, des quantités infinitésimales nécessaires, rendant un traçage impossible et permettant de conclure à une mort naturelle.

Mes yeux vides se posèrent sur Aurora, puis Ingrid, sans rien en penser. J'étais déconnectée de la réalité. Sous le choc.

Il savait que je considérais la vie comme sacrée, il savait que, plus que tout, j'abhorrais l'idée de pouvoir tuer avec mes plantes. Que j'étais devenue herboriste pour soigner et aider, expier la culpabilité de la mort de Sören.

Que mon équilibre psychologique était à ce prix.

Je me sentais brisée. Trahie. À la fois dévastée, vide et emplie de fureur.

Aurora et Ingrid me lancèrent des regards inquiets. Les jointures de mes mains étaient blanches. J'avais conscience que les Vargrs étaient le seul rempart contre les géants. Je comprenais que pour chacun d'entre eux, il s'agissait d'une mission quasi sacrée. J'étais persuadée que Kjell pensait avoir choisi la meilleure des solutions.

Mais je brûlais de les envoyer chier, tous autant qu'ils étaient. Et de m'écrouler quelque part pour fondre en larmes, avant ou après les avoir envoyés chier. Probablement plutôt après, quand même.

Je me levai dans un raclement de chaise. Ils avaient commis des meurtres. Avec mes plantes. Et maintenant, ils voulaient m'exiler, et dégager Kjell par la même occasion. Ah ! Ils auraient dû penser à un autre moyen de me punir ou de me faire taire, parce que, que ce soit par le biais des forces de l'ordre ou de leur Concile avec les autres Clans, ils allaient entendre parler de moi.

Et s'ils pensaient que j'allais les laisser sagement décider pour moi, ils avaient fumé leur propre fourrure. Je lançai un regard d'excuse à Ingrid et Aurora. Avisant le pot de sel au centre du comptoir, j'en pris une bonne poignée, puis, d'une violente poussée, j'ouvris la porte, avant de les toiser, impériale.

Des braises de colère sous les cendres de mon cœur.

Ils se tenaient tous cois, sûrement surpris que j'ose les interrompre. Jan me considérait avec la sévérité d'un père qui s'apprête à remettre son enfant dissipé à sa place, Nikolaï aurait pu m'assassiner du regard, et Kjell… Je ne l'avais jamais vu comme ça, sous sa façade stoïque contrôlée, il semblait prêt à renverser la table et à envoyer voler les membres du Conseil. Son côté tornade maîtrisée était presque flippant. Mais pour autant, ce ne serait pas assez, et mon cœur s'effrita un peu plus à cette idée.

Aucun d'entre eux ne faisait le poids face à ma colère et à ma déception.

D'un geste, je lançai le sel sur l'assemblée, avant de me retourner et de me diriger vers la porte principale, notant tout de même leurs réactions apeurées au contact de la poudre blanche venant de ma main. Nikolaï se frottait frénétiquement le visage comme s'il venait de toucher du venin. Leur petit concert de cris était pour le moins satisfaisant. Cette bande de guerriers à la noix. Seul Kjell avait eu le réflexe de l'éviter.

— Elin, qu'est-ce que… tonna Jan.

— Pas de panique, mes petits loups, c'est du sel. C'est censé marcher contre les sorcières, mais contre les imbéciles, je n'étais pas sûre, alors j'essaie.

Je m'arrêtai sur le seuil de la porte.

— C'est moi qui décide de rentrer chez moi. Je vous souhaiterais bien de ne pas le regretter, mais ce serait un mensonge. Je m'assurerai que vous le regrettiez.

J'hésitai à partir d'un rire démoniaque, mais je me retins. Je sortis dans un silence parfait, et allais prendre ma voiture. Je demanderai à Aurora de rapatrier mes plantes par la suite. Une fois les portes de Járnviðr dans mon dos, je songeai qu'en réalité, je n'avais rien prévu encore. Mais ils pouvaient me croire, ils allaient en chier. Pour l'instant, c'était du bluff. Ça n'allait pas le rester.

La graine était déjà plantée.

Fin

Remerciements

Merci à celui qui m'épaule et m'aime au quotidien, parce que sans toi, il manquerait un sacré morceau de ma vie.

Merci à ces auteurs incroyables qui m'ont insufflé l'envie d'écrire à mon tour, dont un, en particulier, à qui je dédiais une thèse avant même que ce livre existe.

Merci Émilie, correctrice fantastique à l'œil acéré et à la remarque pertinentes, tu fais des merveilles !

Merci à Mathilde, ma raccoon magicienne, toujours là pour me pousser en avant et trouver des solutions, je suis tellement contente de co-parenter ce livre avec toi.

Merci à Séverine, Noémie, Audrey et Valou, bêta-lectrices de choc pour vos précieux avis, tant pour la remise en question que pour la bienveillance.

Merci à Carrie, tu as été une extraordinaire boussole pour ce roman, pour moi. Si ce livre a enfin pu voir le jour, c'est grâce à toi. Merci infiniment.

Merci à Marie pour ce superbe petit bijou, cette couverture à tomber.

Merci à tous les lecteurs et auteurs de m'avoir accueillie sur instagram, j'y ai découvert toute une communauté bienveillante et chocolatée : un régal !

Et enfin, merci à toi, lectrice ou lecteur. Sans toi, ce livre existerait pour rien, j'espère qu'il t'a plu. Si jamais tu as le temps et l'envie, n'hésite pas à laisser un commentaire sur sa page amazon, ça m'aiderait beaucoup !

Sur ce, je retourne écrire au fond de ma forêt avec mes compagnons canins au soutien indéfectible ou presque, la suite arrive !

De la même autrice

Dans la série É*lise Stone* :

Brasier (t.1)

Tome 2 : 2022

Tome 3 : 2022

Dans la série *Les Loups de Járnviðr* :

Tisane & Convoitise (t.1)

Infusion & Trahison (t.2)

La Dernière Ombre (octobre 2021)

www.ingramcontent.com/pod-product-compliance
Lightning Source LLC
LaVergne TN
LVHW041013150826
845672LV00001B/72